Henry Neff verspürt trotz seiner jugendlichen 24 Jahre keine Lust, auf der Karriereleiter nach oben zu kommen. Attraktive Angebote schlägt er aus und sucht statt dessen Unterschlupf im Fundbüro eines Hauptbahnhofs. Er findet Gefallen an seinem neuen Arbeitsplatz, beschert er ihm doch jeden Tag Begegnungen mit Menschen, die die unglaublichsten Dinge verlieren und liegenlassen. Mal vermißt ein Messerwerfer sein Handwerkszeug, mal tauchen im Zug zurückgelassene Liegestühle auf, und ein andermal ist es das Textbuch einer Schauspielerin ... Aber auch sein Fundbüro ist keine Oase der Seligen, wie Henry eines Tages feststellen muß.

*Siegfried Lenz*, am 17. März 1926 in Lyck (Ostpreußen) geboren, begann nach dem Krieg in Hamburg das Studium der Literaturgeschichte, Anglistik und Philosophie. Danach wurde er Redakteur und lebt seit 1951 als freier Schriftsteller in Hamburg.

# Siegfried Lenz

# Fundbüro

Roman

Deutscher Taschenbuch Verlag

Ungekürzte Ausgabe
Juni 2005
Deutscher Taschenbuch Verlag GmbH & Co. KG,
München
www.dtv.de
© 2003 Hoffmann und Campe Verlag, Hamburg
Umschlagkonzept: Balk & Brumshagen
Umschlaggestaltung: Stephanie Weischer unter Verwendung des Gemäldes
›Désirs d'Ailleurs‹ (2003) von Bob Lescaux (Bridgeman Giraudon)
Gesetzt aus der Garamond 10,5/12,25·
Gesamtherstellung: Druckerei C. H. Beck, Nördlingen
Gedruckt auf säurefreiem, chlorfrei gebleichtem Papier
Printed in Germany · ISBN 3-423-13336-8

*Für Thomas Ganske*

Endlich hatte Henry Neff das Fundbüro entdeckt. Heiter betrat er den kahlen Vorraum, in dem nur ein schwarzes Schreibpult stand, setzte die Segeltuchtasche ab, zwischen deren Griffen ein Hockeyschläger lag, und nickte dem alten Mann zu, der vor dem breiten Schiebefenster stand und – anscheinend zum wiederholten Mal – einen Klingelknopf drückte. Hinter dem Schiebefenster, in der Tiefe eines nur ahnbaren Raumes, ertönte ein seltsam schepperndes Geräusch, es hörte sich an, als hakte der Klöppel mitunter und drosch danach besonders eilig auf die Glocke, und nach einer Weile näherten sich Schritte, die aus großer Ferne zu kommen schienen. Der alte Mann, der dunkel gekleidet war und zu weißem Hemd eine schwarze Krawatte trug, sah Henry erleichtert an, er bewegte die Lippen – so, als probierte er vorsorglich Wörter –, er beklopfte seine Taschen, ohne zu finden, was er suchte, und als eine dunkle Silhouette hinter der Milchglasscheibe erschien, strich er sich übers Haar und zog seine Krawatte nach.

Das Fenster wurde hochgewuchtet, und Henry erblickte zum ersten Mal Bußmann, Albert Bußmann mit seinem verdrossenen Gesicht, in dem zu weiten fleckigen Blaumann, der ihn bei gewissen Bewegungen zu umwehen schien. Auf seinen anfragenden Blick ließ Henry dem alten Mann den Vortritt – er hier, der Herr, war vor mir da –, lehnte sich gegen das Schreibpult, sah mit vergnügter Neugierde einer Verhandlung zu, die er demnächst vermutlich selbst führen würde – fast kam es ihm so vor,

7

als sollte er noch vor seinem Einstellungsgespräch Anschauungsunterricht erhalten.

Der alte Mann gab an, sein Portemonnaie verloren zu haben, auf dem Bahnhof, bei der Fahrkartenausgabe, ein braunes Portemonnaie, das Leder alt und schon ein wenig rissig. Bußmann nickte gleichmütig, für ihn schien es ein Allerweltsverlust zu sein, er fragte kaum nach, er blickte nur ausdauernd auf die Hände des alten Mannes, wandte sich dann wortlos um und ging zu einem metallenen Schrank, dem Wertsachenschrank, den er mit zwei Schlüsseln aufschloß. Obwohl er ihnen den Rücken zukehrte, bekam Henry mit, wie er da hantierte, wie er etwas ergriff, befingerte und wieder zurücklegte, sich schließlich für einen Gegenstand entschied, den er in die große Tasche des Blaumanns gleiten ließ. Er gab nicht zu erkennen, ob er gefunden hatte, was der alte Mann vermißte, er fragte lediglich, welch ein Monogramm auf dem Portemonnaie drauf sei, und der alte Mann fragte verwundert zurück: »Monogramm? Was für ein Monogramm?«

Damit gab Bußmann sich schon zufrieden und wollte dann wissen, ob der alte Mann sich an die Summe erinnern könnte, die er bei sich trug.

»Ja, nein, das heißt doch«, sagte der alte Mann, »es waren achthundert Mark, bevor ich die Fahrkarte kaufte, eine Karte nach Frankfurt, ich will zum Begräbnis meiner Schwester.« Und dann erinnerte er sich auch, daß die Karte zweihundertdreißig Mark gekostet hatte, mit Zuschlag, worauf Bußmann feststellte: »Demnach müssen noch fünfhundertsiebzig Mark in Ihrem Portemonnaie sein«, und ohne die Miene zu verziehen, reichte er dem alten Mann die Geldbörse und sagte: »Hier, zählen Sie nach, wir bekommen eine Bearbeitungsgebühr von dreißig Mark.«

Und als läse er aus einem Fundsachen-Service vor,

fügte er hinzu: »Ein Finderlohn ist nicht zu entrichten, da ein Bahnpolizist die Fundsache eingeliefert hat.«

Eilfertig zählte der alte Mann die geforderte Summe ab, dankte knapp, wollte schon verschwinden, da reichte Buß- mann ihm zwei Formulare und wies ihn an, alle Sparten auszufüllen, gleich hier, am Pult.

Henry lächelte, er beglückwünschte den alten Mann und trat an ihm vorbei und nickte anerkennend Bußmann zu, der ihn mit monotoner Stimme fragte: »Welch einen Verlust wollen Sie anmelden?«

»Mein Name ist Henry Neff«, sagte Henry.

»Gut«, sagte Bußmann, »und was vermissen Sie?«

»Nichts«, sagte Henry vergnügt, »noch nichts, ich soll mich hier melden, im Fundbüro.«

Bußmann musterte das junge, treuherzige Gesicht, auf dem ein Ausdruck von Unbekümmertheit lag; ein Ge- sicht, das nicht die gewohnte Verzagtheit oder gar Ver- zweiflung der täglichen Verlierer zeigte, und fragte: »War- um – warum sollen Sie sich hier melden?«

»Sie haben mich hierher versetzt«, sagte Henry, »ins Fundbüro, meine Unterlagen werden gewiß schon hier- sein.«

»Dann müssen Sie mit dem Chef sprechen«, sagte Buß- mann und deutete auf einen verglasten Raum vor den Regalen, in dem der mächtige Rücken eines Mannes zu erkennen war, der bei trübem Licht las. Während Henry überlegte, auf welchem Weg er zum Chef gelangen könn- te, forderte ihn Bußmann mit einer Geste auf, einfach durch das kniehohe offene Fenster zu steigen und den Hügel von Koffern zu umrunden, die, wie ein Schild be- sagte, für eine Auktion bereitgestellt worden waren.

Bei Henrys Eintritt stand der Chef auf, ein schwerer Mann, graues Stoppelhaar, wäßrige Augen; freundlich gab er Henry die Hand und sagte: »Ich bin Hannes Harms,

9

willkommen in der Etappe der Bundesbahn.« Er schob einige Papiere zur Seite – Henry war sicher, daß es seine Unterlagen waren –, nahm einen Schluck Kaffee aus einem Porzellanbecher und steckte sich eine Zigarette an. Dann bot er Henry einen Stuhl an, blickte auf einen weißen Vogelbauer, in dem ein Dompfaff von Stange zu Stange hüpfte und dabei einen einzigen anfragenden Ton hören ließ.

»Ein schöner Vogel«, sagte Henry.

»Eine Fundsache«, sagte Harms, »eine Fundsache wie alles hier, in einem Eilzug aus Fulda wurde er gefunden, kam direkt aus der Bischofsstadt; da wir den Vogel auf der Auktion nicht loswerden konnten, habe ich ihn zu mir genommen, ich nenne ihn Pius.«

Henry sah ihn verblüfft an und schüttelte den Kopf und sagte: »Wie kann man einen Vogel vergessen, in seinem Bauer vergessen?«

»Solch eine Frage hätte ich auch gestellt«, sagte Harms, »vor fünfzehn Jahren, als ich hier anfing – mittlerweile habe ich mir das Staunen abgewöhnt. Sie glauben nicht, was alles die Menschen heute verlieren, vergessen; selbst Dinge, von denen ihr Schicksal abhängt, lassen sie einfach im Zug liegen und kommen dann zu uns und erwarten, daß wir ihnen zu ihrem Eigentum verhelfen.« Und müde sagte er: »Nirgendwo sonst gibt es einen Ort, wo Sie so viel Zerknirschung erleben, so viel Bangen und Selbstanklagen, na, Sie werden es ja erfahren.«

Er zog die Papiere wieder zu sich heran, senkte sein Gesicht, und auf den Tisch hinabsprechend fragte er: »Neff? Henry Neff?«, und ohne Henrys Bestätigung abzuwarten, sagte er: »Unser Bereichsleiter hier hat den gleichen Namen.«

»Er ist mein Onkel«, sagte Henry, er sagte es leise, fast beiläufig, jedenfalls so, als habe die verwandtschaftliche Beziehung für ihn keine Bedeutung. Harms nickte nur, sein suchender Blick glitt über die Papiere, und Henry sah voraus, wonach er gleich gefragt werden würde, und er täuschte sich nicht; denn Harms wollte prompt wissen, ob Henry die Absicht aufgegeben habe, noch einmal als Zugbegleiter zu arbeiten, später vielleicht. Henry zuckte die Achseln: »Ich glaube nicht«, sagte er, »man hat mich hierher versetzt, und ich hoffe, vorerst hier bleiben zu können.«

»Versetzt«, sagte Harms, und sagte noch einmal: »Versetzt, ja«, und Henry entging nicht der Vorbehalt, der in der Wiederholung lag. Er musterte seinen künftigen Chef, die großen Hände, das schlaffe Wangenfleisch, er registrierte die lose gebundene Krawatte und die braune Wolljacke, und als Harms aufstand, um dem Vogel Wasser und Körner zu geben, hatte er das Gefühl, seinen Ort gefunden zu haben. Während Harms Körner aus einem Tütchen in einen Napf füllte und trockene Samen auf den Boden des Vogelbauers streute, sagte er – und es klang, als spräche er zu sich selbst –: »Sie sind jetzt vierundzwanzig, Herr Neff, vierundzwanzig, mein Gott, da müßte man die erste Schiene gelegt haben, auf ein Ziel zusteuern, wenn Sie wissen, was ich meine. Und jetzt sind Sie bei uns gelandet, auf unserem Abstellgleis, ja, in gewisser Weise müssen Sie sich wie auf einem Abstellgleis vorkommen, denn von hier aus beginnt man keine Laufbahn, bei uns gibt es keine Aufstiegsmöglichkeit, irgendwann fühlt man sich ausrangiert.«

Harms setzte sich wieder, schwieg und sah Henry fragend an, und aufgefordert von diesem Blick sagte Henry: »Kein Bedarf, Herr Harms, wirklich, das Aufsteigen überlasse ich gern anderen, mir genügt's, wenn ich mich wohl fühle bei der Arbeit.«

»Wohl fühlen«, sagte Harms lächelnd, »ich hoffe, Sie werden bei uns Gelegenheit dafür finden.«

Er deutete auf die Sporttasche, auf den Hockeyschläger, er fragte: »Sie spielen Hockey? Eishockey?«

»Ja, bei den Blue Devils«, sagte Henry, »in der B-Mannschaft, heute abend haben wir Training.«

»Wir haben hier einige Schläger«, sagte Harms, »im ICE aus Berlin wurden sie gefunden, vermutlich hat die Mannschaft im Zug einen Sieg gefeiert und danach ihr Gerät vergessen. Sie können die beiden Schläger später begutachten. Übrigens haben auch Ihre Sportkameraden keinen Nachforschungsantrag gestellt, und das gibt mir immer wieder zu denken: wie viele sich mit ihren Verlusten abfinden. Viele belagern uns, aber viele finden auch nicht den Weg hierher, geben früh ihre Hoffnung auf.«

»Mir würde es wohl auch so gehen«, sagte Henry vergnügt, »ich hab mir angewöhnt, verlorenen Sachen nicht lange hinterherzuweinen; das meiste ist doch ersetzbar, oder?«

Harms sah ihn verwundert an, skeptisch und verwundert, er machte eine wischende Bewegung über den Tisch, stand mühsam auf, wandte sich den mit Fundsachen vollgestopften Regalen zu und sagte: »Nein, Herr Neff, nicht alles ist ersetzbar, bei weitem nicht alles, eines Tages werden Sie es einsehen.«

Dann schlug er Henry vor, mit ihm zu gehen, zu den beiden Kollegen, die bereits wüßten, daß er heute hier anfangen würde, als Nachfolger eines Mitarbeiters, der schon nach einem halben Jahr gekündigt hatte. Im Abdrehen hob Henry seinen Blick zu dem einzigen Wandschmuck des Büros – es zeigte das Photo einer historischen Lokomotive, die im Abendrot über eine Rheinbrücke dampfte –, er taxierte einen Augenblick den mächtigen altmodischen Koloß, der eine unabsehbare Zahl von Waggons schleppte, und sagte dann: »Die waren damals schon ziemlich schnell, für ihre Verhältnisse.«

»Interessieren Sie sich für alte Lokomotiven?« fragte Harms, und Henry darauf: »Nein, nicht für Lokomotiven, ich sammle Lesezeichen, neue und alte, ich habe ein paar wunderbare Stücke, sollten Sie mal sehen.«

»Gehen wir«, sagte Harms.

Der Leiter des Fundbüros führte Henry um den Stapel von Koffern herum, die für die nächste Auktion bereitgestellt waren – große, elegante Koffer waren darunter, aber auch ramponierte und erschlaffte, einige bepflastert mit den Werbemarken bekannter Hotels –, und zog ihn zu dem Spalier raumhoher Regale. Schweigend strichen sie an den vollgestopften Regalen vorbei, immer zögernder wurde Henrys Schritt, bei dem Fach, in dem Hüte, Mützen und Kappen und exotische Kopfbedeckungen gelagert waren, blieb er stehen, er zeigte auf eine Marinemütze mit der Bandaufschrift »Zerstörer Hamburg« und murmelte: »Das wird bestimmt Ärger gegeben haben.«

Harms sagte nichts, er zog Henry weiter zu dem Fach, in dem ein Haufen Regenschirme lag, schwarze und weiße und bonbonfarbene Schirme, und als Henry bemerkte, daß man hier durchaus ein Schirmgeschäft aufmachen könnte, erklärte Harms, daß Schirme auf einer Auktion grundsätzlich nur im Dutzend angeboten würden, desgleichen Spazierstöcke und Bälle und Bücher. Henry hob ein Buch vom Stapel, entdeckte sogleich das Lesezeichen, das da noch drinsteckte – eine Monatskarte für ein städtisches Schwimmbad –, die er wortlos zwischen die Seiten schob. Mit zunehmendem Erstaunen überflog er die Titel der anderen Bücher; allem Anschein nach war er überrascht davon, was alles im Zug gelesen und vergessen wird.

In einer Abseite, vor einem Fenster, das die Aussicht auf eine Laderampe bot, begegnete er Paula Blohm. Sie saß am Schreibtisch, eine untersetzte Frau mit schwarzem kurzgeschnittenen Haar und dunkelblauen Augen, auf ihrem Rollkragenpullover trug sie ein silbernes oder versilbertes Gingkoblatt. Harms machte sie miteinander bekannt und nannte Henry »unsere neue Hilfskraft«, Paula selbst stellte er als das »Zentrum des Fundbüros« vor, in dem der gesamte Schriftverkehr zusammenliefe.

»Die Hälfte, Herr Harms«, sagte Paula, »die Hälfte reicht auch«, und nachdem sie Henry die Hand gegeben hatte, fischte sie aus der Ablage ein Blatt heraus.

»Hier«, sagte sie, »das Laptop von diesem Staatssekretär ist schon in der Wuppertaler Zentrale, auch die Korallenkette ist schon da«, und da Harms darauf nur nickte, legte sie das Blatt wieder zurück und wandte sich Henry zu. Der sah auf die beiden bescheidenen Sträuße am Rand des Schreibtisches und fragte: »Haben Sie Geburtstag?«

»Vorgestern«, sagte sie, und als Henry ihr gratulierte, bedauerte sie, daß sie ihm keinen Kaffee anbieten könnte; Henry betrachtete ihr sommersprossiges Gesicht und sah in diesem Augenblick voraus, daß er es einmal berühren würde. Etwas Kühles, Beherrschtes ging von diesem Gesicht aus, das ihn eigentümlich anzog.

»Ich freue mich auf die Zusammenarbeit«, sagte er und gab dann Harms zu verstehen, daß er bereit sei, mit ihm weiterzugehen. Paula kniff die Augen zusammen – das war als aufmunternde Geste gemeint – und sagte: »Das schönste Porzellangeschäft in der Stadt, auch das größte – es gibt auch noch Filialen –, Neff und Plumbeck, darf ich fragen?« – »Sicher«, sagte Henry, »mich darf man alles fragen; das Unternehmen wurde von Edmund Neff gegründet, das war mein Großvater, später fand er Josef Plumbeck.«

»Ein Teeservice hab ich dort gekauft«, sagte Paula, »ein blaues, chinesisches, ich hab es mir selbst geschenkt, jeden Tag trinke ich daraus.«

Henry lächelte ihr zu und sagte: »Und ich trinke am liebsten aus meinem dickwandigen Becher, aus meinem diakonischen Porzellan, wie ich es nenne.«

Harms zog ihn weiter am Spalier der Regale vorbei, an einem Fach mit Kinderspielzeug vorbei, an einem Fach mit Geschirr vorbei, in dem auch mehrere Picknickkörbe lagen, und an der umfangreichen Abteilung mit vergessenen und verlorenen Kleidungsstücken blieb er stehen und lenkte Henrys Aufmerksamkeit auf Mäntel, Jacken, Schals und Pullover; er tat es schweigend, tat es ausdauernd, als wollte er Henry selbst ermessen lassen, wie vielfältig die Verluste sein können bei der Bundesbahn. Schmunzelnd musterte Henry die auf Bügeln hängenden Kleidungsstücke, pfiff plötzlich durch die Zähne, griff zu und zog eine braune Kutte heraus, eine Mönchskutte, die er sich vergnügt anhielt.

»Paßt«, sagte er, und dann: »Wenn Sie mich entlassen, Herr Harms, geh ich als Bettelmönch.«

»In einem Intercity aus Köln wurde das Ding gefunden«, sagte Harms, »war wohl ein Karnevalskostüm.«

»Falls die Kutte in die Auktion kommt, möchte ich mitbieten«, sagte Henry, und Harms, entschieden: »Sie sind ausgeschlossen, wir vier hier sind ausgeschlossen.«

Sorgfältig hängte er die Kutte zurück, linste durch die Regale und sagte: »Kommen Sie, ich möchte Sie noch mit Herrn Bußmann bekannt machen, er ist unser erfahrenster Mitarbeiter, von ihm können Sie viel lernen.«

Albert Bußmann hockte in seinem Blaumann am Boden, er hatte einen Rucksack ausgepackt und den Inhalt – Unterwäsche, Schachteln, ein Necessaire, Strümpfe – um sich verbreitet, in den Händen hielt er ein paar Briefe.

»Na, Albert«, sagte Harms, »hast du den Eigentümer ermittelt?«

»Keine Adresse«, sagte Bußmann, und mit einer Mischung aus Widerwillen und Unglauben: »Du kannst dir nicht vorstellen, was manche sich in ihren Briefen sagen, so etwas wagt unsereiner nicht mal zu denken.«

Als wollte er ihn beschwichtigen, klopfte Harms ihm auf die Schulter, zeigte auf Henry und stellte ihn auch diesmal als »unsere neue Hilfskraft« vor, was Bußmann gleichmütig zur Kenntnis nahm – immerhin blickte er auf und gab Henry die Hand, und als dieser sagte: »Wir kennen uns schon, von vorhin«, wollte er eine Bemerkung machen, hielt sich aber zurück und vertiefte sich in die Lektüre der Briefe.

»Nach einer Frist«, so erklärte Harms, »haben wir hier das Recht, einen Rucksack oder einen Koffer zu öffnen; auf diese Weise ist es uns schon oft gelungen, einen Eigentümer zu ermitteln. Wenn kein Nachforschungsauftrag vorliegt, wird der Eigentümer benachrichtigt und kann seinen Besitz zurückerhalten, gegen Gebühr, versteht sich.«

»Aber er muß doch wohl beweisen, daß ihm die Sachen auch wirklich gehören«, sagte Henry.

»So ist es«, sagte Harms, »er muß es glaubwürdig beweisen, und deshalb verlangen wir eine genaue Beschreibung, fragen nach Inhalt, nach Zeitwert, nach besonderen Kennzeichen, unter Umständen erkundigen wir uns auch nach dem Zug-Typ, also IC oder ICE, wenn's nötig ist, auch nach Bahnsteig und Abfahrtszeit, wir haben da unser eigenes System.« Und dann, bevor er zu seinem schlichten Büro ging, sagte er noch: »Ich lasse Sie jetzt bei Herrn Bußmann; was Ihnen fehlt, können Sie bei ihm lernen.«

Aufmerksam blickte Bußmann dem Chef hinterher, wartete, bis der sein Büro betreten, sich gesetzt, sich über einen offenen Schnellhefter gebeugt hatte, dann richtete er sich auf, langte mit einer Hand tief in einen Stapel zusammengelegter Reiseplaids und zog eine Flasche heraus. Dann öffnete er wie selbstverständlich einen Picknickkorb, nahm zwei Gläser und setzte sie neben den schlaffen Rucksack auf den Boden. Er füllte die Gläser. Er ließ Henry das Etikett der Flasche lesen und sagte: »Remy Martin, eine alte Frau hat ihn mir gebracht, zum Dank, zum Dank für das Album mit ihren Familienbildern; sie hatte nicht mehr damit gerechnet, das Album wiederzubekommen.«

Als er sein Glas gegen Henry hob, nahm sein Gesicht eine Leidensmiene an, aber nur vorübergehend, und nachdem sie getrunken hatten, wischte er sich mit dem Daumen über die Lippen, kurz und schnell. Bevor er die Flasche unter den Plaids versteckte, hob er sie gegen das Licht, nickte, war zufrieden mit dem verbliebenen Inhalt. Mit der Andeutung eines Lächelns, das Henry überraschte, schleifte er dann einen prallen Rucksack heran.

»Mal sehen, wie es mit uns beiden geht«, sagte er, »wie gut und wie lange. Pack aus!«


Zur Betriebsversammlung nahmen sie Henry nicht mit. Obwohl es unter Umständen auch um seine Existenz ging – nach einem Gerücht, das früh zu ihnen gefunden hatte, wollte die Bahn, um wieder fit und profitabel zu werden, fünfzigtausend oder noch mehr entlassen –, ließ Harms ihn allein im Fundbüro zurück, als Notbesetzung, als Stallwache. Henry war nicht enttäuscht, war nicht besorgt. Allein mit den registrierten Verlusten der Reisenden, mit den Beweisen ihrer Vergeßlichkeit, kochte er sich zuerst Kaffee und aß ein paar von den Roggenkeksen, die er auf Paulas Schreibtisch fand. Dann schlenderte er an den vollgestopften Regalen vorbei, rauchend, verwundert manchmal, mitunter amüsiert, die gestapelten

Bücher untersuchte er einzeln auf Lesezeichen, fand aber nur die Monatskarte für ein Schwimmbad. Nachdenklich betrachtete er die in einem offenen Kistchen liegenden künstlichen Gebisse – einige schienen sich gegenseitig anzufletschen –, und an dem Fach mit dem Kinderspielzeug konnte er nicht vorübergehen, ohne eine Puppe und einen Teddybär so aneinanderzudrücken, daß sie in verzweifelter Umarmung dalagen.

Den Tennisball, den er zwischen farbigen Bauklötzen entdeckte, ließ er mehrmals auf dem Boden aufspringen, legte ihn dann in die Mitte des Gangs zwischen den Regalen und holte seinen Hockeyschläger. Prüfend blickte er sich um, eine bauchige Thermoskanne plinkerte ihm zu, er hob sie aus dem Fach und setzte sie auf den Boden, sechs Schritte entfernt. Henry schlug ein paar variierende Bälle, leicht angeschaufelt zunächst, dann kurz und trocken, mit einem weit hergeholten Schlag traf er die Kanne so hart, daß sie sich überschlug und mit offenem Deckel unter ein Regal kullerte. Als er sie hervorholte und auf ihren Platz zurückstellte, hörte er Schritte, gleich darauf die Klingel.

Nach kurzem Zögern ging Henry zur Ausgabe und wuchtete das Schiebefenster hoch; vor ihm stand ein Mädchen, ein dickes Mädchen mit schönem, sanftem Gesicht, das ihn hilfesuchend anblickte. Henry bemerkte, daß das Mädchen kurz davor war, zu schluchzen – seine leicht abfallenden Schultern zuckten und hoben und senkten sich, und seine Lippen zitterten –, und daß es Mühe hatte, zu sprechen. »Guten Tag«, sagte Henry freundlich und entschloß sich zu einer Frage, die er zum ersten Mal in seinem Leben gebrauchte: »Womit kann ich Ihnen dienen?«

Jetzt begann das Mädchen zu schluchzen, und schluchzend und mit einer Stimme, als wollte sie ihn um Entschuldigung bitten, gab sie an, ihren Ring verloren zu haben, ihren Verlobungsring.

»In der Zugtoilette war es«, sagte sie, »ich wollte mir die Hände waschen und nahm den Ring ab, und dann hörte ich die Durchsage, der nächste Halt, ich lief zu meinem Abteil – werden Sie den Ring finden?«

»Kommen Sie«, sagte Henry, »kommen Sie, wir wollen erst einmal einen Nachforschungsantrag ausfüllen«, und er stieg durch das Fenster, führte sie zu dem schwarzen Pult und reichte ihr ein Formular. Das Mädchen starrte auf das Formular, sah zu ihm auf, blickte wieder auf das Formular, unschlüssig, wo es beginnen sollte. Henry trat nah an sie heran, er deutete auf das Wort »Verlierer«, er sagte: »Hier, hier muß der Name des Verlierers einge-tragen werden«, und unwillkürlich war er versucht, ihre Hand zu führen.

»Jutta Scheffel«, flüsterte sie, und Henry, ohne unge-duldig zu werden: »Schreiben Sie es hin, Jutta Scheffel.«

Und dann fragte er sanft weiter – in der Reihenfolge, die das Formular vorgab –:

»Wohnort?«

»Flensburg.«

»Straße?«

»Am Hang 49.«

»Abfahrtsort?«

»Flensburg.«

»Zielbahnhof?«

»Düsseldorf.«

Das Mädchen antwortete leise, doch prompt, und füllte die Sparten aus. Erst als sich Henry nach der Abfahrtszeit und dem Namen des Zuges erkundigte: »Mozart« viel-leicht, oder »Theodor Storm«?, stockte es und schüttelte den Kopf und sagte: »Ich weiß es nicht«; auch auf die Fra-ge nach der Zugnummer schüttelte es den Kopf.

»So«, sagte Henry, »das hätten wir schon mal.« Er nickte ihr belobigend zu und wollte dann wissen – er sprach den vorgedruckten Text nach –, welcher Gegenstand als verloren angemeldet werden sollte. Das Mädchen schluchzte so heftig auf, daß Henry ihm reflexhaft eine Hand auf die Schulter legte; eine Weile ließ er die Berührung dauern, wobei er die kleinen Zuckungen und Stöße spürte, und begann dann, die Schulter leicht zu beklopfen. Er war nicht einmal erstaunt, daß das Mädchen sich allmählich beruhigte, und als sie ihn mit erhobenem Kopf ansah, reichte er ihr ein Papiertaschentuch und sagte: »Ein Ring also, Ihr Verlobungsring, können Sie ihn beschreiben?«

Sie antwortete nicht gleich, sie schien erst in ihrem Gedächtnis forschen zu müssen, ehe sie sagte: »Ein Topas, ein Topas aus dem Ural.«

Da sie selbst offenbar nicht schreiben wollte oder konnte, nahm Henry den Kugelschreiber und trug ins Formular ein, was er aus ihr herausfragte.

»Wert, können Sie ungefähr den Wert angeben?«

»Es ist ein Erbstück«, sagte das Mädchen, »den Ring hat schon die Mutter meines Verlobten getragen.«

»Erbstück besagt hier nichts«, sagte Henry, »wir müssen den Wert angeben, also: tausend Mark, zweitausend Mark?«

Er notierte schließlich, was er selbst für angemessen hielt, wiederholte einige Trostworte, Beschwichtigungsworte, ließ das Mädchen unterschreiben und versicherte ihm, daß er sein Möglichstes tun werde, um den Ring wiederzubeschaffen. Zuversichtlich wandte sie sich um, ging zur Holzbank, setzte sich und gab ihm zu verstehen, daß sie hier warten wolle, es könnte auch länger dauern, wenn sie nur den Ring wiederbekäme, der ihr mehr bedeutete als alles andere; als Krankenschwester habe sie

Geduld gelernt. Langsam sprechend versuchte Henry ihr beizubringen, daß es sinnlos sei, hier zu warten. Obwohl die Dienststelle im allgemeinen erfolgreich arbeite, stellte sich ein Erfolg keineswegs prompt ein, jedenfalls nicht im Laufe einer Stunde, es muß geschrieben, telephoniert, herumgefragt werden.

»Ich schlage Ihnen vor, daß Sie jetzt nach Hause gehen«, sagte er. »Wir haben Ihre Adresse, sobald wir fündig werden, erhalten Sie eine Nachricht.«

Wieviel Zeit sie sich ließ, aufzustehen, wie lange sie unentschlossen und verzagt dastand, ehe sie Henry dankte, mit einer Stimme, die ihn ahnen ließ, was bei diesem Verlust auf dem Spiel stand.

Kaum hatte sie das Fundbüro verlassen, zog Henry das Schiebefenster herunter, steckte sich eine Zigarette an und machte gutgelaunt einige knappe Ausfallschritte nach beiden Seiten, gerade so, als wollte er an einem sperrenden Gegner vorbeiziehen. Er war zufrieden mit sich. Er hatte, so empfand er es, eine Probe bestanden. Wenn die anderen von ihrer Versammlung zurückkämen, würde er etwas zu erzählen haben. Das dachte er und schlenderte den Gang zwischen den Regalen hinab, weniger verwundert jetzt über all das Vergessene und Verlorene, als vielmehr ungläubig und erheitert bei dem Gedanken, daß er auf einmal berufen war, mit den alltäglichen Verlierern zu reden, sie aufzurichten, ihnen zu helfen. Er trat ans Fenster, blickte auf die zerbröckelnde Laderampe, auf die von Löwenzahn und Gras überwachsene, einst großzügige Anfahrt, deren Verlassenheit auch das Sonnenlicht nicht aufheben konnte; wie oft hatte er um Auskunft bitten, nachfragen müssen, ehe er hierhergefunden hatte.

Vor dem Fach mit den registrierten Kleidungsstücken blieb er stehen, zog nach kurzem Nachdenken die Mönchskutte heraus, hielt sie sich zum zweiten Mal an, fand es nicht genug und schlug sich in den schweren braunen Stoff und band die Kordel um. Gern hätte er sich so in einem Spiegel gesehen, doch im Fundbüro, wo fast alles aufgehoben wurde, fand sich kein Spiegel. Er legte die Hände zusammen, gefiel sich einen Augenblick in angenommener Andacht und ging dann, von einem plötzlichen Einfall verführt, zum Büro des Chefs; dort stand das Telephon. Henry beschloß, seine Schwester Barbara anzurufen, in der Einkaufsabteilung von Neff und Plumbeck, wo sie Verantwortung trug; er wollte sich als Bruder Aloisius melden und sie raten lassen, welch ein Kleidungsstück er gerade trug. Und dann wollte er ihr vorschlagen, ihr die Beichte abzunehmen, noch am selben Abend. Er bewunderte seine Schwester, er liebte sie, oft genug hatte er sich eingestehen müssen, daß er Mitleid für sie empfand, für dieses hochgewachsene, sehnige Mädchen, das bereits zweimal verlobt gewesen war. Als er den Hörer abhob, rief ihn die Klingel zur Ausgabe.

Im Gehen warf Henry die Kutte ab, sprang über einen Koffer und zeigte sich einem selbstbewußten Antragsteller, der zum Gruß an die Ballonmütze tippte. Weder verzagt noch mit sich hadernd stand er da in seinem großkarierten Leinenhemd, er schien sogleich Zutrauen zu Henry zu finden und erklärte, daß er in einem Personenzug nach Hannover einen kleinen Holzkasten vergessen hätte, vielleicht vierzig mal sechzig Zentimeter, einen Kasten aus poliertem Teakholz.

»Inhalt«, fragte Henry, »können Sie Angaben über den Inhalt machen?«

»Ich hatte zwei Koffer bei mir«, sagte der Mann, »außerdem einen Rucksack und einen Strauß für meine Agentin, das war der Grund, warum ich den Kasten beim Aussteigen liegenließ, mein Arbeitszeug.«

»Arbeitszeug?« wiederholte Henry.

»Ich bin freier Artist«, sagte der Mann, »in dem Kasten sind drei Messer, Wurfmesser, ihre Klingen wurden in Toledo geschmiedet, sie tragen das Qualitätssiegel.«

»Sind Sie Messerwerfer?«

»Ich bin Mitglied in der Liga freier Artisten, Sie können meinen Ausweis sehen.«

»Solch ein Kasten wurde eingeliefert«, sagte Henry, »mein Kollege hat ihn vorhin registriert, ich habe ihn in die Geschirrabteilung gestellt, warten Sie.«

Henry holte aus dem Fach, in dem Tassen und Teller, Thermoskannen und Bestecke aufgehoben wurden, den Kasten, dessen Deckel mit dem Abziehbild einer Taube verziert war. »Dieser hier?« Der Artist wollte den Kasten sofort an sich nehmen, doch Henry hinderte ihn daran und nahm sich das Recht, den Kasten zu öffnen und den Inhalt zu überprüfen.

Fein aufgereiht in ihren Klemmen, mit der Schneide nach unten, lagen da die drei Messer, an ihren unverhältnismäßig schweren Griffen ließ sich bereits erkennen, daß sie zu keinem gewöhnlichen Gebrauch bestimmt waren.

»Das dürfte Ihnen doch wohl genügen«, sagte der Artist, »und falls Sie noch Zweifel haben sollten, dann schauen Sie sich das Gütesiegel von Toledo an, es ist auf jeder Klinge.«

Frisch erworbene Skepsis ließ Henry zögern, er hob ein Messer aus dem Kasten, erprobte mit dem Daumen die Schärfe der Schneide, suchte das Siegel von Toledo und konnte sich immer noch nicht entschließen, den Kasten auszuhändigen.

»Nun, was ist?« fragte der Artist mit aufkommender Ungeduld. Henry blickte in sein kantiges Gesicht, registrierte die zusammengepreßten Lippen, den fordernden und zugleich ärgerlichen Ausdruck, er war sicher, daß der rechtmäßige Besitzer des Kastens vor ihm stand; dennoch glaubte er, ihm einen letzten Eigentumsbeweis nicht erlassen zu können: »Bitte«, sagte Henry, »nur noch eine kleine Bestätigung, einen einfachen Beweis, der einem Profi nicht schwerfallen dürfte: zwei, drei Zielwürfe bitte, und Sie können Ihren Kasten haben.«

Ohne erstaunt zu sein, ja mit einer freudigen Bereitschaft sagte der Artist: »Von mir aus – nichts leichter als das«, und hielt auch gleich nach einem geeigneten Hintergrund Ausschau, musterte die Tür hinter den Regalen, ging zu ihr, strich mit den Fingerkuppen über das gebeizte Holz und nickte zufrieden: »Darf ich bitten?«

»Was fehlt denn noch?« fragte Henry, und der Artist darauf, sachlich: »Ich bin es gewohnt, mit einem Partner zu arbeiten.«

Nur einen Moment schwankte Henry, dann stellte er sich mit dem Rücken gegen die Tür, sein Körper suchte enge Berührung mit dem Holz, reckte sich, sackte leicht zusammen, reckte sich noch einmal, und ohne Aufforderung streckte er beide Arme schräg nach unten.

»Fertig?« fragte der Artist, bedeutungsvoll, wie er es gewohnt war; Henry antwortete nicht, sondern schloß nur die Augen, und schon surrte ein Messer durch die Luft, knapp aus dem Handgelenk geschleudert. Ratschend setzte es sich im Holz fest, in erträglichem Abstand von Henrys linker Schulter. Er öffnete die Augen, sah, wie der Artist einen Ärmel seines Holzfällerhemdes hochkrempelte, und hörte ihn sagen: »Gut gemacht, und jetzt ruhig bleiben, jetzt riskieren wir noch den Königswurf.«

Dieser Königswurf wurde nicht ausgeführt, denn noch bevor sich das Messer aus der Hand des Artisten löste, um knapp über Henrys Scheitel ins Holz zu fahren, rief eine Stimme: »Was ist denn hier los, seid ihr verrückt geworden?«

Aufgebracht, mit erhobenen Armen kam Harms heran,

stellte sich zwischen sie, so, als wollte er Henry Deckung geben, und fuhr den Artisten an: »Nehmen Sie erst mal das Ding weg, ja.«

Der Artist legte das Messer in den Kasten und sagte: »Ruhig, nur ruhig, der Herr dort wollte einen Beweis haben, und den hat er bekommen.«

Henry stieß sich von der Tür ab und bestätigte die Worte des Artisten: »So ist es, ich wollte sichergehen, darum habe ich diesen Beweis verlangt, der Kasten gehört ihm wirklich.«

Dies Bekenntnis konnte Harms nicht besänftigen, er winkte Bußmann zu sich und trug ihm auf, den Rest zu regeln – »Übernimm du das jetzt, Albert« –, Henry forderte er auf, vorauszugehen ins Büro.

Er bot Henry keinen Stuhl an. Er blickte zum Photo mit der historischen Lokomotive hinauf und schüttelte den Kopf, dann wandte er sich Henry zu, musterte ihn lange und bekümmert und gab schon durch sein Schweigen zu erkennen, wie enttäuscht er war. Da Henry sein Schweigen aushielt und auch entschlossen schien abzuwarten, welche Vorwürfe man ihm machen würde, zuckte Harms schließlich die Achseln und sagte: »Na gut, Herr Neff, wenn Sie es selbst nicht gemerkt haben, werde ich es Ihnen sagen: Sie haben sich unmöglich benommen. Sie wollen sich, wie Sie mir erklärt haben, wohl fühlen bei der Arbeit, Sie wollen bei allem Ihren Spaß haben, ich vermute, daß Sie nichts ernst nehmen. Von mir aus können Sie bei Ihrer Haltung bleiben. Hier aber, auf dieser Dienststelle, kommen Sie damit nicht weiter.«

»Was habe ich denn groß gemacht?« fragte Henry, und Harms antwortete: »Ein Varieté, Sie haben aus der Dienststelle ein Varieté gemacht, oder doch für eine Varieté-Einlage gesorgt; offenbar ist es Ihnen nicht einmal bewußt.«

Harms ergriff eine Schere, die auf seinem Schreibtisch lag, setzte die Spitze auf eine schwarze Kladde und sah Henry erwartungsvoll an: »Nun, sehen Sie es ein?« – »Von Ihnen, Herr Harms«, sagte Henry, »von Ihnen habe ich gelernt, daß einer, der hier sein verlorenes Eigentum zurückhaben möchte, erst einmal beweisen muß, daß er auch wirklich Anspruch darauf hat. Ich hab doch weiter nichts getan, als solch einen Beweis verlangt.«

»Aber auf welche Art«, sagte Harms, »Sie sind einfach zu weit gegangen«, und bitter fügte er hinzu: »Stellen Sie sich nur mal vor, wenn ein Messer Sie getroffen hätte, in die Brust oder am Ohr, was meinen Sie, was hier losgewesen wäre, oder in den Hals, ein Messer in den Hals. Ich hätte die Verantwortung, mir würde man die Schuld zuschieben, ich kenne doch die höheren Etagen.«

Bußmann trat ein, blickte von einem zum anderen und erkannte sogleich, daß er ungelegen kam und sich kurz fassen mußte, und so sagte er nur: »Ich hab den Kerl abgefertigt; er hat die Bearbeitungsgebühr bezahlt und unterschrieben. Übrigens läßt er grüßen und hofft, daß er noch einmal bei uns auftreten kann, vielleicht auf unserem Betriebsfest.«

»Ach, Albert«, sagte Harms, »manchmal möchte man aufhören, an die Normalität zu glauben.«


Einer aus dem Strom eiliger Passanten scherte aus, einer im schwarzglänzenden Regenmantel, scherte aus und trat vor das erleuchtete Schaufenster des Porzellangeschäfts von Neff und Plumbeck. Henry sah es und überquerte die Straße. An die Hauswand gedrückt und gegen den Strom arbeitete er sich näher heran, blieb unmittelbar hinter der Gestalt stehen und betrachtete still, was diese betrachtete. In einer Sonderausstellung – schön geordnet auf ansteigenden Stufen und Tischchen und vom scharfen Licht kleiner Lampen so angestrahlt, daß die dünnwandigen, bläulich schimmernden Gefäße fast durchsichtig erschienen – wurde da altes Porzellan gezeigt, chinesisches Porzellan. Ein Schild wies darauf hin, daß die Stücke zweihundertsechzig Jahre auf dem Grund des chinesischen Meeres überdauert hatten, im Bauch des portugiesischen Frachtseglers »Maria de Santa Cruz«, der in einem Taifun untergegangen war; ein anderes Schild belehrte, daß die Porzellankunst unter dem Kaiser K'ang-hsi ihre größte Blüte erlebte. Henry beugte sich so weit vor, daß seine Wange den hochgeschlagenen Kragen des Regenmantels berührte, und flüsterte: »Unverkäuflich, was Sie sehen, ist unverkäuflich und übrigens auch unerschwinglich.«

Paula war nicht so überrascht, wie er es erwartet hatte – vermutlich hatte sie beim Betrachten der zarten Tassen und Kannen auch an ihn gedacht. Ohne sich ihm länger zuzuwenden, fragte sie, was sie anscheinend schon still beschäftigt hatte: ob der Tee aus diesem Geschirr wohl anders schmeckt als aus der neuen Fabrikware; sie glaubte, etwas müsse sich aus diesen wunderbaren Gefäßen doch herausschmecken lassen, das Alter, das Chinesische Meer. »Nicht zu vergessen: der Taifun«, sagte Henry. Belustigt sah Paula ihn von der Seite an, sie ließ sich nicht täuschen von dem treuherzigen Ausdruck seines Gesichts, mittlerweile wußte sie, daß es riskant war, seinem Wort zu vertrauen, einfach, weil er fast alles in Frage stellte und kaum etwas wichtig nahm. Er wollte nicht wissen, in welche Richtung sie zu gehen beabsichtigte, er schloß sich ihr wie selbstverständlich an; einmal, als sie vor einer Ampel standen, ließ er sie hochblicken an dem mächtigen Gebäude von Neff und Plumbeck und sagte: »Dort, im vierten Stock, arbeitet meine Schwester Barbara, sie ist verantwortlich für den Einkauf.«

»Und Sie«, fragte Paula, »warum arbeiten Sie nicht auch da, mit Porzellan zu arbeiten muß doch Freude machen, und außerdem könnten Sie für die Familie tätig sein?«

»Mir hat man keinen Posten angeboten«, sagte Henry, »vielleicht hat man früh gemerkt, daß ich nicht ausreiche und meinen Lebensinhalt nicht im Porzellan finden möchte, weder in chinesischem noch in japanischem oder holländischem Porzellan. Jedenfalls war man sehr erfreut, als ich erklärte, zur Bahn zu gehen wie mein Onkel.«

Plötzlich griff er nach ihrem Handgelenk und zog sie zu einer schwarzen beschrifteten Tafel, die vor dem Eingang zu einem Kellerlokal stand. »Frische Nordsee-Muscheln«, las er langsam und glaubte, damit habe er bereits eine Einladung ausgesprochen, und wartete nur noch auf ihre Zustimmung, doch Paula tat einen Schritt zurück und machte mit der Hand eine abwehrende Bewegung: »Nein, nicht heute, ich hab noch etwas vor.«

»Dann beeilen wir uns«, sagte Henry, »bitte«, und ohne seinen Griff um ihre Hand zu lösen, führte er sie die nassen Steinstufen hinab. Es war kühl in dem schlichten, gekachelten Gastraum, nur ein einziger kahlköpfiger Mann saß da vor einem Muschelberg und vermied es, sie anzublicken. Sie entschieden sich für den Tisch neben dem Eingang zur Küche, Henry schnupperte, er sagte: »Senf und Zwiebel, oder riechen Sie etwas anderes?«

»Die gehören wohl dazu«, sagte Paula und zündete sich eine Zigarette an. Obwohl Henry hier schon mehrmals gegessen hatte, erkannte der Wirt ihn nicht wieder; schweigend, mit hochgezogenen Augenbrauen, nahm er die Bestellung entgegen, und als er in der Küche verschwand, sagte Henry: »Haben Sie diese Halsmuskeln gesehen? So sieht ein georgischer Ringer aus.«

Um zu servieren, hatte der Wirt sich eine graue Schürze

vorgebunden, mit übertriebenem Schwung setzte er die Schüsseln vor sie hin, fächelte sich den Duft der Muscheln zu, ließ seine zerrissenen Augenbrauen spielen und wünschte guten Appetit. Den Mosel probierte er zu Paulas Erstaunen selbst.

Beide hatten keine Mühe, das Muschelfleisch mit einer Schalenhälfte zu lösen; Henry kaute versonnen, kaute nachdenkend, gerade so, als wollte er dem geheimsten Geschmack der Muschel auf den Grund kommen, Paula lächelte verständnisvoll, sie wußte, worauf er aus war. Und nach einer Weile fragte sie: »Das Meer, nicht, Jod und Salz und Algen, bestimmt schmecken Sie das Meer heraus, oder?«

»Nur eine Welle«, sagte Henry, »immer, wenn ich etwas esse, das aus dem Meer kommt, muß ich an eine große Welle denken, sie riß mich um, damals, auf einer Klassenreise, auf einer Nordfriesischen Insel, ich mußte Wasser schlucken, viel Wasser. Seitdem weiß ich, wie das Meer schmeckt.«

»Und«, fragte Paula, »wollen Sie den Geschmack jetzt wiederfinden?«

»Den Geschmack schon«, sagte Henry, »aber nicht die Welle.«

»Das ist wohl immer so«, sagte Paula. »Wenn man an etwas denkt, fällt einem gleich noch etwas anderes ein.«

Henry trank ihr zu, er schien einverstanden zu sein mit ihrer Bemerkung, er sagte: »Wenn ich gewußt hätte, wieviel Freude die Arbeit im Fundbüro macht – ich hätte mich schon früher zu Ihnen versetzen lassen.«

Für einen Augenblick sah Paula ihn skeptisch an. »Freude?« fragte sie, »meinen Sie das im Ernst?«

»Sie wissen nicht, was es heißt, als Zugbegleiter zu fahren«, sagte Henry, »oder als Hilfsschaffner; da glaubt jeder, der eine Fahrkarte hat, sich bei ihnen beschweren zu können, und wenn die Fußball-Fans nach Hause fahren, ist immer heiße Luft; ich bin als Zugbegleiter gefahren, ich weiß genug.«

»Und was macht Ihnen Freude bei uns?« fragte Paula.

»Verschiedenes«, sagte Henry.

»Verschiedenes ist zu unbestimmt«, sagte Paula.

»Also gut«, sagte Henry, »erstens macht es mir auf unserer Dienststelle Freude, weil ich die Arbeit für nützlich halte, und zweitens gefällt mir die Atmosphäre, der Umgangston, man kann auch gleich sagen: Mir gefallen die Kollegen.« Da Paula schwieg, fuhr er fort: »Man findet nicht überall einen Albert Bußmann, der einen Anfänger so geduldig einarbeitet, ihm von all seinen Kenntnissen abgibt; und einen Chef wie Herrn Harms zu bekommen, das ist einfach ein Glücksfall. Außerdem« – er unterbrach sich, blickte sie freimütig an –, »außerdem freue ich mich darüber«, sagte er dann, »daß Sie im Fundbüro arbeiten. Ob Sie's glauben oder nicht: Wenn ich morgens reinkomme und Sie an Ihrem Schreibtisch sehe, bin ich schon gut gelaunt.«

Paula lachte auf, sie sagte: »Das nenne ich genügsam oder bedürfnislos.«

»Aber das ist so«, sagte Henry, »wirklich, und wenn Sie manchmal leise pfeifen – immer dasselbe Lied –, könnte ich Ihnen endlos zuhören; ich kenne das Lied nicht, aber ich mag es.« Er summte einige Takte, worauf Paula sagte: »Das Lied heißt ›Wenn de Wind weiht‹, ich hab's von meiner Mutter gelernt, sie kam von der Küste.«

Der Wirt trat an ihren Tisch, er fragte wörtlich, ob alles in Ordnung sei, und empfahl ihnen Rote Grütze, gerade hergestellt; beide verzichteten auf die Nachspeise, statt dessen bestellte Henry zwei Remy Martin. Der Wirt bedauerte: »So etwas führe ich nicht, so etwas geht hier nicht«, ob's etwas anderes sein könnte, Aquavit zum Beispiel? Achselzuckend gab Henry sich zufrieden: »Gut, dann zwei Jubiläums-Aquavit.« Sie schwiegen, bis die Gläser vor ihnen standen, und nachdem sie getrunken hatten – Paula nippte nur an ihrem Glas und schob es dann weit von sich fort –, sagte Henry, daß er lieber mit einem Remy Martin angestoßen hätte, der bringe einem Wärme und Erleuchtung, Herr Bußmann habe ihm davon aus seiner Flasche angeboten, zum Einstand.

»Ach, unser Albert«, sagte Paula bekümmert, »er hat's schwer; ich bewundere ihn.«

»Warum hat er's schwer?« fragte Henry.

Paula seufzte, sie sagte: »Bestimmt wird er Sie demnächst zu sich nach Hause einladen, zum Abendessen, Albert ist ein guter Koch. Er lebt mit seinem Vater zusammen, der gewiß neunzig ist, ein freundlicher, leider verwirrter Alter, der Ihnen gleich von seiner Zeit im Balkan-Expreß oder in der Transsibirischen Eisenbahn erzählen wird; angeblich ist er da als zweiter Lokomotivführer gefahren. Sie brauchen ihm nur zuzuhören, er ist froh, wenn er seine harmlosen Lügengeschichten loswerden kann. Zweimal war ich bei Albert eingeladen; die Nachsicht, die er für seinen Vater aufbrachte, aber auch die Fürsorglichkeit kann ich einfach nicht vergessen. Na, Sie werden es ja selbst erleben.«

Henry trank sein Glas aus, er versuchte, sich das Leben der beiden Männer vorzustellen, die kleinen banalen Tätigkeiten, die der Alltag forderte, er fragte: »Macht Albert auch den ganzen Haushalt?«

»Er muß es«, sagte Paula, »er kann den alten Mann nicht einmal zum Einkaufen schicken, manchmal passiert's, daß er die Orientierung verliert und nicht nach Hause findet, kurz vor Ostern haben wir uns gemeinsam auf die Suche nach ihm gemacht, auch Herr Harms war dabei.«

»Und haben Sie ihn gefunden?«

»In der Bahnhofsmission«, sagte Paula, »er hatte dort Zuhörer gefunden, denen er von seinen erträumten Abenteuern auf dem Balkan-Expreß erzählte.«

Sie sah auf ihre Uhr, warf hastig Feuerzeug und Zigaretten in ihre Handtasche und sagte: »Ich muß los, entschuldigen Sie, aber in einer knappen Stunde beginnt der Film.«

»Darf ich mitkommen?« fragte Henry, und Paula darauf, entschieden: »Leider nicht, diesen Film muß ich allein sehen, zu Hause.«

»Und wenn ich sehr darum bitte?« fragte Henry.

»Auch dann nicht«, sagte Paula.

»Ist es ein besonderer Film?«

»Ja, für mich ist es ein besonderer Film, mein Mann ist daran beteiligt.«

»Ist er Schauspieler?«

»Er ist Sprecher, Synchronsprecher, ich weiß nicht, ob Sie Glenn Ford kennen, er ist ein sehr guter Schauspieler, bei uns spricht er gelegentlich mit der Stimme meines Mannes.«

Henry winkte dem Wirt und machte ein Schriftzeichen in die Luft, der Wirt verstand ihn sogleich und beugte sich über die Rechnung. Während sie warteten, bat Paula ihn um Verständnis, sie müsse diesen Film allein sehen, schon die schweigende Anwesenheit eines anderen lenke sie ab und behindere ihre Gedanken, außerdem werde von ihr erwartet, daß sie bei Gelegenheit ein Urteil abgeben müsse, und zu einem Urteil finde sie am besten allein.

»Schade«, sagte Henry, und mehr fiel ihm in seiner Enttäuschung nicht ein.

Obwohl die Zeit des Berufsverkehrs vorbei war, zog immer noch ein Strom von Autos die abschüssige Straße hinab, der feine Regen funkelte und sprühte in den Lichtkegeln. Schweigend gingen sie zur Bushaltestelle, und als

Henry ihr anbot, sie nach Hause zu begleiten, deutete sie auf ein mehrstöckiges Mietshaus: »Da drüben wohne ich«, sagte sie, »im vierten Stock, wenn ich aus dem Fenster schaue, sehe ich direkt in eine Fischbratküche.«

Als sie bemerkte, daß die Ampel gerade Grün zeigte, dankte sie ihm schnell und sagte »Bis morgen« und überquerte die Straße und winkte ihm von der anderen Seite noch einmal zu. Sie ging an einem Kiosk vorbei, blieb plötzlich stehen und kaufte da etwas; Henry war sicher, daß es Zigaretten waren, die ihr herausgereicht wurden. Er starrte auf das Haus, in dem sie verschwand, er wollte so lange warten, bis hinter den beiden dunklen Fenstern im vierten Stock Licht aufflammte, doch dann drehte sein Bus heran, und er stieg ein. Nur einmal mußte er umsteigen – fast hätte er die Station verschlafen –, am Rand der neuen Hochhaussiedlung stieg er aus, in vielen Fenstern der mächtigen Klötze wetterte das bläuliche Licht der Fernsehapparate. Wie immer ging Wind auf dem öden, zementierten Platz. Die sich hier begegneten, grüßten einander nicht. Henry überquerte den Platz, war fast schon am Eingang des Hochhauses, in dem seine Parterrewohnung lag, als – kaum bestimmbar, woher – zwei, vier, fünf Motorräder in langsamer Fahrt auf ihn zukamen, scharf wendeten und ihn zu umrunden begannen. Als sie ihn zwangen, stehenzubleiben, versuchte er, aus dem Kreis auszubrechen, einer von ihnen hielt entschlossen auf ihn zu, blendete ihn mit seinem Scheinwerfer und drehte so knapp ab, daß er sich gestreift fühlte und die Hitze des Motors zu spüren glaubte. Keine erkennbaren Gesichter, keine bekannten Stimmen. Immer mehr eingeschnürt und rätselnd, was sie mit ihm vorhatten, rief Henry: »Hört auf mit dem Mist, was soll das?«, und da keiner von ihnen antwortete, rief er noch einmal: »Hört auf, ihr Spinner!«

Als der Kleinste von ihnen herandrehte und, beide Füße auf der Erde schleifend, vor ihm halten wollte, sprang Henry ihn an, stieß ihn vom Fahrersitz und setzte über die stürzende Maschine hinweg und lief auf den Hauseingang zu. Erst nachdem er in der Sicherheit des Flurs war, sah er zurück – alle Motorräder hielten bei dem Gestürzten, dem es gelang, aus eigener Kraft aufzustehen.

Wie glimpflich er ihnen davongekommen war – er lächelte, als er seine Wohnungstür aufschloß; ohne Licht zu machen, ging er ans Fenster, die Scheinwerfer ordneten sich, erfaßten nacheinander den Kinderspielplatz – die Wippe, die Rutsche, die Kletterstangen – und entfernten sich in Richtung zu den Kunstteichen. Henry zog die Vorhänge zu und machte Licht. Seine niedrige, nur spärlich möblierte Zweizimmerwohnung – die Bettcouch nahm den meisten Platz ein – entsprach seinen Wünschen; als er sie einweihte, erwies sie sich als so geräumig, daß eine halbe Hockey-Mannschaft darin Platz fand. Die Bettcouch wurde von einem Bücherregal eingeschlossen, auf dem vor allem Anthologien mit Kurzgeschichten standen, finnische und irische, polnische und amerikanische Kurzgeschichten. Über seinem schmalen Schreibtisch, in Augenhöhe, lief eine weißlackierte Leiste, an ihr baumelte in Schlaufen ein gutes Dutzend Lesezeichen – der Hauptteil seiner Sammlung lagerte in zwei Kartons –, Lesezeichen aus Leder, aus Pappe, aus Horn und Plastik; sie hatten die Form von Wassernixen, von Eulen, von züngelnden Schlangen, auch eine fette Frau baumelte da, die ein Buch unerbittlich an ihren Bauch drückte. Henry schnippte mit dem Finger die Lesezeichen an, zog seine Schuhe aus und ließ sich auf die Couch fallen. Zum ersten Mal bedauerte er, daß er keinen Fernsehapparat besaß, wie gern hätte er jetzt den Film gesehen, den Paula gerade sah und in dem ihr Mann dem Hauptdarsteller seine Stimme gab. Als das Telephon läutete, war er sicher, daß es Paula war, er sprang auf und hob den Hörer ab und meldete sich mit gespieltem Ernst: »Hier spricht ein einsamer Mensch namens Henry Neff.«

»Hör zu«, sagte Barbara ruhig, »sei nicht albern und hör mir zu: Es geht mich nichts an, wo du deine Zeit verbringst und mit wem, aber Verabredungen sollte man einhalten, und du warst heute verabredet. Mutter hat fast zwei Stunden auf dich gewartet, im Restaurant beim Ruderclub, es ist einfach nicht fair von dir.«

Unwillkürlich blickte Henry zu dem kleinen gerahmten Photo, auf dem Barbara, in einem Kanu kniend, ihr Stechpaddel heiter drohend gegen den Photographen hebt.

»Es tut mir leid«, sagte er, »wirklich, Barbara, es tut mir verdammt leid, aber mir ist etwas in die Quere gekommen, beruflich.«

»Mutter hat mich angerufen«, sagte Barbara, »und ich habe dich angerufen, das heißt, ich habe es versucht, doch weder bei dir noch in deinem Fundbüro hat jemand abgenommen.«

»Unsere Schriftführerin«, sagte Henry, »ich hatte ein längeres Gespräch mit ihr, schließlich möchte ich mich einweisen lassen, von ihr kann man eine Menge lernen.«

Barbara schwieg eine Weile, dann sagte sie: »Ich weiß nicht, was du von ihr lernen möchtest, von deiner Schriftführerin, aber ich gebe dir den Rat, nichts Ernstes anzufangen am Arbeitsplatz, der Arbeitsplatz hat seine eigenen Gesetze.«

»Ist Mutter zu Hause?« fragte Henry.

»Nein«, sagte Barbara, »sie ist in einem Konzert, spanische Folklore, sie wollte dich überreden, mit ihr dorthin zu gehen.«

Wieder schwieg Barbara, es gab für ihn keinen Zweifel, daß sie ihm grollte, sie schwieg so lange, bis er schließlich fragte: »Bist du noch da?«, und nach ihrer verzögerten Bestätigung sagte er: »Ich bring das in Ordnung, Mutter hat bestimmt Verständnis dafür, daß man aus beruflichen Gründen –«; sie unterbrach ihn, sie sagte: »Komm Mutter nicht mit beruflichen Gründen, du mußt dir schon etwas anderes ausdenken.«

»Hör zu, Barbara«, sagte Henry, »du wirst es nicht glauben, aber da, wo ich jetzt gelandet bin, möchte ich bleiben. Es gefällt mir im Fundbüro, uneingeschränkt, die Stelle ist wie für mich gemacht, wirklich, und bessere Kollegen findest du nicht.«

»Wie alt ist eure Schriftführerin?« fragte Barbara abrupt.

»Frau Blohm«, sagte Henry, »sie ist wohl ein wenig älter als ich, ich bin überhaupt der Jüngste.«

»Und das Gehalt«, fragte Barbara, »haben sie dich zurückgestuft?«

»Etwas weniger, ja, aber du weißt, daß ich mir nicht allzuviel aus Geld mache.«

»Eben«, sagte sie, »dafür hast du ja mich; ist dir übrigens klar, wieviel du mir schuldest?«

»Du wirst das Geld zurückbekommen, alles, Barbara«, sagte er. Henry hörte sie seufzen, er wußte, daß sie jetzt eine naheliegende Frage unterdrückte, und erwartete, daß sie das Gespräch beendete, aber nach einer Pause, in der er ein ratschendes Geräusch hörte – er glaubte sie zu sehen, wie sie den Hörer mit der Schulter einklemmte und sich eine Zigarette ansteckte –, fragte sie: »Was machst du da eigentlich in diesem Fundbüro?«

»Oh«, sagte Henry, »was ich mache? Also: Vor allem staune ich, staune von morgens bis abends darüber, was alles unsere Mitmenschen vergessen und verlieren; mit all

36

den Sachen könntest du einen Riesengemischtwarenladen aufmachen; manchmal staune ich aber auch darüber, wie man gewisse Dinge verlieren kann.«

»Gut«, sagte Barbara, »aber nebenbei hast du wohl auch etwas zu tun, oder ist Staunen deine einzige Beschäftigung? Das wäre übrigens genau der Job, der zu unserem Henry paßt; damit kann er alt werden.«

»Spar dir die Ironie«, sagte Henry, »der Job hier fordert dich auch: Bei mir zum Beispiel muß einer beweisen, daß ihm eine Sache, die er als verloren meldet, auch wirklich gehört, außerdem registriere und vermittle ich, verstehst du, Barbara?«

Ohne ihre Antwort abzuwarten, sagte er plötzlich: »Sie sind da, sei still.«

»Was ist das?« fragte Barbara, und Henry darauf: »Sie haben sich versammelt.«

»Wer?«

»Die Motorräder, sie sind unter meinem Fenster, hörst du sie nicht?«

»Was wollen sie von dir? Nun sag doch, was los ist.«

»Sie hatten mich eingekreist.«

»Eingekreist?«

»Zum Spaß, so etwas machen die zum Spaß, sie kreisen einen ein und fahren scharf auf ihn zu und freuen sich, wenn man vor ihnen Angst hat; dann sind sie wer.«

»Haben sie dir etwas getan?«

»Nein, aber ich habe einen von ihnen von seiner Maschine gestoßen, er war mir im Weg, verstehst du?«

»Soll ich die Polizei rufen?«

»Bloß das nicht«, sagte Henry, »dann gibt's erst richtigen Ärger, der Club verzieht sich schon wieder.«

»Jetzt höre ich sie«, sagte Barbara und fragte: »Kennst du sie?«

»Nicht alle, aber ein paar kenne ich, sie wohnen hier in

der Siedlung, sie haben einen Anführer, haben ihre Stamm-
kneipe, ihre Motorräder sind alles, was sie haben, dafür
leben sie, damit sind sie groß.«

»Aber wenn sie Leute einkreisen«, sagte Barbara,
»wenn sie ihnen angst machen, um ihren Spaß zu haben:
Man muß doch etwas unternehmen gegen diese Typen.«

»Das kann machen, wer Lust dazu hat, und ich habe
keine Lust«, sagte Henry, »ich halte mich da raus! Nur
keine Gewalt. Glaub mir, Barbara, es hat keinen Zweck,
sich einzumischen, hier oder sonstwo, du opferst nur Zeit
und Kraft, und du veränderst nichts, ich sag mir: Laß alles
laufen – und es läuft ja doch auf eine allgemeine Katastro-
phe zu –, und sieh nur zu, wo du bleibst.« Er hörte ihren
beschleunigten Atem und hörte sie fragen: »Sind sie noch
da?«

»Wer?«

»Die Motorräder, sind sie noch da?«

»Sie verziehen sich gerade, sie fahren in Kette, ganz
langsam, wie bei einer Vorführung.«

»Wenn sie dich belagern, Henry, wenn sie dich bedro-
hen: Du kannst bei mir schlafen, das weißt du.«

»Ich weiß, Barbara, und ich dank dir, aber ich glaube
nicht, daß sie speziell mit mir etwas vorhaben, ich kreuzte
nur zufällig auf.«

»Ich will's hoffen«, sagte Barbara, »und nun vergiß
nicht, dich bei Mutter zu entschuldigen, es geht ihr nicht
gut.«


Paula konnte sich nicht konzentrieren. Immer wieder
blickte sie von ihren Listen auf und starrte zu dem kleinen
Büro von Harms hinüber, wo seit Arbeitsbeginn ein
schmächtiger Mann saß – nicht selbstbewußt und seiner
Position entsprechend, sondern bescheiden, in der Hal-

tung eines Bittstellers – und sich von Harms Papiere reichen ließ, die er rasch überflog, mitunter auch Fragen stellte, die ihm anscheinend zufriedenstellend beantwortet wurden. Hin und wieder nahm er einen Schluck Kaffee, den Harms ihm angeboten hatte, einmal brach er ein Stück von dem Roggenkeks ab und bot es dem Dompfaff in dem weißen Vogelbauer an.

Noch bevor er erschienen war, hatte Paula erfahren, daß sie Besuch von einem Gutachter bekämen, der im Auftrag der Personalabteilung die Arbeitsleistung dieser Dienststelle bewerten sollte, und sie wußte auch, daß sie im Fundbüro nicht die einzigen waren, die auf Nützlichkeit geprüft werden sollten: Um die Bahn wieder rentabel zu machen, wurde an höchster Stelle erwogen, fünfzigtausend oder noch mehr zu entlassen; Hannes Harms hatte es ihr anvertraut, achselzuckend. Mehrmals war sie nahe dran, unter einem Vorwand ins Büro hinüberzugehen, in der Hoffnung, etwas vom Gesprächsklima mitzubekommen, oder ein verstohlenes Zeichen von Harms aufzufangen, mit dem er ihr signalisierte, wie die Dinge standen, doch die einschüchternde Anwesenheit des Gutachters hielt sie davon ab. Während sie sich vorzustellen versuchte, wie und worüber da verhandelt wurde, kam Henry zwischen den Regalen hervor, er hatte einen Bowlerhut aufgesetzt und einen Regenschirm geschultert; einen Moment grinste er, dann nahm sein Gesicht einen Ausdruck von gefrorener Blasiertheit an. Lässig näherte er sich ihrem Schreibtisch, lüftete den Hut, und als Paula ein gequältes Lächeln andeutete, murmelte er: »Gestatten Sie, Lord Blake Paddington, falls ich mich nicht irre, habe ich die Freude, mit Mrs. Blohm zu sprechen?«

Paula schüttelte unwillig den Kopf, sie deutete auf das verglaste Büro, sie sagte: »Da ist Besuch, der ist bestimmt nicht zu solchen Scherzen aufgelegt.«

Einen Augenblick beobachtete Henry den fremden Mann im Büro, dann sagte er, wiederum in verstellter Tonart: »Wenn Sie mir erlauben, eine Vermutung zu äußern, dann handelt es sich bei diesem Herrn um einen Sachverständigen; ich nehme an, er will unsere Wertsachen schätzen, für die nächste Auktion.«

»Er ist Gutachter«, sagte Paula, »die Personalabteilung hat ihn geschickt.«

»Sieh einer an«, sagte Henry, »also das Schicksal in Person.«

»Jedenfalls könnte sein Besuch Folgen haben«, sagte Paula, »für einen von uns.«

»Bevor das geschieht, sollten wir uns noch etwas leisten«, sagte Henry, und er legte Hut und Regenschirm auf Paulas Schreibtisch und schlug ihr vor, am nächsten Wochenende gemeinsam an die Lübecker Bucht zu fahren. Und obwohl er sofort erkannte, daß sie seinen Vorschlag ablehnen würde, erwähnte er Möglichkeiten: einen ausgedehnten Strandspaziergang im Wind zum Beispiel; einen Besuch in einem Schiffahrtsmuseum oder in einem Riesenaquarium mit lebenden Heringshaien; aussichtsreich erschien ihm auch der Besuch bei einem befreundeten Maler, dessen Frau ein kleines Café betrieb, in dem es den besten selbstgebackenen Obstkuchen von ganz Norddeutschland gibt. Mit einem prüfenden Blick, in dem erkennbar für ihn Sympathie lag, sah sie ihn an, und als er erwähnte, daß er sich für die gemeinsame Fahrt den BMW seiner Schwester leihen werde, sagte sie: »Es geht nicht; Sie sind ein lieber Junge, Henry, aber es geht wirklich nicht.«

Sie lenkte seine Aufmerksamkeit auf das Büro des Chefs, wo jetzt Harms und der Gutachter an der großen Glasscheibe standen und zu ihnen herabschauten, stumm, ausdauernd, als warteten sie darauf, Arbeit vorgeführt zu bekommen. Henry beugte sich zu ihr hinab, bot ihr eine Zigarette an, die sie annahm und neben ihre Schreibmaschine legte, Feuer wollte sie nicht haben, nicht jetzt.

»Schade«, sagte er, »aber vielleicht später mal?«

»Vielleicht«, sagte Paula.

Er hatte das Bedürfnis, ihr übers Haar zu streichen, veränderte jedoch die bereits eingeleitete Bewegung und ergriff Hut und Schirm und verschwand zwischen den Regalen.

Unter den Reiseplaids bewegte sich etwas, wölbte sich etwas, Henry wußte sogleich, daß es Bußmann war, der da etwas aus seinem Versteck holte, und kaum stand er in dessen Arbeitsraum, da wurde ihm auch schon eine Flasche entgegengehalten. Auch einen? Zur Belebung? Henry winkte ab. Nachdem Bußmann sich die Belebung verschafft und die Flasche wieder verstaut hatte, zog er Henry zu einem Klapptisch, auf dem ein schwarzer Dokumentenkoffer stand, der schon geöffnet war, auf einem handgeschriebenen Dokument lag Bußmanns Lesebrille.

»Hier, mein Lieber, hier kannst du etwas lernen – ich darf doch du zu dir sagen?«

»Klar«, sagte Henry, dem nicht entgangen war, daß Bußmann sich bereits mehrmals »belebt« hatte.

Der erfahrene Fahnder war gerade dabei, den Eigentümer des Koffers zu ermitteln, der im ICE »Friedrich Schiller« gefunden worden war, den Namen hatte er bereits festgestellt, was ihm fehlte, war die Adresse. Selbst ihn, den Erfahrenen, hatte das Studium der Dokumente verblüfft, anscheinend konnte er immer noch nicht glauben, was er gelesen hatte.

»Soviel weiß ich«, sagte Bußmann, »der Kerl heißt Schwarz-Österland, Konrad mit Vornamen, und mit all den Papieren – Zeugnisse, Lebenslauf und so weiter – will er sich als Führungskraft bewerben, hier, auf die beigelegte Annonce aus der ›Frankfurter Allgemeinen Zeitung‹.«

Ein Hustenanfall hinderte ihn daran, weiter zu sprechen, er trat ans offene Fenster, hob sein Gesicht und verharrte so eine Weile, Henrys Angebot, ein Glas Wasser zu holen, lehnte er mit einer sichelnden Handbewegung ab. Nachdem er sich mehrmals geräuspert hatte, kam er an den Klapptisch zurück, nahm das handgeschriebene Dokument auf und sagte: »Paß mal auf, Junge, hier kannst du Höhenluft atmen, so bewirbt sich eine Führungskraft, vielleicht wird es dir später mal zu Nutzen sein.«

»Also, Schwarz-Österland, so heißt der Bewerber, zweimal verheiratet, zwei Kinder, zweites juristisches Staatsexamen, damit können wir nicht mithalten, Henry. Gerichtet ist die Bewerbung an die Vereinigten Norddeutschen Molkereibetriebe. Und nun halt dich fest: Dieser Schwarz-Österland, der sich als Führungskraft bewirbt, ist bereits Führungskraft, und zwar in einem gemischten Zeitschriftenverlag. Die Verdienste, die er sich erworben hat, zählt er alle auf; klar, daß er den Vertrieb rationalisiert hat, seine größte Leistung aber ist die Einrichtung einer Experimentierküche, aus der die frisch gewonnenen Rezepte an die Zeitschriften geliefert werden, vor allem an die Redaktion eines Blattes, das ›Der Genießer‹ heißt. Verstehst du? Wer einmal oben ist, der muß Wert darauf legen, immer auf gleicher Höhe zu bleiben; wenn du erst einmal absteigst, bleibst du unten.«

»Nichts für mich«, sagte Henry, »mir genügt's, da zu bleiben, wo ich bin, Klimmzüge sind mir schon immer lächerlich vorgekommen.«

Bußmann nickte ihm zu und reichte ihm das handgeschriebene Dokument, er forderte ihn auf, den ganzen

Text zu lesen und sich dann an den Zeitschriftenverlag zu wenden und offiziell um Auskunft zu bitten.

»Schreib mal da hin«, sagte er, »und bitte um die Adresse von Schwarz-Österland; noch ist er da beschäftigt.«

Henry brauchte nicht selbst zu schreiben, bei Paula lag bereits ein Nachforschungsauftrag, eine gerade eingegangene vorgedruckte Standardanfrage, die sie selbst bearbeiten wollte. Sie spannte den Bogen ein; während sie schrieb, sah Henry ihr über die Schulter, und als sie bei dem Wort »Führungskraft« stutzte und sich zu ihm umwandte, sagte er: »Es heißt wirklich so, Führungskraft, das ist das, was Sie für mich sind, seit gestern; Sie können mich führen, wohin Sie wollen.«

»Witzbold«, sagte Paula, und mehr sagte sie nicht.

Harms stand auf einmal hinter ihnen, er wartete, bis Paula den Bogen aus der Maschine gezogen hatte, dann schickte er Henry zum Bahnhofskiosk, er beauftragte ihn, Würstchen und Bier zu holen, fünf Paar Wiener, fünf Dosen Bier, die sollten ausreichen für ein kleines Frühstück, zu dem er seinen Besuch eingeladen hatte. Sie schoben zwei Tische zusammen, schleppten Stühle herbei, Bußmann gab sich mit einem Feldstuhl zufrieden.

Alle saßen bereits, als Henry mit einem geflochtenen Korb zurückkehrte, den er sich im Vorbeigehen aus einem Regal genommen hatte, es war ein Fundstück, an dem noch farbige Bänder hingen. Auch dem Besuch wurde er als »unsere neue Hilfskraft« vorgestellt: »Herr Neff, unsere neue Hilfskraft, Herr Fensky ...«

Die anderen hatten sich bereits untereinander bekannt gemacht. Bei dem Namen »Neff« horchte Fensky nicht auf; zwar musterte er Henry mit einem Ausdruck müden Wohlwollens, fragte aber nicht weiter nach. Während Henry Würstchen auf Pappteller verteilte und Bierdosen auf den Tisch brachte, glaubte Harms ein paar Worte sagen zu müssen; er freute sich also, Herrn Fensky auf dieser Dienststelle begrüßen zu können, er zeigte sich bereit, ihn mit den Arbeitsbedingungen des Fundbüros vertraut zu machen – sofern diese ihm noch nicht bekannt waren –, schließlich wünschte er ihm Erfolg bei seiner gutachterlichen Tätigkeit. Danach lud er alle mit einer Geste ein, sich zu bedienen.

Sie aßen schweigend, stippten ihre Würstchen in den Senf, brockten ihre Brötchen, wobei sie hin und wieder einen Blick auf den Gutachter warfen, so, als erwarteten sie von ihm das erste Lob, doch da er nur still und lethargisch aß – wie eine Schildkröte, dachte Henry –, hielt Harms es für nötig, die Würstchen vom Bahnhofskiosk zu loben: Die haben uns noch nie enttäuscht. Ihr Bier tranken sie aus der Dose, bis auf Paula, die sich an Mineralwasser hielt. Diese Beklommenheit. Dieses Schweigen. Kaum fanden sie sich bereit, einander zuzublinzeln. Aber dann hoben sie die Köpfe und hörten zu kauen auf, denn Henry, der seinen bekleckerten Pappteller zielgerecht in einen Abfallkorb geworfen hatte, wandte sich überraschend an Fensky und fragte: »Ist es wahr? Ist es wahr, daß Sie uns hier unter die Lupe nehmen wollen? Ich hab da was läuten gehört.«

Fensky lachte, es war ein erzwungenes Lachen, auf diese direkte Frage war er nicht gefaßt, er sagte: »Wer sich zu viele Gedanken macht, hört immer etwas läuten, nein, nein, ich will mich nur ein wenig umsehen hier, umsehen und lernen.«

»Aber Sie werden doch einen Bericht schreiben«, sagte Henry, »das gehört doch dazu, einen Bericht mit Empfehlungen und so, vielleicht mit Zensuren.« Fensky antwortete darauf nicht, er nahm einen Schluck Bier und sah Henry nachdenklich an, nicht unfreundlich, sondern nur nachdenklich, und dann sagte er: »Gestern, Herr Neff, erst gestern habe ich mit Ihrem Onkel gesprochen, ich hatte den Eindruck, er wartet auf Ihren Besuch.«

»Hat er das gesagt?« fragte Henry.

»Nein«, sagte Fensky, »er wollte wohl nur hören, wie es Ihnen auf dieser Dienststelle gefällt.«

»Danke«, sagte Henry, »das werde ich gern tun«, und nachdem er einen Blick von Paula aufgenommen hatte – einen erwartungsvollen Blick, wie ihm schien –, sagte er: »Was ich ihm zu berichten habe, wird ihn freuen, besser kann man sich nicht fühlen als hier, im Fundbüro, es ist unterhaltsam, und außerdem wird die Phantasie angeregt.«

»Die Phantasie?« fragte Fensky schmunzelnd, und Henry, nach kurzem Nachdenken: »Schauen Sie sich die Karre an, dort, vor dem Regal, die Kinderkarre, sie ist fast neu. Wenn solch ein Ding hier eingeliefert wird, registriert man es nicht nur, man fragt sich auch unwillkürlich, wie sie verlorengehen konnte, man macht sich Vorstellungen: Wurde sie in großer Hast stehengelassen oder vielleicht im Streit? Eine Kinderkarre, nicht ein Buch oder ein Schirm.«

Während er die Kinderkarre anschaute, fragte Fensky: »Wie lange arbeiten Sie hier schon?«

»Nicht sehr lange«, sagte Henry, »zu meinem einjährigen Jubiläum ist es noch eine Woche hin.«

»Herr Neff hat seine Bewährungsprobe schon hinter sich«, sagte Harms, und als wollte er dem Gespräch eine andere Wendung geben – vermutlich mißfiel ihm auch Henrys Tonart –, erwähnte er, daß sie hier im Laufe eines Jahres etwa zwölfhundert Nachforschungsaufträge bearbeiten, die leicht variierenden Zahlen der letzten fünf Jahre habe er im Büro.

»In diesem Jahr sind es fast dreizehnhundert Aufträge«, sagte Paula, woraufhin Fensky sich ihr zuwandte und die genannte Zahl anerkennend wiederholte: »Dreizehnhundert, kaum zu glauben.«

Mit langem Schritt stieg Matthes durch das offene Fenster bei der Ausgabe, der alte Bahnpolizist durfte sich als Kumpel dieses Recht nehmen; er grüßte flüchtig und legte ihnen etwas auf den Tisch, etwas Gerolltes, das in braunem Packpapier eingeschlagen war: »Damit ihr etwas zu tun habt.«

Einen Schluck Bier wollte er nicht mittrinken. Wie vertraut er mit Harms war, bewies er durch die Bemerkung, daß er das Fundstück am liebsten in den Container geworfen hätte, zu den alten Kleidern und Stoffsachen, aber so viel Eigenmächtigkeit wollte er sich nicht erlauben.

»Kam mit dem Inter-Regio aus Wilhelmshaven«, sagte er, »lag im Gepäcknetz, ich hab's untersucht und notdürftig zusammengerollt.«

Harms riß das Packpapier auf, hob die Stoffrolle heraus, ließ sie mit ausgebreiteten Armen lang aushängen und wartete auf ein erstes Wort.

»Eine Flagge«, sagte Henry, »eine alte, anscheinend aus der Kaiserzeit.«

»Eine kaiserliche Reichskriegsflagge«, sagte Fensky und griff in den Stoff, rieb ihn, als wollte er sein Alter erfühlen. Er vermutete, daß die Flagge einem Traditionsverein gehörte, er sah voraus, daß es nicht lange dauern würde, bis sie hier eine Verlustanzeige erhielten.

»Was aus der Kaiserzeit stammt«, sagte Paula, »das steht nicht auf der roten Liste«, sie sagte es zu dem Bahnpolizisten, der zufrieden nickte und sich verabschiedete mit den Worten: »Na, dann viel Spaß.«

Während Bußmann die Flagge zusammenrollte – bereit, das Fundstück zu registrieren und in ein Regal zu legen –, sah Henry ihm kopfschüttelnd zu, und als er

46

aufblickte, fragte Fensky: »Haben Sie etwas Besonderes bemerkt?«

»Nein«, sagte Henry, »ich wundere mich nur«, und Fensky darauf: »Darf ich fragen, worüber?«

»Ich werde es nie begreifen«, sagte Henry: »Da hängt solch eine Flagge an der Wand, darunter Männer beim Bier, sie trinken, sie singen, sie fragen: weißt du noch, und wie hieß der damals, und dann mustern sie sich mit glasigen Augen und werden nicht müde beim Schulterklopfen.« In Kiel hatte Henry es einmal erlebt, in einem Lokal am Hafen, in einem Nebenraum des Lokals, der für geschlossene Gesellschaften reserviert war. Henry sagte: »Und das waren erwachsene Männer, im Beruf ergraut, in der Familie ergraut.«

Zuerst schien es, als stimmten einige Henry zu, doch dann stand Fensky auf und gab Harms ein Zeichen, daß er noch einmal ins Büro zurückkehren möchte, und bevor beide den Tisch verließen, wandte er sich an Henry, und mit unüberhörbarer Geringschätzung sagte er: »Sie kommen sich sehr überlegen vor, Herr Neff, sehr aufgeklärt. Es ist klar, wer nichts hinter sich gebracht hat, der wird den Wert der Tradition nicht begreifen. Man muß wohl eine Vergangenheit haben – oder eine lebensentscheidende Erfahrung besitzen –, um erkennen zu können, was Überlieferung bedeutet.«

Henry lächelte. Er sagte: »Also in Kiel damals, in diesem Lokal, was ich da zu sehen und zu hören bekam, das waren traurige Wiederbelebungsversuche, man fand zurück zu großer Zeit oder zu einer Zeit, die man für groß hielt, nur, um sich zu beweisen, daß man einst eine bedeutende Rolle spielte; Vergangenheit war ja immer gut dafür, uns zu bestätigen oder zu rechtfertigen.«

Fensky ging darauf nicht ein, er blickte fragend Harms an, und der ging ihm wortlos voraus zum Büro.

»Ich rauche zuviel«, sagte Paula, als sie sich allein gegenübersaßen, und zündete sich eine Zigarette an; ein Anflug von Heiterkeit erschien auf ihrem Gesicht, dann ein Ausdruck von Besorgnis, den Henry nicht gleich deuten konnte. Sie nickte zum Büro hinüber, in dem Harms und Fensky sich über den Schreibtisch beugten und gemeinsam etwas lasen, sich zu kurzem Austausch aufrichteten und weiterlasen.

»Da wird wohl geprüft«, sagte sie.

»Begutachtet«, sagte Henry, »heute haben Gutachter und Controller Konjunktur, nichts geht ohne sie«, und nach einer Pause sagte er: »Wer weiß, zu welchem Ergebnis dieser Bursche hier kommt; ich traue ihm zu, daß er bei Gelegenheit sein eigenes Gutachten begutachtet.«

»Vielleicht wird er feststellen, daß einer von uns hier überflüssig ist«, sagte Paula.

»Das bestimmt«, sagte Henry, »und ich ahne auch schon, wer hier zuviel an Bord ist.« Und als wollte er sie in ihrer plötzlichen Unruhe beschwichtigen, fügte er ruhig hinzu: »Nicht Albert wird ihm entbehrlich erscheinen, nicht Herr Harms, und auf gar keinen Fall Sie, die Seele unserer Dienststelle. Ich werde es sein, Henry Neff wird seinen Hut nehmen müssen, warten Sie nur ab.«

Verdutzt sah Paula ihn an, und mit unvermuteter Zuneigung sagte sie: »Ach, Henry, Sie haben Talent, ganz bestimmt, ein Talent, sich zu schaden.«


Am späten Vormittag war niemand mehr in der Bahnhofsmission. Die gestrandeten Nachtgäste hatten sich bereits auf den Weg gemacht, auf den Erkundungsweg, den Beutepfad, das massive Frühstücksgeschirr war beinahe abgeräumt, und durch die weit geöffneten Fenster strömte kühle Luft herein. Henry schlenderte an dem langen fleckigen Tisch entlang, rief ein paarmal, öffnete eine Tür und stand vor einer geräumigen Küche. Eine Frau, die über grauer Uniform einen weißen Kittel trug, sah ihn freundlich an, ohne ihr Messer und ein aufgeschnittenes Brötchen aus der Hand zu legen, offenbar erinnerte sie sich an sein Gesicht.

»Sind Sie nicht …?« fragte sie, ohne den Satz zu beenden, und Henry bestätigte: »Von drüben, vom Fundbüro.«

»Das meine ich doch«, sagte die Frau.

Henry hob eine seltsame Tasche auf den Tisch, eine quadratische, anscheinend aus Fell gefertigte Tasche, über die er sanft hinstrich, bevor er das Schloß aufschnappen ließ. Er zog einen Schnellhefter heraus, legte ihn neben eine Platte mit belegten Brötchen, schlug ihn auf und deutete auf ein Photo, das einem Dokument vorgeheftet war.

»Vielleicht können Sie mir helfen, diesen Mann zu finden«, sagte Henry, »wir wissen nur, daß er einen Unfall hatte – wollte wohl von einem fahrenden Zug abspringen – und daß Sie ihm Erste Hilfe leisteten; der Bahnpolizist sagte es, der uns seine Tasche brachte.«

»Aber ja«, sagte die Frau, »aber gewiß erkenne ich den Mann wieder, so wie der hat sich hier noch keiner bedankt, solche Höflichkeit gibt's heute nicht mehr.«

»War er schwer verletzt?« fragte Henry.

»Prellungen«, sagte die Frau, »Prellungen und Hautabschürfungen; als er vom Zug absprang, kam ihm gerade eine Gepäckkarre in die Quere; für kurze Zeit war er wohl auch besinnungslos, solch ein höflicher Mensch.«

»Wissen Sie, wohin er gegangen ist?« fragte Henry, »bei uns hat er sich nicht gemeldet und nach seiner Tasche gefragt.«

»›Adler‹«, sagte die Frau, »ja, er wollte in das Hotel

›Adler‹, ein kleines Hotel hier am Bahnhofsplatz, dort war etwas für ihn reserviert – so verstand ich ihn; er wollte sich zunächst eine Weile ausruhen, vermutlich hatte er auch Schmerzen.«

Henry packte den Schnellhefter ein, dankte der Frau mit Handschlag und bat sie mit einer Geste um Erlaubnis, sich eines der belegten Brötchen nehmen zu dürfen; sie nickte ihm aufmunternd zu. Rasch durchquerte er die Bahnhofshalle und strebte essend zum Stadtausgang. Vom Treppenabsatz musterte er die dunkle Häuserfront hinter dem gepflasterten Platz, er erkannte sogleich die Schriftzeichen der beiden großen Hotels, nicht aber den – wie er dachte – lächerlichen und hochtrabenden Namen »Adler«. Er stieg die Stufen hinab, schmutzige, verstruppte Tauben wichen ihm nur knapp aus, er warf ihnen einen Brocken vom Brötchen hin, warf auch eine Münze in das offene Holzkästchen des jungen Mannes, der auf einer Ziehharmonika ›Moskauer Nächte‹ spielte. Der Polizist, den er nach dem Hotel »Adler« fragte, schickte ihn in eine stille Nebenstraße, wo er in der Nachbarschaft von Kneipen und Reisebüros und bescheidenen Geschäften das Hotel »Adler« fand.

Henry linste durch die Scheibe, der Fußboden war mit gelbbraunem Marmor ausgelegt, neben dem schlichten Empfangstisch hing ein riesiger, mit Muscheln eingefaßter Spiegel. Halb verborgen hinter Gummipflanzen zeigte sich ein gläserner Rundtisch mit drei Stühlen, die wie zur Zierde dastanden; das Geländer der engen Wendeltreppe, die offenbar zu den Zimmern hinaufführte, bestand aus Schiffstau. Er trat durch die offenstehende Tür. Niemand antwortete auf sein Rufen, erst nachdem Henry mit flacher Hand auf eine Klingel geschlagen hatte, näherte sich mit harten tackenden Schritten ein knabenhaft wirkendes Mädchen, das, nach einem schnellen Blick auf die Tasche, ein frühzeitiges Bedauern signalisierte und, noch bevor Henry den Grund seines Erscheinens genannt hatte, freundlich sagte: »Unsere Zimmer sind leider alle besetzt.«

»Ich brauche kein Zimmer«, sagte Henry, »ich suche Herrn Lagutin, Fedor Lagutin, ich komme vom Fundbüro.«

»Doktor Lagutin wohnt bei uns, er ist Gast der Technischen Hochschule.«

»Kann ich ihn sprechen?«

»Er ist auf seinem Zimmer, ich glaube, es geht ihm nicht gut, er hatte einen Unfall auf dem Bahnhof.«

»Sagen Sie ihm, daß ein Mann vom Fundbüro hier ist, der ihm sein Eigentum zurückbringen möchte.«

Henry lenkte ihren Blick auf die Tasche, beklopfte sie leicht und wiederholte: »Vom Fundbüro.«

Während das Mädchen telephonierte, schlenderte Henry zu der Gummipflanze, stellte die Tasche auf den Glastisch und starrte auf die Wendeltreppe. Unwillkürlich dachte er an die Schriftstücke in der Tasche, die er rechtmäßig gelesen hatte, an das handschriftliche Bewerbungsschreiben, an den Lebenslauf, an die übersetzten und photokopierten Zeugnisse der Universität Sarátow, die bestätigten, daß Fedor Lagutin seine Examina mit höchstem, das Examen in Mathematik mit allerhöchstem Lob bestanden hatte und zum Doktor der Naturwissenschaften promoviert worden war. Er vergegenwärtigte sich das Gesicht auf dem beigelegten Photo, ein schmales Gesicht mit dunklen Augen, auf dem ein Ausdruck von Gelassenheit und Melancholie lag; das Alter von Doktor Lagutin hätte er nach dem Photo auf Mitte Dreißig geschätzt, doch aus dem Lebenslauf hatte er erfahren, daß dieser Wissenschaftler genauso alt war wie er selbst: vierundzwanzig.

»Doktor Lagutin kommt gleich«, rief das Mädchen.

Henry war überrascht, als er einen kleinwüchsigen, sehr schlanken Mann auf der Wendeltreppe erblickte; behutsam tastend, eine Hand am Schiffstau, stieg er herab; noch bevor er den Boden erreichte, winkte er Henry mit der freien Hand zu, freundlich, um Geduld bittend für die langsame Annäherung. Doktor Lagutin trug einen lang fallenden Pullover aus grober Wolle, trug neue, noch steife Jeans und Schuhe, durch die ein ledernes Zierband geflochten war. Schon von der Treppe her hatte er seine Tasche wiedererkannt, jetzt drohte er ihr scherzhaft, sagte: »Da ist sie ja, die Treulose«, doch er nahm sie nicht gleich an sich, sondern stellte sich zunächst vor und nannte zu seinem Namen den Ort seiner Herkunft: »Samara«. Bereits bei seinen ersten Sätzen fiel Henry sein eigentümliches Deutsch auf, ein Deutsch, das ihn belustigte und zugleich erfreute, so überlebt kam es ihm vor, so entlegen und außer Kurs. Henry sagte: »Mein Name ist Henry Neff, ich bin Mitarbeiter der bahnamtlichen Fundbüros, die Bahnpolizei brachte uns die Tasche; wie wir erfahren, ist sie Ihnen bei einem Unfall abhanden gekommen.«

Doktor Lagutin lächelte resigniert und sagte: »Unfall, ja, Züge schütteln die Reisenden ab, die während der Fahrt abspringen.«

Dann griff er nach seiner Tasche, hob sie auf den Schoß, fuhr mit einer flüchtigen Liebkosung über das von Zeit und Wetter verdunkelte Fell und sagte: »Die Tasche hat viel mitgemacht, hat vieles getragen, nichts hätte ausgereicht, mich zu trösten, wenn sie nicht zu mir gefunden hätte; ich werde mir sorgsam überlegen, Herr Neff, auf welche Weise ich Ihnen danken kann; erst einmal aber danke ich Ihnen für Ihr Kommen.«

»Das gehört zu meinem Beruf«, sagte Henry, »wir

helfen den Verlierern, ihr Eigentum wiederzubekommen«, und aufgeräumt fügte er hinzu: »Von Rechts wegen müßten Sie mir jetzt beweisen, daß die Tasche Ihnen auch wirklich gehört, aber das ist nicht nötig, ich kenne Sie von Ihrem Bild.« Freimütig, als müßte er sich der Identität versichern, blickte er Doktor Lagutin an, der sich einige schwarze Haarzipfel aus der Stirn wischte, geradeso, als wollte er Henry die Überprüfung erleichtern.

»Nein«, sagte Henry, »ich habe keinen Zweifel, daß Sie Doktor Lagutin sind, schließlich habe ich auch Ihre Dokumente gelesen, weiß, daß unsere TH Sie eingeladen hat – von Amts wegen durfte ich Ihre Tasche öffnen.«

»Die ehrenvolle Einladung erhielt ich zu Ostern«, sagte Lagutin, »für mich und meine Familie war es ein Wunder, ein Osterwunder, und ich war glücklich, als ich lernte, daß an den technischen Universitäten in Deutschland auch Forschung betrieben wird; es wurde mir großmütig freigestellt, an einem Forschungsprogramm mitzuarbeiten.«

Er gab dem Mädchen an der Rezeption ein Zeichen, wartete jedoch nicht darauf, daß es am Tisch erschien, sondern ging ihm entgegen und fragte, ob er ihm die Mühe abverlangen dürfte, zwei Portionen Tee zu servieren, dazu Zitrone, Rum und Honig. Das Mädchen zögerte, sah rasch auf seine Uhr – Henry war sicher, daß es ihm die gleiche Bitte höflich abgeschlagen hätte –, erklärte sich dann aber bereit, Doktor Lagutins Wunsch zu erfüllen.

»Ich werde sehen, was sich machen läßt«, sagte sie.

Nachdem Lagutin an den Tisch zurückgekehrt war, entschuldigte er sich dafür, daß er Henry nicht gleich eine Erfrischung angeboten hatte, sein Kopf sei noch nicht frei und blank, da rumore es, ein kleines Gewitter, Kopfgewitter, wie nach seinem ersten Sturz vom Pferd.

»Ich hoffe«, sagte Henry, »daß Sie die Folgen des Unfalls bald nicht mehr spüren.«

Er griff in seine Brusttasche, zog ein gefaltetes Blatt heraus und legte es auf den Tisch: »Das müssen Sie leider unterschreiben, unsere übliche Empfangsbestätigung, es ist nötig, weil Ihre Tasche bereits registriert wurde.«

Henry reichte Lagutin seinen Kugelschreiber und zeigte ihm, an welcher Stelle er unterschreiben sollte. Beim Anblick der ihm unbekannten Buchstaben fragte er: »Russisch, nicht?«

»Meine Originalunterschrift«, sagte Doktor Lagutin, »Sie können sie vergleichen mit der Unterschrift auf den Dokumenten, alle in russisch, selbstverständlich. Ich bin zwar Baschkire, meine Sprache aber ist russisch, früher war sie einmal türkisch – in Samara leben viele Baschkiren.«

»Aber studiert haben Sie in Sarátow.«

»In Sarátow an der Wolga, ja; beide Städte liegen nah beieinander, ich bin versucht, sie Geschwisterstädte zu nennen, nicht zuletzt, weil sie die gleichen historischen Heimsuchungen erduldet haben. Eroberungen, Plünderungen, Brände – alles, was Geschichte so unterhaltsam macht.«

Lagutins Lippen verzogen sich zu einem ratlosen Lächeln, er starrte auf den mit Muscheln besetzten Spiegel, verwundert, als könnte er nicht begreifen, daß er hier saß. Um Henry etwas Freundliches zu sagen, bemerkte er nach einer Weile, daß die Arbeit im Fundbüro wohl besondere Ansprüche stelle, er könne sich vorstellen, daß nicht jeder geeignet sei, die Bitten oder Klagen oder sogar Forderungen von Verlierern entgegenzunehmen; Verluste zu prüfen und anzuerkennen sei doch gewiß keine leichte Aufgabe, vermutlich bekomme man viele Flüche zu hören und werde täglich bedroht.

»Ach«, sagte Henry, »zuerst staunt man nur, später hält man alles für möglich und arbeitet nach Schema.«

Lagutin legte die Hand auf seine Tasche und sagte: »Sie ist nicht auf eigenen Beinen zu mir gekommen, und wohl auch nicht nach Schema; daß ich meine Tasche begrüßen konnte, habe ich allein Ihnen zu verdanken.«

»Das hat sich so ergeben«, sagte Henry beiläufig, »ich habe Ihre Dokumente gelesen, ich mußte es tun, ich wußte, daß Sie in der Bahnhofsmission betreut wurden, es war nicht schwer, Sie zu finden«, und achselzuckend fügte er hinzu: »Man muß nicht immer in der Reihe bleiben, alles nur nach Schema tun, und in Ihrem Fall lag mir einfach daran, die Sachen persönlich zu überbringen. Ich nehme an, im Fundbüro in Samara denken meine Kollegen genauso.«

»In Samara«, sagte Doktor Lagutin, »in der schönen Stadt Samara, wird nicht viel verloren, ich weiß nicht einmal, ob sie sich dort der Existenz eines Fundbüros erfreuen.«

Das Mädchen kam mit einem Tablett an den Tisch, setzte Tassen und Teller hin, das Portionsglas mit Honig stellte sie gleich vor Doktor Lagutins Tasse und sagte mit gespielter Bekümmerung, daß auch dies kein Wildbienen-, sondern ein einfacher deutscher Rapsblütenhonig sei, Honig von Wildbienen sei leider nicht zu bekommen. Doktor Lagutin nahm ihre Hand. Er hob seinen Blick. Er zwinkerte ihr zu und sagte: »Liebe Tanja, wenn das Schicksal mir so wohlgesinnt ist wie Sie und ich eines Tages wiederkomme, bringe ich Ihnen von zu Hause zwei Gläser Wildbienenhonig mit, der ist wie Flötenspiel abends in der Steppe; Herr Neff ist Zeuge dieses Versprechens.«

Und zu Henry sagte er: »Meinem Großvater eignen sechshundert Stöcke, sie stehen tief in den Wäldern. Die Bienenzucht ist bei uns weit verbreitet, um nicht zu sagen: beispielhaft; nicht ohne Grund nennen die Kirgisen uns Baschkiren ›Bienenführer‹.«

»Doktor Lagutin spielt auch Flöte«, sagte das Mädchen zu Henry.

»Es ist unser Lieblingsinstrument«, sagte Doktor Lagutin, und seufzend und heiter sagte er auch: »Bienenzucht und Flötenspiel, das können wir, aber das ist wohl schon alles.«

»Und Mathematik?« fragte Henry.

»Ach, Herr Neff«, sagte Doktor Lagutin, »wir Mathematiker – gleichgültig, wo wir nachdenken – werden in gewissen Momenten von denselben Paradoxen überrascht oder begrüßt, und überall wird gefragt, was schon Epimenides gefragt hat: Was ist Wahrheit?«

Er nahm einen Schluck Tee, schloß die Augen und schien dem Geschmack nachzusinnen, und jetzt glaubte Henry, in diesem unbewegten schönen Gesicht einen leichten tatarischen Schnitt zu erkennen.

An der Rezeption läutete das Telephon, das Mädchen entschuldigte sich und verließ sie. Doktor Lagutin öffnete seine Tasche, holte ein Tabakpäckchen heraus und ein Heft Zigarettenpapier; nach einem Blick, mit dem er Henry aufforderte, ihm zuzuschauen, begann er, mit einer Hand eine Zigarette zu drehen, sie gelang fest und ebenmäßig, und er gab sie Henry mit den Worten: »Der Tabak ist schlecht, aber er ist gesünder als eure Tabake.«

Dann rollte er auch eine Zigarette für sich und ließ sich von Henry Feuer geben.

»Heu, nicht?« fragte er, »ein wenig schmeckt der Tabak nach Heu, geerntet auf fruchtbarer Wolga-Wiese.«

»Rauchbar jedenfalls«, sagte Henry und fragte dann, ob Doktor Lagutin vorerst hier wohnen bleibe, im »Adler«, es sei zwar ein kleines Hotel, aber still und zentral gelegen.

»Das ›Adler‹«, sagte Doktor Lagutin, »schätzt sich glücklich, ein Vertragshotel der Technischen Hochschule zu sein, zwei Gastprofessoren wohnen hier schon länger, ich hatte bereits die Ehre, Professor de Grossé kennenzulernen, den Verfasser des ›Versuchs, eine Zahl zu definieren‹. Man teilte mir mit, daß ich einstweilen hier wohnen könnte.«

»Und das Zimmer?« fragte Henry, »fühlen Sie sich wohl darin?«

»Das Zimmer heißt mich jedesmal willkommen, so, wie es Sie willkommen heißen wird mit dem zweiten Stuhl, wenn Sie mir die Freude machen, mich zu besuchen. Werden Sie kommen?«

»Gern«, sagte Henry, »aber dann müssen Sie auch mich besuchen, und falls Sie Lust haben, könnten wir auch etwas gemeinsam unternehmen, an Sonntagen zum Beispiel, Sie bräuchten nicht allein herumzusitzen.«

»Oh«, unterbrach ihn Doktor Lagutin, »ich sitze gern allein, auch im Dunkeln, ich habe mir viele Fragen zu stellen.«

Henry stand auf, holte sich von der Rezeption einen Zettel und schrieb seine Adresse auf, und nach einem Augenblick auch seine Telephonnummer. »Hier erreichen Sie mich privat.«

Lagutin dankte ihm und zog zu Henrys Erstaunen aus dem Hemdausschnitt eine flache Geldbörse heraus, die an einer dünnen Lederschnur hing. Nicht schmunzelnd, sondern ernst sagte er: »Man hat mich belehrt, daß in Deutschland mannigfache Bearbeitungsgebühren erhoben werden, darf ich erfahren –«

»Nein, nein«, sagte Henry entschieden und winkte ab, »wir machen auch Ausnahmen, und in Ihrem Fall genügt mir die Freude, daß ich Ihnen die Tasche wiederbringen konnte.«

Doktor Lagutin wollte etwas sagen, verzichtete aber darauf und trat spontan auf Henry zu und umarmte ihn. Das Mädchen an der Rezeption sah es und lächelte, und es hörte nicht auf zu lächeln, solange die Umarmung dauerte.

Draußen vor der Tür – sie hatten sich schon voneinander verabschiedet – kam Henry noch einmal zurück. Ob er eine persönliche Frage stellen dürfe? Lagutin nickte. Ob er fragen dürfe, wo Doktor Lagutin sein Deutsch gelernt habe. Der schien mehr erfreut als verwundert über diese Frage und sagte: »In Sarátow selbstverständlich, an der Universität, wir haben dort sogar einen deutschen Club, und wenn einige eurer Schriftsteller – solche, die in unseren Herzen wohnen – Geburtstag haben, denken wir an sie und feiern sie mit Lesungen und mit Kaffee und selbstgebackenem Kuchen.«

»Sagenhaft«, sagte Henry, »das finde ich einfach sagenhaft.« Und sie gaben sich die Hand.


Über ein straff gespanntes, rotweißes Band, mit dem ein Parkplatz abgesperrt war, setzte Henry mit einem mühelosen Sprung hinweg und nahm auf der Treppe zum Bahnhof mehrere Stufen auf einmal. Er fühlte sich leicht, er war zufrieden mit sich. Vor dem schlauchartigen Blumenladen verharrte er und überlegte, ob er Paula ein Bund Maiglöckchen mitbringen sollte, doch beim Anblick der wartenden Kunden, die bis zur Tür standen, gab er es auf. Den Gruß des Bahnpolizisten erwiderte er nur knapp und hörte nicht, was Matthes ihm hinterherrief.

»Wo waren Sie?« fragte Paula ärgerlich, »wenn man Sie braucht, sind Sie nicht da.«

»Bitte um Vergebung«, sagte Henry gut gelaunt, »ich hab nur rasch einen Wissenschaftler glücklich gemacht, einen original Baschkiren.«

»Einen was?«

»Einen Russen, der von Haus aus Baschkire ist; ich habe ihm seine Dokumente zurückgebracht, die ihm auf dem Bahnsteig abhanden gekommen waren. Ich hielt es für wichtig.«

»Hat er sich hier gemeldet?«

»Ich hab ihm seine Tasche ins Hotel gebracht, ins ›Adler‹, er wohnt dort als Gast der Technischen Hochschule; ein erstklassiger Mann, Mathematiker.«

»Die Empfangsbestätigung?« fragte Paula.

»Hat er unterschrieben, hier.«

»Die Bearbeitungsgebühr?«

»Hab ich ihm abgeknöpft«, sagte Henry und war froh, daß er ihr einen Zehner und einen Zwanziger hinlegen konnte.

»Übrigens heißt der Mann Doktor Lagutin, Fedor mit Vornamen. Er würde Ihnen gefallen.«

Paula zog ihn wortlos zum Beisetztisch, auf dem eine bezopfte, bräunlich gekleidete Puppe lag.

»Was haben wir denn da?« sagte Henry und nahm die Puppe an sich, strich ihr liebkosend über Haar und Wangen, erprobte die Beweglichkeit der Arme und zupfte den Rock zurecht.

»Sieht aus wie Rotkäppchen, nicht wahr? Ein Lekkerbissen für jeden Wolf.«

»Sparen Sie sich Ihre Witze«, sagte Paula, »Matthes hat uns das Fundstück gebracht, wir müssen es registrieren, gleich, registrieren und überprüfen.«

»Warum überprüfen?« fragte Henry, und Paula darauf: »Das werden Sie gleich sehen; vor allem: Die Puppe darf keinem Verlierer ausgehändigt werden – falls einer sich meldet, Bahnpolizei rufen, Herr Matthes wünscht das so.«

Henry schüttelte die Puppe leicht, hielt sie an sein Ohr und fragte: »Heiße Ware?«

»Sie haben einen Tip bekommen«, sagte Paula, »und bei einer Razzia im IC aus Emden fanden sie das Ding in einem Schrank in der Toilette; die Kleine hat etwas in sich.«

»Stoff?«

»Geld«, sagte Paula, »es sollen zwölftausend Mark sein.«

»Das sieht man der Kleinen wirklich nicht an«, sagte Henry, »Mädchen mit Zöpfen sind mir immer unschuldig vorgekommen, jedenfalls harmlos.«

»Reden Sie nicht so viel«, sagte Paula, »wir müssen nachzählen und registrieren.«

Henry legte die Puppe auf den Beisetztisch und musterte sie unentschlossen, bis Paula sagte: »Ausziehen, na los.«

Da schob Henry das Röckchen hoch, zerrte das Höschen runter und begann, die dicklichen Arme so zu biegen, daß er das weiße, mit Spitzen besetzte Jäckchen abziehen konnte. Die zierlichen Knöpfe des Mieders ließen sich nur schwer fassen, immer wieder entglitten sie ihm, er blickte aus den Augenwinkeln zu Paula hinüber, glaubte ihre Ungeduld zu erkennen, aber auch ihre Weigerung, ihm behilflich zu sein, und als er sie lächeln sah, überließ er die Puppe ihr und sagte: »Sie können das besser.«

Mit geübten Griffen entkleidete Paula die Puppe vollends und zog von dem rosigen Körper einen Leukoplaststreifen ab, der sich von der Brust bis über den Bauchnabel hinabzog. Da war der saubere dunkle Schnitt im Puppenkörper. Da waren Dellen, die ein gewaltsamer Druck hinterlassen hatte.

»So«, sagte Paula, »nun können Sie weitermachen«, und Henry preßte die Puppe mit beiden Händen zusammen, bis sich die Schnittstelle verzog und ein wenig öffnete; sofort zwängte er einen Finger hinein, nahm einen Flaschenöffner zu Hilfe, den er als Keil wirken ließ, und drückte und bog, bis die Schnittstelle mit einem knackenden Geräusch aufsprang und offenblieb.

»Gut«, sagte Paula, »an Ihnen ist ein Chirurg verlorengegangen.«

Während Henry zwei Finger in den Bauch hineinschob, vorsichtig, tastend, sah er Paula an, sie zwinkerte ihm zu, ihre Lippen öffneten sich, und unwillkürlich legte sie ihm eine Hand auf die Schulter.

»Da ist was«, sagte Henry, »ich fühl's, ich hab's, eingeklemmt.« Er zog einige Banknoten heraus, mehrere Fünfhundertmarkscheine, die er auf den Tisch legte, ohne nachzuzählen, und danach brachte er, ruhig fingernd, noch ein paar Scheine zum Vorschein.

»Schöne Sparkasse«, sagte er und begann nun, das Geld zu zählen. Paula zählte mit, beide kamen auf zwölftausend Mark.

»Damit könnten wir beide für zwei Wochen nach Honolulu fliegen«, sagte Henry, »oder nach Tahiti.«

»Und danach?« fragte Paula.

»Danach hätte sich die Welt verändert, für uns zumindest.«

Paula lächelte gequält, sie schüttelte den Kopf und sagte: »Ach, Herr Neff, wo haben Sie denn das gelesen? Damit die Welt sich verändert, müssen schon andere Dinge passieren.« Und ohne ein weiteres Wort fischte sie sich ein Formular aus dem obersten Schubfach ihres Schreibtisches und registrierte Fundstück und Geldbetrag; dann schrieb sie sich selbst auf einen Zettel: »Matthes nach Fundort und Uhrzeit fragen und Daten nachtragen«. Das Geld schloß sie in den Schrank mit den Wertsachen ein; die Puppe – wieder bekleidet und mit verklebtem Schnitt – legte sie ins Regal mit verlorenen Spielsachen, legte sie für sich und heftete ein Pappschild an: »Wenn Verlierer sich meldet, sofort Bahnpolizei verständigen«.

Hannes Harms, der ihr Hantieren mit der Puppe beobachtet hatte, kam aus seinem Büro herab, blieb vor dem Regal mit den Spielsachen stehen, hob die Puppe heraus und betrachtete ihren Körper, gerade so, als wollte er sich von der Qualität der Operation überzeugen. Er legte sie nicht zurück; mit der Puppe im Arm trat er an den Schreibtisch und ließ sich berichten, nicht sonderlich erstaunt über das, was er zu hören bekam, nicht einmal widerwillige Anerkennung hatte er für die Idee übrig, einen Puppenkörper als Versteck zu benutzen. Er sagte: »Das ist doch ein sehr alter Hut, an den Trick mit der Unschuld glaubt doch keiner mehr.«

»Wir haben da noch etliche Puppen liegen«, sagte Henry, »auch ein paar Bären und zwei Kaninchen.«

Harms zuckte die Achseln. »Finden Sie selbst heraus, wie weit Sie der Unschuld vertrauen können«, sagte er vergnügt, »vielleicht, Herr Neff, ist eines der Kaninchen mit Edelsteinen gefüllt.«

Paula deutete auf die Kaffeemaschine und fragte: »Wer möchte Kaffee?« Alle nahmen ihr Angebot an und setzten sich an ihren Schreibtisch und schubsten die Papiere zur Seite, um Platz für die Tassen zu haben. Als Harms die russische Unterschrift unter der Empfangsbestätigung erblickte, hob er fragend den Kopf.

»Russisch? War ein Russe hier?«

»Ein Wissenschaftler«, sagte Henry, »ich habe ihm seine Dokumente ins Hotel gebracht, er hatte sie auf dem Bahnsteig verloren. Vermutlich wußte er nicht, daß er sich an uns wenden müßte.«

Da Harms schwieg – es war ein Schweigen der Billigung –, erzählte Henry, daß dieser Doktor Lagutin Gast der Technischen Hochschule sei, eingeladen, als Mathe-

matiker an einem bestimmten Forschungsprogramm mitzuarbeiten; nach seinen Zeugnissen scheine er »toll was
loszuhaben«, sein Hauptexamen habe er mit allerhöchstem Lob bestanden. Und Henry erwähnte, daß er nur
selten einen so freundlichen Burschen getroffen habe, einen so dankbaren.

»Kommt er aus Moskau?« fragte Harms.

»Er ist Baschkire«, sagte Henry, »zu Hause ist er in
Samara.«

»Die Baschkiren«, sagte Harms nachdenklich und wiederholte: »Die Baschkiren, ach ja«, und da Henry und Paula
ihn zugleich anblickten, erzählte er, daß er viel über die
Baschkiren erfahren habe, von seinem Vater, der als Kriegs-
gefangener fast fünf Jahre in ihrer Nachbarschaft zuge-
bracht habe, bei einem Ort namens Wjatka. Ein zähes Volk
und gutmütig, aber das habe sein Vater erst später festgestellt, zuerst hatte er es mit baschkirischen Scharfschüt-
zen zu tun, mit einem ganzen Scharfschützenregiment.

»Wurde Ihr Vater verwundet?« fragte Henry.

»Ein Schuß in den Arm«, sagte Harms, »beim Essen,
als er den Löffel zum Mund hob, aber im Lagerlazarett
wurde er gut behandelt, die Wunde heilte, und er mußte
mit den anderen zur Arbeit ausrücken, Bäume fällen,
Schuppen bauen. Oft lobte mein Vater das Mitleid der
Baschkiren, die den Gefangenen etwas zusteckten – obwohl es verboten war –, Brot und einen sauren, stein-
harten Käse; ein alter Baschkire gab ihm einmal gegorene
Stutenmilch zu trinken, Kumys wird die genannt und ist
dort das Lieblingsgetränk. Die Zeit aber, in der die Baschkiren vor allem von Pferden und Schafen lebten, die war
längst vorbei, als mein Vater in Gefangenschaft geriet.«

»Merkwürdig«, sagte Paula, »aber von Baschkiren hab
ich noch nie etwas gehört, ich kannte nicht einmal dies
Wort, diesen Namen.«

»Vielleicht werden Sie bald einen Namen kennenlernen«, sagte Henry und fügte schmunzelnd hinzu: »Er ist fast so höflich wie ich und sieht sehr interessant aus.«

»Ich stelle mir vor, daß er wie ein Kosak aussieht«, sagte Paula.

»Etwas Tatarisches haben die Baschkiren«, sagte Harms und winkte Bußmann heran, der zwischen den Regalen erschien: »Komm, Albert, setz dich, hier gibt's Kaffee.«

Bußmann blies sich über sein Gesicht, er angelte sich einen Campingstuhl und setzte sich neben Paula; ihm war anzusehen, daß ihn immer noch etwas beschäftigte, eine Begegnung, ein Auftrag.

»Ist was, Albert?«

»Eine Belohnung hat er uns versprochen, ein ganzes Monatsgehalt will der Mann mir geben, wenn ich ihm seinen Schal wiederbeschaffe, einen blauen Marine-Schal; im ICE ›Grimmelshausen‹ hat er ihn liegengelassen. Ich hab ihn erst einmal vertröstet«, sagte Bußmann.

»Du weißt, daß wir keine Belohnung nehmen dürfen«, sagte Harms.

»Wir haben einen Nachforschungsauftrag ausgefüllt«, sagte Bußmann und sah mißbilligend Henry an, der darauf hinwies, daß in einem Regal mindestens zwanzig Schals lagen, darunter bestimmt drei oder vier blaue.

»Sie begreifen es nicht, Herr Neff: Wer für einen Schal ein ganzes Monatsgehalt ausgeben will, für den hat das Ding eine besondere Bedeutung.«

»Mag schon sein«, sagte Henry, »aber im Prinzip ist doch ein Schal leicht ersetzbar, überhaupt: Alles ist ersetzbar – auf irgendeine Weise.«

»Nein, junger Freund«, sagte Harms, »da irren Sie sich; nicht alles ist ersetzbar, es gibt Verluste, die nichts ausgleicht, die einfach unwiderruflich sind; Sie werden es einsehen, wenn Sie noch etwas länger bei uns bleiben.«

Und nach einer Pause, mit veränderter Stimme: »Bei uns zu Hause, wissen Sie, in einer Holzschale liegt ein Löffel – tausendfach ersetzbar, werden Sie sagen; doch für meinen Vater gäbe es kaum einen schmerzlicheren Verlust, als wenn dieser Löffel ihm abhanden käme. Er hat ihn selbst aus Aluminiumblech geschnitten, hat ihn ausgehämmert, damals, als er in Gefangenschaft war hinterm Ural.«

»Gut«, sagte Henry, »dieser Löffel ist ein Erinnerungsstück, ein Andenken, und darum hat er einen besonderen Wert, aber in seinem Gebrauch kann ihn jeder beliebige Löffel ersetzen.«

»Sie werden es nicht für möglich halten«, sagte Harms, »was mein Vater auch ißt: Mit seinem eigenen Löffel schmeckt er aus allem mehr und anderes heraus, als wenn er ein Massenprodukt gebraucht.«

Henry wollte sagen, daß sich diesem eigenartigen Geschmackserlebnis nichts entgegnen ließe, schwieg aber und sah auffordernd Paula an, als erwarte er von ihr einen Schlichterspruch, mit dem alle zufrieden sein könnten, doch Paula schien nicht bereit, auszugleichen, Partei zu nehmen. Als wollte sie ihnen vor Augen führen, wie müßig oder unzeitgemäß ihre Meinungsverschiedenheit sei, holte sie wortlos das jüngste Exemplar der ›Freien Presse‹ aus ihrem Schreibtisch, schlug es wortlos auseinander und zeigte auf die dreispaltige Schlagzeile: POKER UM DAS BAHNPERSONAL. Da sie merkte, daß noch keiner ihrer Kollegen den Text kannte, lehnte sie sich zurück und drehte das Blatt so, daß alle es gleichzeitig lesen, es zumindest überfliegen konnten. Und sie lasen, daß die Bahn von einem riesigen Schuldenberg erdrückt zu werden drohte; lasen, daß die Personalkosten um drei Komma sechs Milliarden sinken müßten, wurden mit der Forderung des Vorstands vertraut gemacht, fünfzigtausend oder noch mehr zu entlassen. Immer wieder lasen sie das Wort »Bahnreform« und lasen wiederholt die Einigungsformel der Tarifpartner, den Personalabbau sozialverträglich abzuwickeln. Paula ließ sie lesen und wartete auf eine Reaktion, auf einen Kommentar, aber es fiel denen offenbar nichts ein, oder sie fanden sich plötzlich so mitgezählt und mitgemeint, daß sie zunächst verbliebene Möglichkeiten für sich selbst bedachten. Ihre Gesichter drückten Ungläubigkeit aus, auch Besorgnis, Harms reagierte auf die Formel »Arbeitszeitverlängerung ohne Lohnausgleich« nur mit einer wegwerfenden Handbewegung. Henry war der erste, der das Wort ergriff. Er lachte kurz auf und faßte sich an den Hals. Er sagte: »Dieser Begriff muß einem erst einmal einfallen: ›Wertschöpfung‹, hier, im vierten Absatz: ›Die Wertschöpfung bei den Lokführern, Zugbegleitern und Rangierern liegt nur bei fünfzig bis fünfundsechzig Prozent der bezahlten Arbeitszeit.‹ Da möchte ich gern mal wissen, auf wieviel Prozent Wertschöpfung wir hier im Fundbüro kommen. Was meinen Sie, Herr Harms?«

Der nahm die Puppe in beide Hände, betrachtete den verklebten Schnitt, wiegte wie taxierend den Kopf und antwortete Henry: »Also, wenn ich Ihre anatomischen Kenntnisse und Ihr Operationsgeschick bewerten sollte: Wertschöpfung hundertzehn Prozent.«

Alle lachten, Paula zwinkerte Henry zu und reichte ihm ihre Zigarettenschachtel; Bußmann sagte: »Wenn man zusammenzählt, was in unserem Wertsachenschrank liegt, davon könnte einer ’ne ganze Zeit leben.«

Harms dankte für den Kaffee, reichte Henry die Puppe und sagte: »Dann wollen wir mal wieder, Werte schöpfen.«

Zwei Drahtkörbe flankierten den Eingang zum Supermarkt; einer war mit Seife gefüllt, in dem anderen lagen kleine Schachteln mit Salbeibonbons. Henry prüfte beide Angebote, entschied sich für die Bonbons und blickte durch die offene Tür zur Kasse, und da dort nur wenige Kunden darauf warteten, abgefertigt zu werden, betrat er den Supermarkt.

Gleich hinter den Zigarettenständern fiel ihm das kolorierte Plakat auf, es zeigte eine schöne Familie am Strand einer Lagune, Vater, Mutter und zwei Kinder löffelten etwas Rosafarbenes aus Plastikbechern und sollten den Spruch bestätigen: »Fit für den ganzen Tag mit Ritzka-Joghurt«. Vor dem Plakat stand Paula, stand da mit einem Einkaufswagen, in dem ihre Handtasche lag. Sie überlegte, vielleicht dachte sie sich an die Lagune, zumindest für einen Augenblick, dann warf sie den Kopf zurück und schob den Einkaufswagen zu den Back- und Teigwaren, griff sich dort zwei Päckchen Nudeln, legte eine Stange Roggenkekse dazu, bekniff vorgebackene Brötchen in Cellophan und ließ sie ins Regal zurückfallen.

Nur von einer Wand mit gestapelten Waren getrennt, die mehrfach Lücken aufwies, nicht auf gleicher Höhe, sondern ein paar Schritte zurückhängend, folgte Henry ihr beim Einkauf und beobachtete vergnügt, was Paula, ab und zu auf einen Zettel blickend, in den Wagen legte. Der Tortenboden bekam ihren Daumendruck zu spüren, desgleichen der halbfette Kräuterkäse in der Milchwaren-Abteilung, wo sie länger verharrte, ohne mehr mitzunehmen als einen Liter Milch, den Joghurt übersah sie. Der Zettel erinnerte sie daran, daß sie auch Mehl brauchte, deshalb kehrte sie zurück und legte eine Tüte Mehl in den Wagen, und danach wog sie Äpfel und Tomaten aus und packte sie auf einen Plastikbeutel mit Kartoffeln. Während sie wog, entdeckte Henry unmittelbar vor sich ein

Kästchen mit Cognac-Bohnen, er schnappte es und wartete auf eine Gelegenheit, es unbemerkt in den Wagen zu
schmuggeln. Die Gelegenheit kam, als Paula Kaffee mahl-
te und ihm den Rücken zukehrte. Einen Karton Kleenex
griff Paula im Vorbeigehen, ebenso eine Riesenpackung
Cornflakes und eine Flasche Spüli; als sie sich über die
Tiefkühltruhe beugte und das gefrorene Gemüse betrachtete, gelang es Henry, ein Fläschchen Rasierwasser im
Wagen unterzubringen.

Gemächlich schob Paula ihren Wagen zur Kasse hin,
und Henry suchte sich einen Platz, von dem aus er sie
und die Kassiererin im Blick hatte. Einer, der nur ein
Päckchen Zigaretten kaufen wollte, bat Paula um den
Vortritt, und sie ließ ihn vorbei und begann dann, ihre
Waren auszupacken, rasch, da bereits mehrere Kunden
ungeduldig nachdrängten. Eine nach der anderen setzte
sie die Waren auf das Transportband, die Kassiererin
überließ es dem Computer, die Preise zu ermitteln und
zusammenzuzählen, bis Paula auf einmal stutzte. Als ihr
die Cognac-Bohnen in die Hand kamen, stutzte sie nicht
nur, sondern sah sich ratlos um und schüttelte den Kopf
und sagte etwas zu der Kassiererin, das Henry nicht verstand, das aber ausreichte, die Kassiererin verwundert
aufblicken zu lassen und das Transportband anzuhalten.
Paula schüttelte die Cognac-Bohnen, suchte das Regal, in
dem die Bohnen gelegen haben könnten, war nahe daran,
sie zurückzutragen oder irgendwo einfach abzulegen,
doch die Ungeduld und das Seufzen der hinter ihr Stehenden setzten ihr so zu, daß sie darauf verzichtete. Sie zog
ihre Geldbörse heraus. Sie war bereit, zu zahlen, aber als
die Kassiererin das Rasierwasser berechnete, griff sie das
Fläschchen, hob es nah vor die Augen und lachte gequält
auf und schlug sich an die Stirn, worauf die Kassiererin
sie nicht nur mahnend, sondern auch besorgt ansah und

ihre Rechenarbeit unterbrach. Kurzer, nicht allzu freundlicher Wortwechsel. Strenge Musterung. Verlegenheit. Dann beobachtete Henry, wie Paula die Schultern hob und mit einer geringschätzigen Geste ihr Einverständnis anzeigte, sie ergab sich einfach und legte, ohne wohl den endgültigen Preis erfahren zu haben, zwei Geldscheine auf den Tisch. Das dürfte reichen. Mit mehreren Plastikbeuteln in den Händen, verfolgt von einem rätselnden Blick der Kassiererin, strebte sie zum Ausgang. Draußen suchte Henry Deckung hinter einem gelben Paketpostwagen, und als Paula auf gleicher Höhe war, mißmutig, angestrengt bemüht, die Beutel, die bei manchem Schritt gegen ihre Waden schlugen, von sich wegzuhalten, trat er mit gespielter Überraschung hervor.

»Wen seh ich da, wer kommt denn da?« sagte er, und gleich darauf: »Kommen Sie, ich helfe Ihnen.« Noch bevor sie einen Gruß murmelte, nahm er ihr den schwersten Beutel ab. Sie schien sich nicht darüber zu wundern, daß er auf einmal da war und wie selbstverständlich neben ihr her ging, und nachdem sie eine Straße überquert hatten, auf das Haus zusteuerte, in dem sie wohnte – gerade so, als sei es ihm bekannt. Einmal setzte er die Last ab, und als Paula ihn fragte, ob es nicht zu schwer sei, sagte er: »Unglaublich, es ist einfach unglaublich, was wir so nach Hause schleppen, Woche für Woche.«

Paula hielt ihm die Haustür auf und stieg vor ihm die Treppe hinauf. Bis zum vierten Stock stiegen sie hinauf, das Namensschild an der Wohnungstür lautete auf Marco und Paula Blohm; also ist ihr Mann immer noch hier gemeldet, dachte Henry, obwohl er doch nur selten nach Hause kommt, angeblich nur zu kurzen Besuchen. Sie traten in den trüben Flur, an der Garderobe hing nur ein einziges Jackett, hing wie vergessen oder ausgemustert da, vielleicht auch wie in Erwartung, in einem Schirmständer steckten ein weißer Regenschirm und eine Krücke.

»Wohin?« fragte Henry, und Paula, während sie ihre Schlüssel an ein Brett hängte: »In die Küche.«

Sie korrigierte sich aber sofort und bat ihn, die Waren im Wohnzimmer abzusetzen, »neben dem Ungetüm«, wie sie sagte, einem mächtigen altmodischen Schrank, der fast bis zur Decke reichte. Henry war beeindruckt von der Größe des Wohnzimmers; obwohl die schweren Möbel – Erb-stücke, wie er später erfuhr – viel Raum beanspruchten, erschien es ihm größer als seine ganze Wohnung.

»Setzen Sie sich, erholen Sie sich erst einmal«, sagte Paula und bot ihm einen Kaffee an oder ein Glas Sherry, doch er lehnte beides ab, er bat sie um Erlaubnis, eine Zigarette zu rauchen, und betrachtete die bescheidene Sammlung von Mitbringseln aus dem Urlaub: versteinerte Seeigel, bizarres Astwerk, Muscheln und glattgeschliffene Kiesel; über der Sammlung hing eine Reproduktion von Klees Fischen.

»Gewiß alles selbst gefunden«, sagte Henry.

»Alles«, sagte Paula. Da sie es ihm mit einem Blick erlaubte, trat er an das Buffet heran, auf dem ein paar gerahmte Photos standen; auf allen fand er einen dickeren Mann, der mit warmem Lächeln in die Kamera blickte; über ein Photo, das ihn Arm in Arm mit einem Begleiter zeigte, der seine enormen Zähne entblößte, lief eine hand-geschriebene Widmungszeile: »To my other voice Marco from his admiring listener Jerry«. Henry entzifferte noch die Widmung, als Paula sagte: »Das ist Jerry Lewis, der berühmte Spaßmacher, sie trafen sich nur einmal, der Schauspieler und sein Synchronsprecher, es war der lu-stigste Abend meines Lebens; sie ließen einen Staubsauger tanzen und eine Schreibmaschine eine Melodie erfinden.«

Sie ging in die Küche, rief ihn von dorther zu sich und

öffnete die Glastür eines Schranks: »Hier ist es, sehen Sie, das chinesische Teeservice, das ich mir bei Ihnen gekauft habe.«

»Nicht bei mir gekauft«, sagte Henry, »bei mir hätten Sie es zum halben Preis bekommen.«

»Ich benutze es nicht täglich«, sagte Paula, »decke es auch nicht für jeden Besuch auf, für mich bleibt es etwas Besonderes. Nicht doch einen Fruchtsaft?«

»Danke«, sagte Henry und wandte sich zur Tür.

»Warten Sie mal«, sagte Paula und ging ins Wohnzimmer, hob einen Plastikbeutel hoch und kippte den Inhalt auf einem Sessel aus; dann ergriff sie etwas, kam zurück und hielt ihm das Rasierwasser hin: »Ich nehme an, es ist Ihre Marke, oder?«

Henry lächelte, und er entgegnete nichts, als sie sagte: »Manchmal macht's Freude, wieder ein Kind zu sein, nicht? – Jedenfalls danke ich Ihnen für die Gefälligkeit.«

Vergnügt deutete Henry eine Verbeugung an, trat schnell zu ihr und hob die Schachtel mit den Cognac-Bohnen auf und legte sie neben die gerahmten Photos aufs Buffet: »Das zur Buße, das Geld bekommen Sie morgen früh; hoffentlich mögen Sie diese Dinger.«

Er wollte sich schon umwenden, da fiel sein Blick auf das sonderbare Gruppenphoto: Es zeigte wohl ein Dutzend Motorradfahrer vor einem Kirchenportal, alle trugen Lederkluft, und auch der Mann, der mit dem Rücken zum Portal stand und seine Arme segnend erhoben hatte, trug Lederkluft und vor der Brust eine Kette mit silbernem Kreuz.

»Großer Gott«, sagte Henry, »was ist denn hier passiert?«

»Sie werden gesegnet«, sagte Paula, »das ist Huberts Gemeinschaft – Hubert ist mein Bruder –, auch ihre Maschinen werden gesegnet.«

71

»Gehört der Pastor auch dazu?« fragte Henry.

»Nein, das nicht«, sagte Paula, »aber er ist begeisterter Motorradfahrer.«

»Wie Jesus«, sagte Henry.

»Sie haben ihr Stammlokal, treffen sich zu gemeinsamen Abenden«, sagte Paula, »machen auch gemeinsame Fahrten, mein Bruder ist einer ihrer Wortführer, ich mach mir Sorgen um ihn.«

»Vielleicht verringert der Segen den Benzinverbrauch«, sagte Henry, »irgend etwas Positives muß der Segen doch bringen.«

Henry nahm das Photo in die Hand, versuchte, einzelne Gesichter zu erkennen, hoffte dabei wohl auch, ein bestimmtes Gesicht wiederzuerkennen, doch die Aufnahme war nicht scharf genug. Er stellte das Photo an seinen Platz zurück und sagte belustigt: »Was meinen Sie? Sollten wir nicht auch einen Pastor für uns anheuern, fürs Fundbüro? Er könnte gut und gern zweimal am Tag die Verlierer segnen und sie mit dem Spruch entlassen: Wer verliert, der findet auch, und wer sich selbst verliert, der wird gefunden.«

Danach trat er schnell auf sie zu, küßte sie auf die Wange und öffnete die Tür. Er ging nicht, sondern sprang die Treppe hinab, und am ersten Absatz – in der Annahme, sie werde ihm nachblicken – warf er den kleinen Karton mit dem Rasierwasserfläschchen in die Luft und fing ihn geschickt wieder auf.


Am Sonntag war der zementierte Platz zwischen den Hochhäusern fast leer; Barbara konnte in Sichtweite von Henrys Wohnung parken. Sie hupte zweimal lang und wartete, und nach kurzer Zeit erschien er am Fenster und gab ihr ein Zeichen, daß er bereit sei.

Sie fuhr gern zu dem Spiel, das Henry zum ersten Mal in der A-Mannschaft bestreiten sollte, als Ersatz für einen Stürmer, den ein Schlüsselbeinbruch zu pausieren zwang; sie war längst der Meinung, daß ihr Bruder es verdient hätte, in der höchsten Klasse zu spielen. Außerdem freute sie sich darauf, diesen Doktor Lagutin kennenzulernen, über den Henry mit soviel Respekt und Sympathie sprach und den er hatte überreden können, einen öden Sonntag unter Leuten zu verbringen; daß es für Doktor Lagutin keine öden Sonntage, überhaupt keine öden Stunden gab, hatte Henry offenbar vergessen.

Gutgelaunt verstaute er Reisetasche und den neuen Schläger im Gepäckraum, setzte sich zu ihr auf den Beifahrersitz und wischte ihr zur Begrüßung sanft über den Hinterkopf: »Na, meine Wohltäterin? Wie ist die Wetterlage höheren Orts?«

Statt ihm zu antworten, fragte Barbara: »Wo wohnt dein Russe?«

»Er ist zwar Russe, aber legt auch Wert darauf, Baschkire zu sein«, sagte Henry, »und er wohnt im ›Adler‹, ein bescheidenes Hotel, gerade bescheiden genug für ein Vertragshotel der Technischen Universität.«

»Weit von hier?«

»In der Nähe des Bahnhofs.«

»Gut, du sagst, wie wir fahren sollen. Wir kommen bestimmt zu früh, aber du mußt dich mit der Mannschaft besprechen.«

Henry dirigierte sie durch das Einbahnstraßensystem zwischen den Hochhäusern und dann durch ein zweites Einbahnstraßensystem am Hauptbahnhof; einmal stellte er das Autoradio an, stellte es auf ihre Bitte hin aber wieder aus: Sie konnte die Stimme der Moderatorin nicht ertragen.

»Du siehst gut aus, Barbara«, sagte er, »besonders, wenn du dich ärgerst.«

»Hör dir doch nur mal an, wie die reden«, sagte Barbara, »alles muß launig klingen, lustig, witzig, sogar der Verkehrsbericht, und wenn sie von einer Massenkarambolage berichten, wird der Bericht noch mit Musik unterlegt. Die trauen einem nicht zu, fünf sachliche Sätze in Ruhe anhören zu können.«

»Du nimmst alles zu ernst, Barbara.«

Sie bogen in die stille Nebenstraße ein, in der das »Adler« lag, und Henry erkannte sogleich Doktor Lagutin, der vor dem Hotel stand und auf eine der Bahnhofstauben einsprach, die sich anscheinend hierher verirrt hatte und bettelnd um ihn herum trippelte. Lagutin trug neue, noch steife Jeans und eine dreiviertellange Jacke aus hellem Leder, an seiner Hand baumelte eine Tasche, die mit Fell besetzt war. Als das Auto neben ihm hielt, öffnete er Barbara die Tür und reichte ihr die Hand, dann umarmte er flüchtig Henry und wartete darauf, vorgestellt zu werden.

»Also, Barbara, das ist Fedor Lagutin«, sagte Henry, »von dem ich dir erzählt habe.«

»Es freut mich«, sagte Barbara, »es freut mich sehr«, und blickte offen in sein Gesicht.

»Nichts ist natürlicher, als einen Dank zu wiederholen«, sagte er zu Barbara, »und dieser Augenblick nötigt mich, noch einmal zu erwähnen, wie sehr ich in der Schuld Ihres Bruders stehe; es ist nicht ausgeschlossen, daß er mein Schicksal erleichtert hat.«

»Na, so schlimm wird's wohl nicht sein«, sagte Henry und zwinkerte verstohlen Barbara zu, die, wie er bemerkte, ein heiteres Gefallen an Lagutins Redeweise gefunden hatte.

»Fedor sitzt vorn, ich gehe nach hinten«, entschied Henry, »los jetzt, zum Sportzentrum.«

Fedor Lagutin lobte das Auto, die Ausstattung, den

kaum hörbaren Motor, er lobte den Sitz, der ihm das Gefühl gab, »auf einer Wolke zu reisen«, und er vergaß auch nicht, Barbaras Fahrweise zu loben.

Henry beugte sich nah zu ihm heran und fragte: »Spielen Sie auch Eishockey, Fedor? Ihr Russen seid doch eine große Eishockey-Nation, mehrmals Weltmeister gewesen.«

Fedor schüttelte den Kopf, er erwähnte, daß Eishockey ihn zwar immer interessiert habe, doch um es zu spielen, hatte er keine Gelegenheit; der einzige Sport, den er in seiner freien Zeit ausgeübt habe, sei Schach gewesen, Schach und ein wenig Bogenschießen, aber zu Meisterehren habe er es weder in der einen noch in der anderen Disziplin gebracht.

»Heute spielt Henry zum ersten Mal in der A-Mannschaft«, sagte Barbara, »er springt für einen verletzten Spieler ein.«

»Ich weiß«, sagte Fedor Lagutin und fügte hinzu: »Wenn er gewinnt, werde ich ihm ein Stück auf meiner Flöte spielen, falls er verlieren sollte: zwei Stücke.«

»Sie spielen Flöte?«

»Sie ist unser Lieblingsinstrument; weil der Grundton in der Kehle gebildet wird, kann meine Flöte alles sagen.«

»Im Stadion wird man sie wohl nicht hören können«, sagte Barbara, »da hört man nur Sirenen und Kuhglocken und Lautsprecher, eine Flöte wäre da bestimmt verloren.«

»Sie haben recht: Im Stadion würde meine Flöte schnell verzagen, totgetönt würde sie werden; nein, ich dachte an mein Zimmer im Hotel, es ist so still, wie es manchmal in einem Zelt in der Steppe ist.«

Barbara sah ihn unwillkürlich von der Seite an, zögerte, fragte dann aber doch: »Haben Sie in einem Zelt gewohnt?«

»Du stellst Fragen«, sagte Henry mißbilligend, doch

Fedor schien nicht überrascht oder gar verletzt, er sagte: »Mein Großvater lebte draußen mit seinen Tieren, er hatte viele Pferde und Windspiele, auch zwei Geier, die er für die Jagd abgerichtet hatte, und wenn mich, meist im frühen Sommer, seine ehrenvolle Einladung erreichte, fuhr ich zu ihm und schlief in seinem Kibitken – so nennen wir die Zelte. In Sarátow, an der Universität, wohnte ich in einem Studentenheim, wir genossen zu viert ein ansprechendes Zimmer.«

»Fahr auf die Wiese«, sagte Henry zu Barbara, »der offizielle Parkplatz ist überfüllt.«

Sie stellten das Auto auf der Wiese ab, die noch vom letzten Regenguß aufgeweicht war, es quatschte bei ihren Schritten, manchmal spritzte es auf, wenn sie beim Sprung in einer unerkannten Pfütze landeten. Gemeinsam stiegen sie dann die hundertzwanzig Stufen hinauf, zeigten dem Kontrolleur die Freikarten, die Henry ihnen zugesteckt hatte, und dort, wo es zu den Kabinen ging, trennten sie sich: Barbara und Fedor strebten zur Loge B, zur Prominenten-Loge, Henry folgte dem Gang, der ihn zu seiner Mannschaft führte. Rauch hing in der Luft. Paukenschläge, dumpf, zurückgenommen wie zur Probe, erfüllten bereits das Oval. Über die Spielfläche kroch, von einem riesigen Kerl gelenkt, eine surrende Eismaschine.

Unter dem Lärm einer Rassel über ihnen betraten Barbara und Fedor ihre Loge und setzten sich an die Brüstung. Barbara entging nicht die erhöhte Aufmerksamkeit, die sie in Begleitung von Lagutin fand, sie ließ sich umarmen, ließ sich küssen, und auf den anfragenden Blick ihres blonden Nachbarn machte sie bekannt: »Doktor Peltzer, Henrys Sportfreund – Doktor Lagutin aus Sarátow.«

Doktor Peltzer, bemüht, freundlich zu erscheinen, sagte: »Ich leider nix verstehen Russisch«, worauf Barbara knapp bemerkte: »Doktor Lagutin spricht hervorragend deutsch.«

»Oh«, sagte Doktor Peltzer, »Gäste aus der großen Hockey-Nation sind uns besonders willkommen; wenn Sie erlauben, möchte ich Sie zu einem Drink einladen«, und er winkte auch gleich einen Kellner heran. Lagutin wollte oder konnte sich nicht entscheiden, er überließ es Barbara, etwas für ihn zu bestellen, und als sie um einen Martini bat, nickte er ihr zu und sagte: »Bitte, das gleiche; ich habe eine Passion für Unbekanntes.«

Die Musik verstummte, der Stadionsprecher gab bekannt, daß das Spiel Blue Devils gegen Flying Penguins in wenigen Minuten angepfiffen werde, nach einem knakkenden Geräusch bat er darum, keine Rauchbomben auf die Eisfläche zu schleudern und beim Anzünden der Wunderkerzen an den Nachbarn zu denken. Fedor bot Barbara eine Zigarette an und fragte: »Finden Sie auch Freude am Sport?«

»In meiner Freizeit, ja«, sagte Barbara, »Kanu, ich bin eine Amateurkanutin.«

»Stechen und gleiten«, sagte Fedor, und sein warmherziger Blick bekam plötzlich etwas Unsicheres, Besorgtes, gerade so, als fürchtete er, seine Worte könnten anders ausgelegt werden, als sie gemeint waren, doch Barbara nahm ihm die Besorgnis, indem sie versonnen wiederholte: »Stechen und gleiten, das ist es.«

Die Musik brach abermals ab, der Lautsprecher übertrug für einen Moment das Geräusch hüpfender Heuschrecken auf einem Blechdach, dann verkündete der Stadionsprecher die Sponsorennamen.

Wie erregt Barbara war, als die Spieler aufs Eis geschickt wurden; sie sprang auf, klatschte und trampelte und vergaß Fedor Lagutin, der gelassen und ein wenig amüsiert die beiden Mannschaften bei ihrer zeremoniellen Begrüßung beobachtete, und ebenso gelassen und amüsiert den tobsüchtigen Lärm der Instrumente ertrug. Rasch hatte er Henry entdeckt, der seinem Tormann den guten Schlag auf den Helm gab und dann in lässig ausgeführtem Bogen um das eigene Tor glitt; einmal hob Henry den Stock in Richtung zur Loge, beide, Barbara und Lagutin, hielten das für einen Gruß und winkten ihm zu. Über den Schiedsrichter war zu erfahren, daß er aus Füssen kam; er holte den Puck aus seiner Hosentasche hervor.

Zunächst war es still im Stadion, nur das harte Klacken der Stöcke war zu hören, wenn sie gegeneinanderschlugen, und der kurze dunkle Aufprall des Pucks, wenn er scharf die Bande traf. Die Spieler gaben sich verhalten, paßten kurz, manchmal auch quer über die ganze Eisfläche – nicht anders, als wollten sie die Sicherheit der Puck-Annahme erproben, plötzlich aber, in diesem geruhsamen Beginn, rief eine Stimme aus Loge C: »Go, Eddy go«, und viele wußten, daß die Neuerwerbung der Flying Penguins gemeint war, der Kanadier Eddy Sombirski. Gelächter dankte dem Rufer, das Spiel belebte sich, und als Eddy antrat, zwei Gegner umspielte, mit gefährlichem Körpereinsatz von der Bande wegkam und einen Weitschuß riskierte, den die Fanghand des Tormanns wie beiläufig aus der Luft pflückte, begannen sich auf einmal Sirenen und Trillerpfeifen zu streiten, und Rasseln versuchten, beide zu überbieten.

Im zweiten Drittel kam Henry, der einen Strafschuß verwandelt hatte, durch Beinstellen zu Fall. Auf dem Bauch liegend, rutschte er über das Eis, als ihn der Puck traf. Der Puck traf ihn im Gesicht, eine Augenbraue platzte auf. Es gelang ihm, schnell wieder auf die Schlittschuhe zu kommen, mit Blutspuren im Gesicht leitete er einen neuen Angriff ein, spielte seinen Mitstürmer frei, der aber über das Tor hinwegschoß, dann erst fuhr er zur Bande und ließ die Wunde vom Sportarzt begutachten. Der und der Trainer beschlossen, Henry aus dem Spiel zu nehmen.

Als Henry zum Ausgang geführt wurde, tastete Barbara nach Fedors Hand, fest hielt sie seine Hand in der ihren und zog ihn hoch, zog ihn aus der Loge und über den Gang und die Treppen hinab zu den Kabinen. Nur schwach hörten sie hier das Aufstöhnen der Enttäuschung aus dem Stadion. Dort, wo ein Ordner mit Armbinde eine Tür bewachte, stand ein Photoreporter: »Da wird es sein«, sagte Barbara.

Der Ordner breitete seine Arme aus, er versperrte den Eingang zur Kabine, er sagte bedauernd: »Hier dürfen Sie nicht rein.«

»Ich will zu meinem Bruder«, sagte Barbara, und der Ordner darauf: »Der Arzt ist drin, Henry Neff wird gerade genäht.«

»Was?«

»Seine Augenbraue, sie wird gerade genäht.«

»Genäht?«

»Ich darf keinen hier reinlassen, wenn Sie wollen, können Sie drüben auf der Bank warten.«

Sie setzten sich auf die grob gezimmerte Holzbank, Barbara preßte ihre Hände gegeneinander, seufzte bei der Vorstellung, wie der Arzt eine Nadel durch Henrys Augenbraue stach und zog. Als Doktor Lagutin merkte, daß ein Zittern durch ihren Körper lief, streichelte er ihren Arm und sprach beruhigend auf sie ein: »Nicht das Ärgste annehmen«, sagte er, »nicht das Schlimmste denken; so manchem unserer großen Spieler wurde eine Augenbraue genäht, die kleinen blauroten Stiche, die zurückbleiben, sind Beweise von Härte und Draufgängertum, sie zieren einen Spieler. Ich habe den großen Michailow aus der Nähe gesehen, Schamanskij aus Charkow und Wassiljewitsch, den begnadeten Stürmer aus Omsk; irgendwann hat der Puck in ihren Gesichtern eine Spur hinterlassen, die ihnen zur Ehre gereichte.«

Und dann sagte er auch – und mit diesem Satz brachte er Barbara zum Lächeln –: »Erinnern wir uns daran, daß das Glück ihm hold war und daß ihm ein wunderbares Tor gelang.«

»Wir fahren zu mir«, sagte Barbara, und sie und Fedor Lagutin nahmen Henry in die Mitte und führten ihn durch den schlecht beleuchteten Gang dem Ausgang zu. Henry war nicht zufrieden mit der Entscheidung des Arztes, ihn aus dem Spiel zu nehmen, er hätte auch mit der bepflasterten Wunde gern weitergespielt, er war sicher, den Penguins noch zwei oder drei Dinger reingehauen zu haben, wie er sagte. Ihm fiel der Name eines Spielers ein, der mit einem gebrochenen Nasenbein ein ganzes Drittel durchgestanden und am Ende das Siegtor geschossen hatte, ihn nahm er sich als Beispiel. Die Schmerzen, behauptete er, seien erträglich, auch jetzt, da die Wirkung der Betäubung nachzulassen begann.

Barbara fuhr. Fedor bat darum, am »Adler« abgesetzt zu werden – er begründete seine Bitte mit der Bemerkung: »Ich vermute, nunmehr überflüssig zu sein«, doch Barbara widersprach ihm und lud ihn ein, mit ihr und Henry nach Hause zu fahren, in ihr Zuhause. Eine Absperrung zwang sie, den gewohnten Weg zu verlassen, ein Polizist empfahl ihr mit dämpfender Handbewegung, langsamer zu fahren, sie stoppte, drehte die Scheibe herunter und fragte, warum sich unter einem Straßenschild so viele Menschen versammelt hatten und was der Mann auf der Trittleiter tat.

»Umbenennung«, sagte der Polizist, »das Prinz-Ludolf-Ufer wird umbenannt.«

»Hättest du die ›Allgemeine‹ gelesen, die Stadtbeilage, dann wüßtest du es: ›Heute müssen wir Abschied nehmen von unserem Prinz-Ludolf-Ufer‹«, sagte Henry und drehte die Scheibe auf seiner Seite in der Hoffnung herunter, ein paar Sätze zu verstehen, die der Mann auf der Trittleiter sprach. Der aber hatte gerade seine Rede beendet, holte das Prinz-Ludolf-Schild herunter und befestigte mit Mühe ein neues Schild, das der Straße ihren künftigen Namen gab. Sparsamer Beifall belohnte ihn.

»Ist ein Unglück geschehen?« fragte Lagutin.

»Im Gegenteil«, sagte Henry, »man hat eine Straße umbenannt, endlich, es wurde höchste Zeit; ich habe nie begriffen, warum man diese schöne Straße Prinz-Ludolf-Ufer genannt hat, nach diesem gesalbten Schwachkopf.«

»War er kein mildtätiger Herrscher?« fragte Fedor, und Henry darauf: »Mildtätig? Der?«

»Bemerkenswert an ihm war nur sein Rotweinkonsum – drei Flaschen am Tag – und die Zahl seiner Mätressen. Aber er hat auch eine Zuckerzange erfunden«, sagte Barbara.

»Richtig«, sagte Henry, »er hat auch eine Zuckerzange erfunden, die Prinz-Ludolf-Zange: Um das Zuckerstück sicher greifen zu können, laufen die Schenkel der Zange in Vogelklauen aus, in Geierkrallen oder dergleichen. Du siehst, Fedor, auch damit kann man unsterblich werden, zumindest in unserer Stadt.«

Fedor Lagutin steckte den Kopf aus dem Wagenfenster und versuchte, den neuen Straßennamen zu entziffern; hart klang seine Stimme, als er buchstabierte: Richard-Fabius-Ufer, und dann wiederholte er den Namen und sah Barbara an und fragte: »Ein Politiker? Ein General? Oder war Herr Fabius ein bedeutender Unternehmer?«

»Die ›Allgemeine‹ brachte gerade ein großes Porträt«, sagte Henry. »Richard Fabius war Wissenschaftler, er selbst nannte sich Altertumsforscher, sein Hauptwerk – ich kenne es leider nicht – hieß: ›Das Wissen der Ägypter‹. In diesem Jahr wäre er hundert Jahre alt geworden.«

»Wie ehrenvoll«, sagte Fedor Lagutin.

»Er ist hier zwar geboren«, sagte Henry, »aber gestorben ist er irgendwo im Osten.«

»Ach Henry«, sagte Fedor Lagutin, »ich habe in einer Straße gewohnt, die dreimal umbenannt wurde.«

»Mama ist zu Hause«, sagte Barbara und bog auf einen Kiesweg ein, der auf eine blaß-blaue, großzügige Villa zuführte; vor der Doppelgarage stand ein schwerer Oldtimer, ein Mercedes aus den Dreißigern. Fedor stieg rasch aus und hielt Barbara die Tür auf. Er schaute dabei auf das Ufer des Sees, wo an hölzernen Stegen Ruderboote vertäut waren, auf denen zu seiner Verwunderung Möwen saßen. An Henry gewandt, fragte er: »Möwen?«, und Henry: »Kleine Sorte, Möwen für Binnenländer, die an der Küste sind doppelt so groß.«

Barbara ging ihnen voraus, und da sie merkte, daß Fedor Lagutin zögerte, nahm sie ihn an die Hand: »Kommen Sie, meine Mutter wird sich freuen«, und da auch Henry ihm zuredete, ließ er sich mitziehen.

Hundegebell begrüßte sie, ein schwarzer Boxer sprang an Barbara hoch, krümmte sich vor Freude, sprang an Henry hoch und machte vor Freude ein paar Schritte auf den Hinterpfoten, und er wollte gerade auch an Fedor Lagutin hochspringen, als er die mit Fell besetzte Tasche witterte; sogleich duckte er sich, knurrte und zeigte sehr gesunde Zähne.

»Ruhig«, sagte Barbara, »ruhig, Jascha, das ist ein Freund.«

»Jascha ist der dümmste Hund in der Stadt«, sagte Henry, »aber er ist der Liebling meiner Mutter.«

»Jascha ist nicht dumm«, sagte Barbara und erlaubte dem Hund, ihr hochaufgerichtet die Vorderpfoten auf die Brust zu legen und ihr einmal über das Kinn zu lecken.

»Kommt, setzt euch«, sagte Barbara. Sie ging in die Küche, um Wasser für den Tee aufzusetzen, und Henry schob einen ledernen Liegesessel an den Tisch heran, auf dessen gläserner Platte Schälchen mit Konfekt und Aschenbecher standen.

»Kopfschmerzen?« fragte Lagutin.

»Ich werde mich etwas ausstrecken«, sagte Henry, »ich hoffe, du hast nichts dagegen«, und er hob sich auf den Sessel hinauf und befühlte die bepflasterte Augenbraue. Mit einer beiläufigen präsentierenden Geste sagte er: »Mein Zuhause, Fedor, das heißt, heute wohnen nur meine Mutter und Barbara hier, ich habe eine kleine Wohnung für mich allein.«

»Schön«, sagte Fedor Lagutin, »alles dünkt mich sehr schön«, und da er eingeladen war, sich umzusehen, musterte er freimütig die beiden Stehlampen, den Kamin mit den dekorativ aufgeschichteten Scheiten, die Glasschränkchen mit den kolorierten Porzellanfiguren. Lange blickte er auf das in Grautönen gehaltene Porträt von Henrys Vater, der bei einem Flugzeugabsturz bei Hongkong ums Leben gekommen war; und als er das stilisierte Symbol des Wachstums im Teppich bemerkte, nickte er freudig und zitierte: »Und grün des Lebens goldner Baum ...«

»Wie du das sagst, Fedor«, sagte Henry bewundernd, »ich höre dir gern zu, wenn du deutsch sprichst, ihr müßt einen guten Deutschlehrer gehabt haben in Sarátow.«

»Professor Makarowitsch«, sagte Lagutin, »er hat Schiller übersetzt, etwas auch von Goethe und von Hölderlin; wenn er zitierte, schloß er seine Augen. Deutsch habe ich nur als Nebenfach gelernt, und nur, weil ich Professor Makarowitsch verehrte; was er so liebte – eure Sprache –, hat er uns zu lieben gelehrt.«

Während Barbara die Tassen hinsetzte, dazu Kandis, Kekse und Zwieback und Butter, kam ihre Mutter herein, eine schlanke, grauhaarige Frau. Sie trug ein schwarzes Kostüm, eine Kette mit sehr kleinen Perlen, ihren Lippenstift hatte sie anscheinend so eilig benutzt, daß ihre Oberlippe verschmiert war. Lagutin stand auf und trat einen Schritt auf sie zu, sie aber sah an ihm vorbei auf Henry und war schon bei ihm und wollte wissen, was ihm zugestoßen war und ob er Schmerzen hatte.

»Nu sag schon, Junge, was passiert ist und wer das getan hat.«

Henry versuchte, sie zu beruhigen: »Nichts weiter, Mama, hab einen Puck abbekommen, die Augenbraue war aufgeplatzt, ist aber schon genäht.«

»Die Augenbraue? Genäht?«

»Das macht man, wenn sie aufgeplatzt ist«, sagte Henry, »bald ist nichts mehr zu sehen.«

»Setz dich, Mama«, sagte Barbara, »mach dir keine Sorgen, so etwas kommt täglich vor beim Eishockey.«

Sie legte ihrer Mutter die Hände auf die Schultern und drückte sie sanft nieder auf den Stuhl, doch es gelang ihr nicht, sie zu beruhigen.

»Das habe ich vorausgesehen, Henry, das habe ich immer befürchtet«, sagte seine Mutter, »und jetzt ist es passiert: Eishockey – mir kann keiner weismachen, daß das ein Sport ist; ein einziges Mal hab ich dir nachgegeben und mir ein Spiel angesehen – nur, weil du dabei warst –, das hat mir gereicht, das ist doch etwas für Leute, die Freude haben an rücksichtslosem Benehmen.«

»Es ist ein wunderbarer Sport, Mama«, sagte Henry, »Härte gehört nun einmal dazu, Schnelligkeit und Härte.«

»Nicht zu vergessen der Schläger«, sagte seine Mutter, »wenn eure Fäuste nicht ausreichen, dann drescht ihr mit diesen Schlägern aufeinander ein, ich hab's doch gesehen. Jedenfalls wird mich keiner überreden, noch einmal zum Eishockey zu gehen.«

In ihrer Erregung schien sie Fedor Lagutin, der still abwartend neben dem Kamin stand, nicht bemerkt zu haben, jetzt wandte sie sich ihm zu und entschuldigte sich und fragte, ob er zufällig einer von diesen Hockey-Spielern sei, vielleicht ein Mannschaftskamerad von Henry. Noch bevor er antwortete, sagte Barbara: »Mama, das ist Doktor Lagutin, er ist ein Freund von Henry, wir haben ihn zum Spiel mitgenommen, und jetzt wollen wir Tee trinken.«

Ihre Mutter gab Lagutin die Hand und betrachtete ihn mit so viel offener Neugierde, daß Barbara, der diese Betrachtung mißfiel, rasch hinzufügte: »Doktor Lagutin ist Gast der Technischen Hochschule, er arbeitet an einem Forschungsprojekt.«

»Dann sind Sie wohl Physiker«, fragte die Mutter, und Doktor Lagutin lächelnd: »Mathematiker.«

»Doktor Lagutin kommt von der Universität Sarátow«, sagte Barbara, »zu Hause aber ist er in Samara.«

»Ich wußte gleich, daß Sie von weither kommen«, sagte die Mutter und bat ihn freundlich, sich an den Tisch zu setzen. Aufmerksam sah sie zu, wie Fedor Lagutin die Teetasse berührte, sie bewundernd gegen das Licht hielt, anscheinend nach der Silhouette der Rose suchte, und so, wie man zu einem Fremden spricht, von dem man nicht weiß, ob er die eigene Sprache beherrscht, sagte sie: »Sèvres, Königliche Manufaktur, Sèvres, Sie verstehen? Kommt aus Paris, aus Frankreich; altes Porzellan.«

»Doktor Lagutin spricht sehr gut deutsch, Mama«, sagte Henry, »du brauchst nicht in Stichworten zu reden.«

Plötzlich begann der Hund zu knurren; sachte, in beherrschter Streckung, hatte er sich an Lagutins Stuhl herangeschoben, an die fellbesetzte Tasche, die an einem Stuhlbein lehnte, mit gekrauster Nase und funkelnden Augen starrte er die Tasche an, bereit zuzubeißen.

»Benimm dich, Jascha«, sagte Barbara, und Henry sagte: »Halt die Klappe, sonst fliegst du raus.« Da der Hund auf die Ermahnungen nicht hörte, tätschelte die Mutter ihm den Kopf und fragte: »Was hat er denn?«

»Die Tasche«, sagte Henry, »Jascha hat's in seiner Blödheit auf die Tasche abgesehen, bringt die mal in Sicherheit.«

»Das ist mir peinlich«, sagte die Mutter zu Fedor Lagutin, »ich muß Sie wohl um Entschuldigung bitten für Jaschas Benehmen.«

»Oh, das erstaunt mich nicht«, sagte Lagutin heiter, »Ihr Hund hat ein Recht, sich feindlich zu verhalten, die Windspiele meines Großvaters hätten die Tasche schon geschnappt und wären auf und davon mit ihr. Es ist das Fell, das Ihren Hund reizt, es stammt von einer Bisamratte, mein Großvater hat es präpariert und auf meine Tasche genäht, als Schmuck.«

»Es sind possierliche Tiere, Mama«, sagte Barbara, und Henry fügte hinzu: »Mit einem beispielhaften Familienleben.«

Er ließ sich die Tasche reichen und legte sie neben sich.

Barbara schenkte allen Tee ein, und ihre Mutter ermunterte den Gast, sich aus den Schälchen zu bedienen oder eine der herzförmigen Waffeln zu probieren, die, wie sie sagte, besonders gut schmeckten, wenn man sie leicht mit Butter bestrich. Fedor Lagutin murmelte einen leisen Dank und tat es ihr nach. Er lobte das Gebäck, es gelänge ihm im Augenblick nicht, sich an einen ähnlichen Genuß zu erinnern, selbst ein Pilzfladen, das Lieblingsgebäck seiner Jugend, konnte einen Vergleich nicht bestehen. Nachdem er dies bekannt hatte, zog er den Löffel durch die Butter, zog ein zweites Mal, bis er das Klümpchen für ausreichend hielt, und das hielt er über seine Tasse und ließ es in den Tee hineintropfen; zufrieden beobachtete er, wie die Butter sich auflöste, zerlief und ein kleines schillerndes Fettfeld hinterließ. Barbara und ihre Mutter wechselten einen erstaunten Blick, rührten dann nur eine Weile in ihrem Tee, schließlich sagte die Mutter: »Der Zucker ist in der Dose, neben der Vase.«

»Danke«, sagte Lagutin, »die Dose ist mir bereits aufgefallen, aber zu Hause genießen wir den Tee mit einem Quäntchen Butter, ich war freimütig genug, mich zu bedienen.«

»Kann man das überhaupt trinken?« fragte die Mutter, »Tee mit Butter?«

»Warum nicht?« sagte Henry, und Barbara: »Muß ich gleich mal probieren«, und sie kleckste ein wenig Butter in ihre Tasse, wartete nicht, bis die Butter zerlaufen war, sondern trank mehrere kleine Schlucke und stellte fest: »Trinkbar, schmeckt etwas fremdartig, aber läßt sich trinken.«

Lagutin erwähnte, daß Tee und Butter ein Wintergetränk sei, dort, wo er zu Hause war, und wörtlich fügte er hinzu: »Butter stellen bei uns die Frauen her, mit ihren geschäftigen Händen.«

»Dann laß mich mal probieren«, sagte die Mutter und nahm einen Schluck von Barbaras Tee, hob wie lauschend ihr Gesicht und kam zu dem Ergebnis: »Schaden kann es wohl nicht.«

»Gesünder«, sagte Lagutin, »ohne Zweifel gesünder ist Tee mit Wildbienenhonig, doch wie ich gelernt habe, mangelt es hier an Wildbienen, während wir von zahlreichen Schwärmen verwöhnt werden; meinem Großvater eignen sechshundert Stöcke.« Und dann versprach er Barbara, was er bereits dem Mädchen an der Rezeption seines Hotels versprochen hatte; falls er noch einmal von zu Hause hierherkommen sollte, werde er ihr zwei Gläser Wildbienenhonig mitbringen.

»Aber erst einmal bleibst du bei uns, Fedor«, sagte Henry, »ich nehme an, daß sie dich in der TH nicht so rasch ziehen lassen.«

»Das hoffe ich«, sagte Fedor, »noch habe ich die Einladung nicht gerechtfertigt, wir sind mit der Arbeit erst am Anfang.«

»Darf ich fragen, woran Sie arbeiten?« wollte die Mutter wissen.

»In jedem Fall wird sich das Ergebnis als hilfreich erweisen«, sagte Fedor Lagutin, »hilfreich für die Technik, die Wirtschaft, vielleicht für die Raumfahrt; wir arbeiten an programmgesteuerten Rechenmaschinen.«

»Also das wäre bestimmt nichts für mich«, sagte Barbara und füllte die Tassen und wehrte den Hund ab, der sich an ihre Beine herangeschoben hatte und nun bemerkt werden wollte. Henry richtete sich in seinem Liegestuhl auf, wollte etwas sagen – eine Zurechtweisung, eine Drohung –, doch er ließ sich gleich wieder zurückfallen und legte eine flache Hand auf die Stirn. Seine Mutter trat zu ihm; als hätte sie es vorausgesehen, sagte sie: »Siehst du, jetzt kommen die Schmerzen, das hast du davon«, und sie forderte Barbara auf, aus dem Medizinschränkchen eine Kopfschmerztablette zu holen. Lagutin gab ihr ein Zeichen, zu warten; er nahm seine Tasche auf den Schoß, löste die beiden Riemen und langte in die Tasche hinein und fand blind in einem Nebenfach, was er suchte. Alle schauten zu, wie er eine unscheinbare Dose öffnete, in der es blaßgrün schimmerte, wie er sich behutsam neben Henry setzte und mit einem Finger über die Salbe strich. Er trug die Salbe nicht gleich auf; gegen Henrys Mutter gewandt, erklärte er zunächst, daß seine Großmutter ihm die Dose mitgegeben hatte, die Großmutter selbst hatte auch, nach einem alten tatarischen Rezept, die Salbe hergestellt, eine Wundsalbe, die »mancherlei Schmerz bezwingt«; als Basis diente ihr das Fett eines Steppenvogels. Danach bat er Henrys Mutter um Erlaubnis, die Salbe aufzutragen, und als diese ihm schweigend zustimmte, betupfte er die Haut um die Nahtstelle herum. Henry lag ergeben da und lächelte. Nach der Behandlung griff er nach Fedors Hand.

»Dieser Steppenvogel«, fragte er, »wie heißt er?«

»Der Vogel bevorzugt Sümpfe, aber er lebt auch an den Rändern der Steppe«, sagte Lagutin, »wir nennen ihn Bekassine, eine Schnepfenart.«

»Ist die eßbar?« fragte die Mutter, und Lagutin darauf: »Die Bekassine gilt bei uns als Leckerbissen.«

»Das ist doch wunderbar«, sagte Barbara, »wenn ein Leckerbissen gegen Wundschmerz hilft; man sollte diese Vögel in der Apotheke verkaufen.«

»Dagegen würden bei uns sämtliche Jäger protestieren«, sagte Lagutin, »denn die Jagd auf Bekassinen gewährt ein besonderes Vergnügen.«

Als die Mutter den Vorschlag machte, gemeinsam ein Glas Sherry zu trinken, stand Fedor auf, er empfand den Vorschlag als Signal, die Teestunde zu beenden. Er dankte und bat um Verständnis dafür, daß er in sein Hotel zurück müßte, Lektüre wartete dort auf ihn, außerdem müßte er nach Hause schreiben und sich für ein Gespräch mit Professor Leblanc vorbereiten, dem Chef des Forschungsprogramms. Auch Barbara stand auf und sagte: »Ich bringe Sie ins Hotel.«

»Nein, bitte«, sagte Lagutin, »ich weiß Ihr Angebot zu schätzen, doch ich wandere gern zurück.«

»Das Hotel ›Adler‹ ist weit, und Sie werden sich verlaufen.«

»Oh nein, gewiß nicht, ich verlaufe mich nie«, sagte Lagutin, und als wollte er sie beruhigen oder ihr ein Beispiel geben für sein irrtumsloses Gedächtnis, erwähnte er schmunzelnd die beiden Plätze, die er überqueren, die Straßen, die er gehen müßte, wobei er nicht vergaß, das Prinz-Ludolf-Ufer zu erwähnen, das nun den Namen Richard Fabius trug.

»Also gut«, sagte Barbara, »dann fahren wir«, und ließ schon ihre Schlüssel propellerartig kreisen. Zum Abschied verbeugte sich Lagutin vor der Mutter. Zu Henry sagte er: »Auch Narben können Trophäen sein, mein Freund, es war ein sehenswertes Spiel, ich wünsche dir gute Besserung.«

Dann folgte er Barbara.

Henry und seine Mutter schwiegen, bis von draußen das Geräusch des Motors zu ihnen heraufdrang, später tranken sie ihren Sherry, und Henry erzählte, wie er Doktor Lagutin kennengelernt hatte; das Fundbüro erschien ihm als ein Ort, an dem mitunter Schicksale aufeinandertrafen oder sich kreuzten, es kam ihm jetzt so vor, als sollte der Mann aus Sarátow seine Dokumente verlieren, nur damit sie sich begegneten.

»Ich mag ihn einfach«, sagte Henry, und er sagte auch: »Ich kenne seine Papiere, Mama, seine Zeugnisse von der Universität; etwas Besseres gibt's nicht, doch bei all seinen Qualitäten macht er nichts von sich her.«

»Aber man sieht ihm an, daß er aus dem Osten kommt, aus dem weitesten Osten«, sagte die Mutter.

»Red nicht so, Mama«, entgegnete Henry. »Wenn man bei uns Osten sagt, dann meint man gleich etwas Zurückgebliebenes, Erbärmliches, mit dem man Mitleid haben muß. Mittlerweile sollten wir erfahren haben, daß auch aus dem Osten manches kommt, worüber wir hier nur staunen können. In Mathematik hat Fedor sein Examen mit allerhöchstem Lob gemacht.«

»Du darfst mich nicht mißverstehen, Henry, mir ist dein neuer Freund durchaus sympathisch, und ich hoffe, ihn bei Gelegenheit wiederzusehen. Im Augenblick machst du mir Sorgen; leg dich zurück und versuche eine Weile zu ruhen.«


Hannes Harms kippte den Inhalt des grünen Blechkastens auf seinem Schreibtisch aus und legte die einzelnen Dinge für sich: die Blinker für sich und die Wobbler, die Pilke und die roten und hakengespickten Gummiwürmer für sich, und dann auch das Sortiment künstlicher Fliegen. Er taxierte die phantasievollen schimmernden Köder, er schmunzelte, er war sicher, daß diese umfangreiche Ausrüstung einem Anfänger gehörte, denn kein erfahrener Angler trug ein halbes Sportfischergeschäft ans Wasser. Ihm selbst genügten, wenn er am mattgrünen Teich der Kiesgrube stand, zwei Blinker oder, wenn er im toten Arm auf Wels loszog, Drillingshaken und ein Stück Hühnerfleisch.

»Hier, Herr Neff«, sagte er, als Henry eintrat und ihm einen »Guten Tag« wünschte, »hier sehen Sie die Ausrüstung eines vollkommenen Anglers, ich meine: eines vollkommenen Anfängers.«

»Eine Fundsache?« fragte Henry.

»Eine Fundsache.«

Harms wußte, daß der Blechkasten in einem Regionalzug aus Oldenburg gefunden worden war, er vermutete, daß er einem Anfänger gehörte, der zum ersten Mal an ein Gewässer zog, sehr früh, in der Morgendämmerung vielleicht, und der auf der Heimfahrt, müde von petrischen Freuden, seine Station verschlief.

»Mir wäre das nicht passiert«, sagte Henry und wollte offenbar noch mehr sagen, doch als er durch die große Glasscheibe zu Paula hinunterblickte, erkannte er sofort, daß sie dringend seine Aufmerksamkeit suchte, winkend, mit den Fingern schnippend. Vor ihrem Schreibtisch stand in lässiger Haltung ein Junge und schien etwas von ihr zu erwarten, ein Junge von vierzehn oder fünfzehn, der eine verschossene Jeansjacke trug und an den Füßen Segeltuchschuhe, die ihre Farbe verloren hatten. Henry bat seinen Chef um Entschuldigung und ging ohne erkennbare Eile zu Paula hinab, sein Instinkt riet ihm dazu, und er zeigte sich nicht ungeduldig oder besonders interessiert, als Paula, zu dem Jungen hin sprechend, in referierendem Ton feststellte: »Also eine Puppe sollst du holen, die Puppe deiner Schwester.«

»Ja«, sagte der Junge.

»Und du weißt auch, in welchem Zug sie die Puppe vergessen hat?«

»Sie waren zu Besuch in Emden, meine Mutter und meine Schwester. Der Zug kam aus Emden.«

»Ein ICE?«

»Ein was?«

»Ein Intercity-Expreß.«

»Die Puppe war im Zug aus Emden.«

»Und du heißt Bott?«

»Arthur Bott, ja.«

»Du hast mir gesagt, daß du die Puppe genau kennst, du würdest sie gleich wiedererkennen.«

»Meine Schwester hat sie oft bei sich schlafen lassen.«

»Das hat auch meine Schwester mit ihrer Puppe getan«,

sagte Henry, »das kenne ich, und jetzt warte hier, ich glaube, wir haben, was du suchst.«

Er nickte Paula zu und bat sie, Matthes anzurufen und ihm nur zu sagen, daß ein Finder sich gemeldet hat, und zu dem Jungen sagte er: »Ich hol dir die Puppe, wir sind froh, wenn wir die Sachen hier loswerden.«

Obwohl Henry bemerkte, daß der Junge unruhig zu werden begann, schlenderte er gemächlich zwischen den Regalen davon zu dem Fach, in dem ein Dutzend sehr verschiedener Puppen lag, obenauf das von ihm so genannte Rotkäppchen, an dem der Zettel mit der handgeschriebenen Anweisung hing. Henry riß den Zettel ab und steckte ihn in die Tasche. Zupfend und glättend ordnete er die Kleidung der Puppe, dann nahm er sie fürsorglich auf, griff noch eine zweite, etwa gleich große Puppe in bayrischer Tracht, kehrte jedoch nicht gleich zu Paula zurück, sondern beobachtete eine Weile sie und den Jungen. Paula telephonierte; einmal schlug sie auf die Gabel, wählte, hob den Hörer ans Ohr und schüttelte unwillig den Kopf. Der Junge blickte über sie hinweg zum Büro von Harms, blickte irritiert auf Bußmann, der eine Palette mit Regenschirmen vorbeischob; als ein Papierbogen von Paulas Schreibtisch herabsegelte, fing er den geschickt auf und legte ihn auf die Schreibmaschine. Da Henry erkannte, wie dringend er erwartet wurde, gab er seinen Platz zwischen den Regalen auf und trug beide Puppen zu Paula, die sie behutsam in Empfang nahm und nebeneinander auf den Schreibtisch legte. Ohne ihr Gesicht zu heben, sagte sie schnell: »Matthes meldet sich nicht«, und danach, an den Jungen gewandt: »Du wirst noch etwas unterschreiben müssen, eine Empfangsbestätigung, aber erst einmal mußt du uns die Puppe deiner Schwester zeigen – na, welche von beiden ist es?«

Der Junge zögerte nicht eine Sekunde, er ergriff die

Puppe, die sie gemeinsam untersucht und aufgeschnitten und wieder verklebt hatten, mit beiden Händen und preßte sie an sich und erwog nicht mehr, welchen Weg er nehmen sollte, sondern flitzte davon, sprang leicht über ein paar zusammengestellte Koffer, rannte auf die Treppe zu, die er mit wenigen Sätzen nahm, und stieß die Tür zum Kundenraum auf.

»Los«, sagte Henry, »Sie folgen ihm direkt, ich komme über die Rampe, so können wir ihm den Weg abschneiden.«

Der Junge lief zielbewußt einen mit Brettern verschalten Gang hinab, wich, immer wieder zurückblickend, anrollenden Gepäckkarren aus und bewegte sich auf den Zeitungskiosk in der Bahnhofshalle zu. Hier blieb er stehen, hier erkannte ihn Paula an seinem stumpfblonden Haar, bemerkte aber auch, daß er sie wiedererkannte, und er hetzte weiter zum Hauptausgang, die Puppe nicht mehr gegen seinen Körper gedrückt, sondern mit einer Hand haltend. Er tauchte ein in den Strom der Reisenden, die einem überfüllten Personenzug entstiegen waren, er ließ sich ein Stück forttragen, scherte aus, nur, um herauszufinden, ob seine Verfolgerin noch hinter ihm war, drängte sich wieder ins Gewoge, rempelte und ließ sich rempeln, einverstanden mit der ruppigen Bewegung, die ihn dem Ausgang näher brachte. Auch Paula überließ sich dem Strom, und noch bevor sie den Ausgang erreicht hatte, erblickte sie Henry, der den Bahnhofsplatz überquerte und auf die wartenden Taxen zuging. Als er plötzlich die Richtung änderte und seinen Schritt beschleunigte, wußte sie, daß auch er den Jungen entdeckt hatte und offenbar versuchte, an ihn heranzukommen, ihn zu stellen. Im Ausgang blieb sie stehen, reckte sich, hob den Arm, bemüht, Henrys Aufmerksamkeit auf sich zu lenken, doch er sah und fand sie nicht. Verbissen blieb er auf der Spur des Jungen. Eine Weile beobachtete sie beide, dann aber – sie erriet es nicht, sondern schloß es aus der überstürzten Flucht – entdeckte der Junge seinen Verfolger und verschwand hinter einem Bus und blieb unsichtbar, während Henry, der ihn nicht aus den Augen verloren hatte, über den Vorplatz lief, tänzelnd zwischen dem dichten Verkehr eine Straße überquerte und vor einer der trüben Kneipen verharrte. Er schaute zurück, er suchte Paula, glaubte sie zu erkennen und machte sich auf den Weg.

»Hier drin ist er«, sagte Henry, »ich habe gesehen, wie er hier hineinlief.«

Sie schoben die schwere Filzportiere hinter der Tür zur Seite und betraten die schlauchartige Kneipe, in der nur ein einziges Paar beim Bier saß, beide schienen damit beschäftigt, einander den Puls zu fühlen. Der Wirt erhob sich von einem Schemel hinter der Theke und ließ sie ausdruckslos näher kommen; auf Henrys Frage, wo der Junge geblieben ist, zeigte er sich ahnungslos: »Junge? Was für ein Junge?«

»Er ist hier hineingelaufen«, sagte Henry.

Der Wirt rief das Paar an und fragte: »Habt ihr zufällig einen Jungen gesehen? Es wird behauptet, daß er hier hereingekommen ist.«

»Wie sah er denn aus?« fragte die Frau, und Henry darauf: »Er trug eine Puppe.«

»Also, ein Junge mit einer Puppe, der wäre mir bestimmt aufgefallen«, sagte die Frau, grinste und nahm einen langen Schluck aus ihrem Bierglas.

»Da hören Sie es«, sagte der Wirt, »hier ist keiner hereingekommen, den Sie suchen. Vielleicht sehen Sie sich mal bei unserm Nachbarn um.«

Unwillkürlich tastete Henry nach Paulas Hand, um sie zur Tür zu ziehen, denn er hatte bereits eingesehen, daß sie hier nichts erfahren würden, hatte auch schon gemerkt, daß sie hier nicht willkommen waren. Er berührte gerade die Filzportiere, da wandte sich der Begleiter der Frau an Paula, ein schmalgesichtiger Mann mit enganliegendem schwarzem Haar. Bemüht, höflich zu erscheinen, bat er Paula zunächst um Entschuldigung dafür, daß er sie hier ansprach, und dann murmelte er seinen Namen und fragte, ob sie sich seiner erinnere, Marco Blohm habe sie einmal miteinander bekannt gemacht, in einem Café, Café Nizza, und bevor sie noch antwortete, vergewisserte er sich: »Sie sind doch Paula Blohm?«

»Ja«, sagte Paula kühl, »und wer sind Sie?«

Jetzt nannte er deutlich seinen Namen, aber nur den Vornamen Andreas und fügte hinzu: »Marco nannte mich Andi, für ihn und die anderen war ich Andi.«

»Und woher kennen Sie meinen Mann?«

»Wir waren eine ganze Zeit Nachbarn. Wollen Sie sich nicht zu uns setzen?«

»Nein, danke«, sagte Paula.

»Ich hoffe, es geht Marco gut«, sagte der Mann, »er hat uns oft zum Lachen gebracht, Marco war die größte Stimmungskanone.«

»Mein Mann arbeitet in seinem Beruf«, sagte Paula.

»Das muß er«, sagte der Mann, »in seinem Beruf ist Marco bestimmt unersetzbar; wie der Schauspieler in ihrer Redeweise imitiert hat: einmalig; und wenn er erst seine Hauptnummer abzog, haben wir auf dem Bauch gelegen. Marco nannte diese Nummer ›Die Sprechprobe‹.«

An seine Begleiterin gewandt, erklärte er: »Sprechprobe, weißt du, das ist, wenn man ins Mikrophon hineinredet oder nur hustet, probeweise.«

Aufblickend zu Paula sagte er: »Sie müssen Marco grüßen, unbedingt, an seinen Freund Andi wird er sich gewiß erinnern, an Andi aus dem oberen Bett.«

Noch einmal machte er den Versuch, Paula zu einem Glas einzuladen, doch sie verzichtete und folgte Henrys Aufforderung, die Kneipe zu verlassen; sie verließen sie grußlos.

Nach wenigen Schritten blieb Paula stehen, unschlüssig, ob sie sich von dem Ort entfernen sollte, an dem der Junge verschwunden war. Henry wußte oder glaubte zu wissen, daß der Junge längst das Weite gesucht hatte, in Gedanken sah er ihn zu der Toilette der Kneipe gehen, dort ein Fenster öffnen und über einen schmutzigen Innenhof davonlaufen, zu den Leuten, die ihn präpariert und geschickt hatten; für ihn, Henry, stand fest, daß sie hier vergeblich warten würden; er schlug vor, erst einmal Herrn Harms zu verständigen, der müßte wissen, was geschehen war und wo sie steckten.

»Gut«, sagte Paula, »dann rufen Sie mal den Chef an.«

Auf dem Weg zu einer Telephonzelle kamen sie an einer Toreinfahrt vorbei, sie kehrten wortlos um und gingen hinein bis zu dem Innenhof, auf dem alles wie vergessen wirkte, die gestapelten Kisten, die uralte Couch, die verschmierten Fenster. Sie sahen sich an und gingen auf die Straße zurück.

Paula blieb vor der Telephonzelle stehen und sah zu, wie Henry telephonierte, aufrecht stehend zunächst, gelassen, immerfort redend, dann drehte er sich zu ihr und schloß die Augen, wechselte den Hörer von einer Hand in die andere und nickte, nickte gehorsam, und legte seine Stirn in Falten und hängte nach längerem Zuhören einfach ein.

»Na?« fragte Paula, und Henry, achselzuckend: »Wir sollten nicht versuchen, Hilfspolizisten zu spielen. Er erwartet von uns einen Bericht, er sagte wörtlich: ›Mit einem Bericht könnt ihr euch retten.‹«

»Und was soll da drin stehen?«

»Alles, was passiert ist«, sagte Henry.

»Das hat mir gerade noch gefehlt«, sagte Paula, »Sie werden es doch hoffentlich übernehmen, diesen Bericht zu schreiben, oder?«

»Wir beide sind gefragt, wir müssen das Ding gemeinsam schreiben und unterschreiben; kommen Sie, wir machen uns gleich an die Arbeit, und morgen präsentieren wir dem Chef, was er haben will.«

»Und wo?«

»Bei mir, da sind wir ungestört.«

Schon hakte er sie vergnügt ein, schon überwand er den kleinen Widerstand, den sie ihm beim Gehen entgegensetzte, ihren nur anfänglich geäußerten Einwand wehrte er mit dem Hinweis ab, daß es nicht weit sei zu ihm, nur ein paar Busstationen.

Sie waren bereits im Bus, als Paula einfiel, daß sie kein Geld bei sich hatte, ihr Geld war in der Handtasche, und die Handtasche lag im untersten Fach ihres Schreibtisches; Paula erwog, zunächst zum Fundbüro zurückzukehren, doch Henry gelang es, sie zu beruhigen: »Albert bewacht die Sachen, der läßt keinen bei uns einsteigen.«

Er gab ihr einen Zwanziger mit den Worten: »Können Sie mir zurückgeben bei Gelegenheit«, und ihm entging nicht, daß sie das Geld lange in der Hand behielt. Ihre Nachdenklichkeit, ihr unsicheres Lächeln, wenn ihre Blicke sich trafen. Sie standen dicht beieinander in dem vollbesetzten Bus, eine Hand im Haltegurt, für unbeabsichtigte Berührungen entschuldigten sie sich nicht; als der Bus auf den zementierten Platz in der Hochhaussiedlung hinaufdrehte, ließ Henry eine Hand auf ihrem Arm liegen. Er führte sie am Kinderspielplatz und an den künstlichen Teichen vorbei; auf einem der Teiche schwamm zu ihrem Erstaunen ein Entenpaar, hier, inmitten der vielstöckigen Häuser.

Während er die Tür zu seiner Wohnung aufschloß, trat Paula zwei Schritte zurück, gerade so, als seien ihr in diesem Augenblick Bedenken gekommen.

Die Sammlung von Lesezeichen belustigte sie; bevor sie sich noch in der Wohnung umsah, trat sie darauf zu, schnippte mit einem Finger die in Schlaufen hängenden Eulen und Wassernixen an und brachte sie in pendelnde Bewegung. Wie von selbst mußte sie dabei an ihre eigene Sammlung denken, an die vielfarbigen Murmeln, die sie in kleinen Beuteln aufbewahrte, damals, als Schulmädchen; sie fragte sich, wo diese Sammlung geblieben war. Sie beschloß, Henry ein Lesezeichen zu schenken, das sie zufällig in einem antiquarisch gekauften Buch gefunden hatte, einen aus dünnem Leder geschnittenen Hecht. Jetzt sah sie sich um, und beim Anblick des Kissens auf der Couch, auf dem noch der Abdruck eines Hinterkopfes zu erkennen war, sagte sie: »Gemütlich haben Sie's hier.«

»Es läßt sich aushalten«, sagte Henry. Er stellte zwei Gläser auf den Couchtisch, holte eine Literflasche Orangensaft aus dem Eisschrank und fragte, ihr die Flasche entgegenhaltend: »Auch etwas für die Gesundheit?«

»Gern«, sagte Paula.

Ernst, mit gespieltem Eifer, suchte er einen Schreibblock, fand auch zwei Kugelschreiber und erinnerte Paula daran, daß eine Aufgabe auf sie wartete, gestand ihr aber auch gleich, daß er noch nie einen Bericht geschrieben hatte und darauf rechnete, daß sie ihre Erfahrung ausspielte. Paula schüttelte den Kopf und war dennoch einverstanden, insgeheim erheitert über das Vorhaben, auf das sie sich eingelassen hatte. Sie setzten sich nebeneinander auf die Couch, Paula übernahm es, zu schreiben – später wollte sie es in Maschinenschrift übertragen –, und setzte erst einmal das Datum hin, lachte und sagte: »Den Anfang hätten wir schon mal.«

Und dann entsannen sie sich jenes gewöhnlichen Tages, an dem der Bahnpolizist Matthes eine Puppe im Fundbüro einlieferte, die nach seinen Angaben bei einer Razzia im ICE »Emden – Hannover« entdeckt worden war. Da Verdachtsgründe dafür bestanden, daß die Puppe nur als Versteck oder unlauteres Transportmittel diente, kam man überein, unter Berufung auf den allgemeinen Nachforschungsantrag die Fundsachen fachmännisch zu untersuchen. Durchgeführt wurde die Untersuchung von den Mitarbeitern des bahnamtlichen Fundbüros, Frau Paula Blohm und Herrn Henry Neff, die aus dem Innern der Puppe den Betrag von zwölftausend DM zutage förderten.

So könnte man den Bericht beginnen, dachte Paula, Henry indes schlug vor, zwar auch mit dem Erscheinen von Matthes anzufangen, sich dann aber ausführlich der Puppe als Transportmittel von Schmuggelgut zu widmen, der Puppe und manch anderem Kinderspielzeug – den Bären zum Beispiel, den Hasen –, das notorisch mißbraucht würde.

»Ach, Henry«, sagte Paula amüsiert, »Sie sind und bleiben ein Junge, der Geschichten erzählen will, erst hören und dann erzählen will, ein Bericht aber muß nüchtern sein, nackt, da darf nichts verkleidet oder verdunkelt werden.«

»Aber wir müssen doch alles wiedergeben, was wir erlebt haben«, sagte Henry, »auch, wie wir die Puppe operiert und das Geld gefunden haben.«

»Nie kriegt einer zusammen, was er erlebt hat«, sagte Paula, »etwas verbirgt sich immer. Also: Ich bin dafür, daß wir uns an die Tatsachen halten, einverstanden?«

Paula schrieb, und er las mit. Er bewunderte die Entschiedenheit, mit der sie die ersten Sätze hinschrieb; als hätte sie alles vorbedacht und das, was geschehen war, bereits überprüft und festgelegt, erwähnte sie den Bahn-polizisten, die Einlieferung der Puppe, die Entdeckung des Geldes und schließlich die polizeiliche Anweisung, jeden Kunden aufzuhalten, der die Puppe als verloren melden sollte. Sie wandte sich ihm zu, wartete auf seine Zustimmung oder seinen Einspruch, doch er sagte nichts, er legte nur seinen Arm um sie.

»Keine Ablenkung«, sagte Paula, »wir müssen weiter-machen.«

Und während sie die letzten Ereignisse weniger dar-stellte als nüchtern aufzählte – das Erscheinen des Jungen, Flucht und Verfolgung und sein Verschwinden –, strei-chelte Henry ihre Schulter, und sie ließ es geschehen und tat, als merkte sie es nicht. Als er aber versuchte, sie an sich zu ziehen, rückte sie von ihm ab und steckte sich eine Zigarette an. Sie ging ans Fenster und sagte von dorther: »Morgen schreibe ich den Bericht ab, und dann wird jeder von uns seinen Namen druntersetzen – falls Sie mit dem Text zufrieden sind.«

»Es ist eine Meisterleistung«, sagte Henry, »und ich bin dabeigewesen.«

Aus ihrer plötzlichen Starre schloß er, daß sie etwas sah, was sie sogleich fesselte, er stellte sich neben sie, blickte über den Platz und erkannte bei den künstlichen Teichen einige Motorradfahrer, die nichts anderes taten, als die Teiche zu umkreisen, nicht schnell, nicht waghal-sig, sondern beherrscht und in gedrosselter Fahrt, immer näher kamen sie an die Teiche heran, und als die beiden Enten aufflogen, nahmen die Fahrer es wohl als Signal: Sie rissen die Vorderräder hoch, so daß die Maschinen sich aufzubäumen schienen, ließen die Motoren heulen und rasten davon.

»Sie betrachten das als ihr Revier«, sagte Henry. »Hier sind sie die Herrscher.«

»Aber worüber?« fragte Paula. »Worüber herrschen sie?«

»Das wissen sie selbst wohl nicht genau«, sagte Henry, »vielleicht über die, die sich vor ihnen fürchten«; und da Paula den Fahrern so lange nachblickte, bis diese hinter den Hochhäusern verschwunden waren, fragte er: »War er dabei? Hubert? Ihr Bruder? Haben Sie ihn entdeckt?«

»Ich weiß nicht«, sagte Paula, »die sahen sich alle so ähnlich in ihrer Kluft, kann sein, daß er dabei war.« Leise fügte sie hinzu: »Sein Motorrad, das ist alles für ihn.«

»Wenn's nur das ist«, sagte Henry, »dann wollen wir es ihm gönnen.«

Ohne anzukündigen, was sie vorhatte, trat Paula an den Tisch heran, nahm das beschriebene Papier auf, faltete es und bat ihn um einen Umschlag; als sie zur Tür wollte, versperrte er ihr den Weg.

»Bitte«, sagte er, »Sie müssen noch bleiben, ich lasse Sie nicht einfach gehen«, und er zog sie an sich und spürte, wie sie versteifte und sich von ihm abzudrücken versuchte. Aus ihrem Blick las er, daß sie sich nicht würde umstimmen lassen, dieser ruhige, abschätzende Blick brachte ihn dazu, sie loszulassen und ihr nach einem Augenblick der Verlegenheit vorzuschlagen, etwas gemeinsam zu unternehmen oder erst einmal noch eine Zigarette zu rauchen. Sie setzte sich auf eine Sessellehne, und während er ihr Feuer gab, fragte er, ob er sie mit ihrem Vornamen anreden dürfte. Paula nickte und lächelte ihn an, und lächelnd küßte sie ihn auf die genähte Augenbraue und sagte: »Die Stiche von der Naht werden bald kaum noch zu sehen sein.«

Henry war so überrascht, freute sich so sehr darüber, daß er gleich fragte, ob sie sich nicht einen Film ansehen sollten und danach – Er konnte seine Frage nicht zu Ende bringen, denn Paula winkte ab, nicht heute, und mit müder Stimme sagte sie: »Vielleicht ein andermal«, und nach einer Pause: »Es würden Probleme beginnen, Henry, neue Probleme für mich, und ich habe genug davon.«

Er sah sie verständnislos an oder tat so, als fehle ihm das Verständnis für die Bemerkung, er fragte: »Welche Probleme?«

»Welche Probleme?« wiederholte sie resigniert und blickte dem Rauch nach und sagte: »Siehst du, du kannst sie dir nicht einmal vorstellen. Kann sein, daß du besser dran bist als ich – aber ich glaube es nicht.«


Der Pförtner wußte Bescheid. Nicht im großen Auditorium sollte ein Doktor Lagutin sprechen, sondern in einem Übungsraum, B4; zur Sicherheit blickte er noch einmal auf den vor ihm liegenden Belegungsplan und wiederholte: B4, im zweiten Stock. Henry dankte ihm, wandte sich zur Steintreppe, als er den Pförtner sagen hörte: »Der Vortrag muß gleich zu Ende sein; Sie können hier warten, denn die kommen jetzt runter.«

Da er schon den Vortrag von Fedor Lagutin verpaßt hatte – sie bestanden im Fundbüro darauf, daß er mit Bußmann alles für die nächste Auktion zusammenstellte –, wollte er zumindest vor der Tür warten und sich dort für sein Fernbleiben entschuldigen, denn Fedor selbst hatte ihn eingeladen. Henry war noch auf dem Gang, als er den geklopften Beifall hörte, einen mageren Beifall, wie es ihm schien; er ging sogleich rascher und erreichte B4 in dem Augenblick, in dem die Tür geöffnet wurde und ein paar eilige Studenten an ihm vorbeidrängten. Wie schwach besetzt der Übungsraum war. Henry schätzte, daß Doktor Lagutin nicht mehr als zehn Hörer gehabt hatte, allerdings nicht ausschließlich Studenten, sondern auch zwei, drei ältere Männer, Professoren vermutlich. Überrascht war Henry, als er vom Gang aus Barbara entdeckte, sie trug ein sportliches Kostüm, sie saß unmittelbar vor dem Pult des Redners, sie hatte nicht mitgeschrieben wie einige andere, denn vor ihr lag kein Papier. Da Doktor Lagutin noch befragt wurde, ging er zu ihr; ohne seine Überraschung zu verbergen, fragte er: »Wie kommst denn du hierher?«, und Barbara darauf, wie selbstverständlich: »Fedor hat mich eingeladen, das heißt: Er hat's mir freigestellt, zu kommen.«

»Und«, fragte Henry, »fühlst du dich bereichert?«

Statt zu antworten, versetzte sie ihm einen verdeckten Schlag auf die kurze Rippe, leicht nur, geschwisterlich, und dann schob sie ihn zum Ausgang: »Wir müssen die Mensa finden, Fedor hat uns eingeladen.«

Sie besetzten einen Tisch neben der verschiebbaren Wand, die die Mensa von einem schmucklosen Saal trennte, sie hielten einen Stuhl frei für Fedor, und Henry griff sich ein Tablett und holte schon mal drei Portionen Tee und ein paar mit Pflaumenmus gefüllte Berliner. Doktor Lagutin kam nicht allein zum Tisch, ein gebeugter, von der Wissenschaft früh gebeugter Student mit Nickelbrille ging neben ihm und sprach gestenreich auf ihn ein und hörte nicht auf zu sprechen, als beide schon am Tisch waren; der Student grüßte nicht einmal Barbara, er fragte – und in seiner Frage zeigte sich Skepsis –: »Also glauben Sie, daß das Unendliche ein Objekt mathematischer Forschung sein kann?«

»Gewiß«, sagte Doktor Lagutin, »allerdings müssen wir bei unseren Erwägungen auf manche Überraschung, auf manches Paradox gefaßt sein. Die Überraschung beginnt nach der Definition der ›Menge‹, die sich aus Elementen von unendlicher Zahl zusammensetzt. Cantor hat da vorgedacht, der große Cantor, am Ende wollte er sich ›Menge‹ als Abgrund vorstellen.«

Der Student dankte ihm, verbeugte sich gegen Barbara und wollte sich entfernen, da riet Doktor Lagutin ihm, sich mit der logischen Beweisführung von Russell bekannt zu machen, für den die Zahl unter anderem ein Mittel war, gewisse Mengen zusammenzufassen.

»Russell«, sagte der Student, »gut, ich werde ihn mir vornehmen, und übrigens, Herr Doktor Lagutin, es war ein Erlebnis, Ihnen zuzuhören.«

Barbara fischte die Teebeutel aus allen Gläsern und ermunterte sie, die Berliner zu probieren, doch bevor sie dies taten, bat Fedor sie, sich als seine Gäste zu betrachten, er sagte wörtlich: »Wenn ihr meine Freude vermehren wollt, dann nehmt die Einladung an.« Beide nahmen die Einladung an.

Doktor Lagutin war gut gelaunt, das Echo auf seinen Vortrag schien ihn überrascht zu haben, und gutgelaunt versuchte er, Barbara zu überzeugen, die behauptete, sich für Mathematik nicht erwärmen zu können, für diese abstrakten Turniere, die nur in dünner Luft ausgetragen werden. In Gedanken an den Vortrag – das bekannte sie offen – schwirrte ihr der Kopf vor lauter Definitionen und diesen logischen Begriffen der Beziehung und Entsprechung; daß jemand Gefallen daran finden könnte, war ihr einfach unbegreiflich.

»Du wirst mir verzeihen, Barbara, wenn ich dir sage, daß ich anderer Meinung bin«, sagte Fedor. »In der Mathematik haben wir uns auf die Erforschung eines Universums der Begriffe eingelassen. Große Männer haben uns gezeigt, welche Bedeutung dabei die Grundannahmen haben, die Axiome. Wir ehren diese Männer, indem wir ihren Weg nachgehen.«

»Zugestanden«, sagte Barbara, »alles zugestanden, aber gibt es bei dieser Arbeit etwas, worüber man begeistert ist oder sogar glücklich?«

Fedor lächelte, seine Augen schlossen sich, und dann sagte er: »Widerspruchsfreiheit, die bewiesene Widerspruchsfreiheit der Annahmen.«

»Merk dir das«, sagte Henry zu seiner Schwester, »Glück ist Widerspruchsfreiheit«, und entschuldigte sich jetzt erst bei Fedor dafür, daß er die Vorlesung verpaßt hatte.

Zwei Studenten erschienen in der Mensa, beide trugen eingerollte Plakate, beide musterten mit kalkulierenden Blicken die Fenster, die Theke, die verschiebbare Wand, sie schienen sich wortlos zu verstehen und hängten, ohne sich ein einziges Mal zu korrigieren, ihre Plakate auf, die sie mit Klebestreifen befestigten. Die Plakate warben für eine Studentenfete, sie warben mit einer launigen Federzeichnung tanzender, lachender Formeln – Doktor Lagutin war so begeistert, daß er die Studenten um ein Plakat bat, für sich allein. Er bekam ein Plakat, er faltete es sorgfältig und schob es in seine fellbesetzte Tasche.

»Ist das eine Flöte?« fragte Barbara, als sie im Innern der Tasche das nußbraune Instrument entdeckte, und da sie schon ihre Hand danach ausstreckte, hob Fedor die Flöte heraus und reichte sie ihr: »Unser Lieblingsinstrument.«

Barbara befühlte das Holz und fragte: »Darf ich mal?«, und setzte die Flöte an den Mund und versuchte sich an einem alten Volkslied, gab es aber schon nach den ersten Tönen auf, überrascht von deren Schärfe.

»Ein eigener Ton, ich weiß«, sagte Fedor, »unser Ton, nicht so sanft und weich wie eine Panflöte.«

»Spiel du mal, bitte«, sagte Henry, »nur ein kleines Stück.«

»Nicht hier«, sagte Fedor und sah sich um und schüttelte beim Anblick einiger diskutierender Studenten den Kopf. »Ich fürchte, zu stören.«

»Nur leise«, bat Barbara, »nur etwas Kurzes zur Probe, die da drüben fühlen sich bestimmt nicht gestört.«

Er blinzelte ihr zu, er sagte: »Bei uns enthält das Flötenlied eine Mitteilung, es erklingt nicht absichtslos, manchmal errät man, wovon es spricht, manchmal irrt man sich auch.«

Ein älterer Mann trat an ihren Tisch und fragte Doktor Lagutin, ob er auch vorhätte, an der Konferenz teilzunehmen. »Wenn Sie nichts dagegen haben, lieber Kollege, könnten wir gemeinsam gehen, wir müssen in den Anbau, man findet nicht so leicht dorthin.«

Da Fedor schwankte, ermunterte Henry ihn: »Geh nur, wir warten hier auf dich – falls es nicht zu lange dauert.«

Wie lange sie schwiegen, nachdem Fedor sie verlassen hatte. Barbara hing ihren Gedanken nach, anscheinend versuchte sie, sich einer Sache oder einer Erfahrung schlüssig zu werden, vielleicht auch, ein Gefühl zu verstehen, das sie plötzlich empfand, zumindest nahm Henry das an, und um sie für kurze Zeit sich selbst zu überlassen, trug er das Tablett zur Theke, begutachtete die Frikadellen und Sandwiches im Glaskasten und kaufte schließlich zwei Cola. Während er die Gläser füllte, sagte er: »Ich möchte ihn gern mal spielen hören.«

»Und ich«, sagte Barbara, »ich möchte es gern mal sehen, das Land, aus dem Fedor kommt, seine Stadt Samara, und die Leute dort möchte ich auch mal kennenlernen.«

»Vielleicht wirst du es eines Tages«, sagte Henry, »aber wenn du dorthin fährst, solltest du es im Sommer tun, wenn einige seiner Leute weit draußen bei den Tieren sind und in Zelten wohnen – Fedor hat mir von diesem Leben erzählt; allerdings müßtest du in einem Zelt schlafen.«

»Ich hab schon einmal in den Dünen geschlafen, in Westerland, und einmal sogar in einem Kanu.«

»Dann erfüllst du die Voraussetzung für eine Nacht im

Zelt«, sagte Henry und streichelte ihren Rücken und spürte auf einmal ein unbestimmbares Mitleid mit seiner Schwester aufkommen. Und obwohl er voraussah, daß es nie dazu kommen würde, redete er ihr zu, den Plan einer Reise nach Samara zu bedenken, er schlug ihr vor, einfach mal eine Urlaubsreise dorthin zu machen – anstatt nach Marbella, wie immer, nach Samara –, der Preis sei bestimmt erschwinglich. Barbara sah ihn grüblerisch an, sie zweifelte, ob er seinen Vorschlag ernst meinte, sie fragte: »Kämst du mit?«

Henry antwortete nicht eindeutig, er sagte nur: »Warum nicht?« Aber dann dachte er daran, was Fedor ihm von seinem Leben erzählt hatte, er dachte an den Großvater, dem man mit Ehrerbietung begegnete, an die Honigsammler, die Wildbienen und an die Jagd in der Steppe, er stellte sich erlebnisreiche Tage im Zelt vor und sagte nun: »Mir würde es Spaß machen, mit dir dorthin zu fahren, wirklich, Barbara; wir müssen nur warten, bis Fedor wieder zu Hause ist.«

»Sollen wir es ihm schon erzählen?« fragte Barbara, und er darauf: »Wenn es soweit ist, im Sommer.«

Geräuschvoll verließen die letzten Studenten die Mensa, sie waren jetzt allein, und Henry bat Barbara, ihm mit einem Fünfziger auszuhelfen, bis zum nächsten Ersten.

Am nächsten Ersten, so versprach er, werde er dann auch die anderen Schulden begleichen. Barbara gab ihm das Geld und mißbilligte es still, daß er den Schein zerstreut faltete und in die Brusttasche seines Hemdes steckte. Es wunderte sie, daß er gleich darauf aufstand und ihr vorschlug, gemeinsam zu gehen, da die Konferenz sich vermutlich »ziehen« wird, wie er sagte. Barbara blieb sitzen. Sie versuchte nicht, ihn zurückzuhalten, sie nickte nur, als er sagte, daß er noch einmal in seinen Laden müßte wegen der bevorstehenden Auktion.

Paula täuschte sich nicht. Der Mann auf dem Bahnsteig ließ tatsächlich seinen Koffer stehen, als der Zug einlief, einen auffälligen ledernen Koffer, der unmittelbar neben seinen Beinen gestanden hatte; er ließ den Koffer nicht nur stehen, sondern beachtete auch nicht die Frau, die ihm in den Weg trat und ihm etwas zurief und mit ausgestreckter Hand auf das vergessene Gepäckstück deutete: »Da, Sie haben Ihren Koffer stehenlassen.« Paula sah es vom Bahnhofskiosk, wo sie ihren ausgefüllten Lottoschein abgegeben hatte, sie sah, wie der sehr gut gekleidete Mann am Zug entlangging und sich plötzlich für ein Abteil entschied und einstieg. Mit raschen Schritten ging sie auf den Bahnsteig, arbeitete sich gegen ankommende Reisende vor, bis sie den Koffer erreicht hatte. Wie leicht der Koffer war. Paula trug ihn dem Mann nach, dann und wann hob sie sich auf die Zehenspitzen und linste in ein Abteilfenster; als sie den Mann gefunden hatte, klopfte sie gegen die Scheibe und zeigte auf den Koffer. Unwillig kam der Mann zur Tür, er zeigte kein erfreutes Wiedersehen mit seinem Eigentum, blickte nur fragend Paula an, die ihn mit den Worten »Hier, das gehört Ihnen wohl« den Koffer hinaufreichte. Kein Dank, keine Freude, mit einer Gleichgültigkeit, die Paula verletzte, nahm ihr der sehr gut gekleidete Mann den Koffer ab und schubste ihn zum Gang. Da er es für überflüssig hielt, ihr noch etwas zu sagen – ein Wort der Erklärung oder sogar etwas zu seiner Entschuldigung –, drehte Paula sich um und ging langsam und nachdenklich neben dem Zug zurück, so lange, bis ein rotbemützter Bahner vor ihr auftauchte und dem Zugführer mit seiner Kelle das Zeichen zur Abfahrt gab; jetzt blickte sie sich um. In dem Augenblick, in dem der Zug anfuhr, wurde vorn eine Abteiltür geöffnet, ein Koffer flog auf den Bahnsteig, überschlug sich, blieb neben einem Abfallbehälter liegen.

Auch der Bahner hatte beobachtet, daß bei der Anfahrt des Zuges ein Koffer hinausgeworfen wurde, er hatte auch gesehen, wie Paula hinlief und den Koffer an sich nahm. Sie brauchte nichts zu begründen, mußte sich nicht legitimieren, der Bahner grüßte sie freundlich und sagte: »Na, da sparen wir uns den Weg zu euch; hoffentlich findet ihr nur Angenehmes.« Und dann fragte er: »Darf ich mal?«, und er nahm Paula den Koffer ab und wog ihn kurz in der Hand und kam zu dem Ergebnis: »Nichts Gewichtiges.«

Bußmann hatte bereits Feierabend gemacht, und Hannes Harms war dabei, sein Büro aufzuräumen, und winkte Paula nur flüchtig zu, als sie mit dem großen, aber leichten Koffer zu ihrem Schreibtisch ging. Sie setzte das Fundstück auf den Boden und zündete sich eine Zigarette an. Obwohl sie neugierig darauf war, was der Koffer enthielt – irgendwas, das spürte sie, fühlte sie, war in ihm aufgehoben –, konnte sie sich noch nicht entschließen, ihn zu öffnen, eine plötzliche Scheu oder Befürchtung hielt sie davon ab. Sie war froh, als sie Henry bemerkte, der eine Palette mit gefundenen Spazierstöcken in eine Ecke transportierte, und rief ihn zu sich. Henry amüsierte sich, als er erfuhr, auf welche Weise Paula an das Fundstück gekommen war. Er ließ sich die Erscheinung des Mannes beschreiben, der sein Gepäck absichtlich stehengelassen hatte, er lüftete den Koffer und stellte Mutmaßungen über den Inhalt an – »Bücher sind es nicht, Konserven auch nicht, ich tippe mal auf Pelze, Fuchspelze vielleicht« –, schließlich hob er ihn auf den Schreibtisch und forderte Paula mit einer Geste auf, den Koffer zu öffnen. Bevor sie es tat, dachte sie an Albert Bußmann, der ein Meister war im Öffnen verschlossener Fundstücke, selbst komplizierte Sicherheitsschlösser gaben ihm ihre Geheimnisse preis, sie bedauerte bereits seine

Abwesenheit, doch zu ihrem Erstaunen sprangen die Schlösser bei kleinem Druck auf.

Lumpen, ihr erster Gedanke war: Lumpen; da lag ein zusammengeknüllter karierter Stoff, verblichen, fleckig, an einer Stelle eingerissen, und darunter zeigte sich etwas Graues, das in einem Hosenaufschlag auslief, der abgetragen und zerfranst war. Paula hob das Zeug heraus und legte es auf den Tisch, eine Hose und eine Jacke; Kleidung, die anscheinend jedes Wetter kannte und in der ihr Eigentümer mitunter wohl auch geschlafen hatte. Zwanghaft dachte sie an den Mann im Zug, dem sie den Koffer hinaufgereicht hatte, sie stellte sich ihn in diesen verbrauchten Sachen vor, zumindest versuchte sie es, und unter seinem kalten, zurückweisenden Blick fühlte sie sich abermals verletzt durch die Achtlosigkeit, mit der er den Koffer entgegennahm. Sie überließ es Henry, die Taschen zu untersuchen. Sie trat zurück und sah zu, wie er Jacken- und Hosentaschen untersuchte und schließlich auch das Futter daraufhin abtastete, ob da etwas eingenäht war: Nichts, Henry brachte nichts zum Vorschein. Er warf die Jacke auf den Stuhl, er sagte: »Der wollte keine Spur hinterlassen, registrieren müssen wir es aber wohl.« Während Paula den vorgedruckten Bogen für »Fundsachen auf Bahngebiet« einspannte, verschwand Henry zwischen den Regalen, tat so, als wollte er die Toilette aufsuchen, schlug aber nur einen Haken und trat auf den Nebengang, und hier ging er bis zu Bußmanns Versteck vor. Ein Griff unter die gestapelten Reiseplaids, und er erfühlte sogleich die Flasche und zog sie heraus. Zwei Schlucke nahm er, einen kurzen schnellen wie zur Vorbereitung, dann einen langen Schluck.

Als er zu Paula zurückkehrte, sagte er: »Der Kerl wollte etwas loswerden, bestimmt, und zwar nicht nur die alten Klamotten, sondern auch das, was er selbst zuletzt war, oder das, wofür er gehalten wurde, ich schätze mal, ihm war es zuletzt unbehaglich geworden, und darum gab er sich selbst einen Abschied, einen äußeren Abschied.«

»Kann sein«, sagte Paula, »aber es wird ihm wohl nicht helfen auf die Dauer, es ist doch einfach lächerlich zu glauben, daß neue Klamotten einen neuen Anfang erleichtern, es gibt keine neuen Anfänge, ich meine, so im reinen Sinn; etwas von früher bleibt immer an einem haften, etwas, das man nicht abschütteln kann.«

Henry blickte sie verwundert an, er sagte: »Tatsächlich? Ich bin mir da nicht sicher. Manchmal passiert etwas, und ohne daß man darauf aus war, ist man schon in einem neuen Anfang. Aber ich halte Sie auf.«

»So ist es«, sagte Paula und begutachtete den Koffer und bezeichnete den Inhalt als »abgetragene Kleidung ohne Wert«. Eilig legte sie das Registrierblatt in eine Kladde, schaute auf die Uhr, stellte fest, daß der Feierabend bereits begonnen hatte, und deckte die Schreibmaschine mit einem Bezug ab. »Ich muß leider gehen.«

»Verabredet?«

»Wie man's nimmt, ich hoffe, der Film hat noch nicht angefangen.«

»Sehenswert?«

»Ich weiß nicht, mein Mann will, daß ich ihn sehe, Marco hat den Hauptdarsteller synchronisiert.«

»Ein amerikanischer Film?«

»Ein irischer«, sagte Paula, »er heißt: ›Der Vogelwart‹, ich weiß nicht, worum es darin geht.«

»Nehmen Sie mich mit?«

Einen Augenblick zögerte Paula, dann sagte sie, schon abgewandt: »Der Film läuft hier, im Bahnhofskino.«

Am Kiosk kaufte Henry ein Tütchen Erdnüsse und eine Rolle Schokolinsen; bevor sie die Treppe zu dem kleinen Kino hinaufstiegen, betrachteten sie schweigend

die ausgehängten Photos, auf denen für den Film spre-
chende Szenen dargestellt waren: eine Flußmündung, in
der ein einziges Boot mit gerefften Segeln vor Anker lag,
ein Gasthaus in einsamer grüner Landschaft, ein lachender Mann vor Torftümpeln, über denen eine Wolke von
Seevögeln hing, ein schönes kleines Mädchen mit altklu-
gem Gesicht, das durch ein verschliertes Fenster in das
Innere eines Hauses blickte, dann ein eleganter Hüne in
Seglertracht, der sich eine doppelläufige Flinte erklären
ließ, und die auf mehreren Photos abgebildete hochmütig
wirkende Frau: aufs Meer blickend, in erduldeter Umarmung, beim Sonnenbad auf dem Deck des Segelboots.
»Ich bin gespannt«, sagte Henry.

Das Kino war nur schwach besetzt. Sie setzten sich an
den Rand der letzten Reihe, Henry bot gleich von seinen
Schokolinsen an und starrte auf die Leinwand; da der
Mann auf dem Segelboot gerade Anker warf, schloß er,
daß der Film bereits begonnen hatte. Das Schlauchboot
wurde zu Wasser gelassen, auf einen Ruf des weißgeklei-
deten Mannes kamen die Frau und das kleine Mädchen an
Deck, sie musterten die verlassene Gegend, hielten sich
spaßhaft die Ohren zu, um das irrsinnige Vogelgeschrei
zu ertragen.

Im Schlauchboot fragte die Frau: »Glaubst du, daß es
richtig ist, hierherzukommen?«, und der Mann sagte:
»Harold wird sich bestimmt freuen, wochenlang in dieser
Einöde, da sehnt man sich nach Besuch; außerdem gibt's
hier für Karin etwas zu erleben, nicht wahr, Karin?« Das
Mädchen beobachtete zwei Vögel, die sich im Sturz eine
Beute abzujagen versuchten, und sagte: »Ich mag diese
Vögel nicht.« – »Aber ihre Küken«, sagte der Mann, »ihre
Küken wirst du bestimmt mögen.«

»Das ist Marcos Stimme«, sagte Paula, »er spricht den
Mann im Seglerdreß.«

Der Wirt des Gasthauses hatte sie schon auf dem Fluß bemerkt, jetzt schob er zwei Torfstücke in den Ofen und ging zur Tür, um die Fremden zu begrüßen. Er teilte ihre Ansicht, daß das Wetter erträglich sei, fürchtete aber, daß es bald umschlagen könnte, zu viele der großen Seevögel suchten das Land. »Die sind ihre eigenen Wetterpropheten«, sagte Henry und neigte sich Paula zu, die seine Bemerkung überhört zu haben schien.

Die Zimmer, die der Wirt ihnen zeigte – ein Eckzimmer mit Seeblick für die Eltern und eine Kammer für »unser kleines Fräulein« –, gefielen ihnen nicht sonderlich, aber sie nahmen sie und packten ihre Sachen aus. Noch während die Frau vor dem offenen Schrank stand, suchte der Mann mit dem Fernglas das Land ab, erkannte in den münzrunden Scheiben eine schilfgedeckte Kate, neben der zwei Reusen hingen.

»Hast du ihn entdeckt, Patrick?« fragte die Frau.

»Seine Hütte«, sagte der Mann, »sieht sehr idyllisch aus. Harold streift wohl gerade durch das Schilf.«

Grüblerisch saß das kleine Mädchen auf dem Bett in seiner Kammer, uninteressiert an dem Ort; selbst als in der Ferne ein Schuß fiel, ging es nicht ans offene Fenster.

Patrick trat ein, setzte sich zu ihr und zog sie an sich. Tröstend sagte er: »Wart nur ab, es wird dir hier bestimmt gefallen, Harold – du kannst Onkel Harold zu ihm sagen – ist sehr nett, er hat gewiß auch zahme Vögel, oder kranke, die er pflegt.«

Das Mädchen blickte ihn forschend an und sagte plötzlich: »Auf dem Boot hast du mir erzählt, daß er früher mal mit Mami verheiratet war.«

»Ja«, sagte Patrick, »aber das ist lange her, das war lange vor deiner Zeit. Wir sind Freunde geblieben, oder sind es wieder geworden, Harold und ich.«

Im Flur, unter ausgestopften Papageientauchern und

Sturmmöwen, bat die Frau um ein zweites Kopfkissen; als wieder ein Schuß fiel, erklärte ihr der Wirt, daß es nun den Füchsen an den Pelz gehe: »Die kommen im Winter übers Eis, und jetzt plündern sie die Gelege. Der Vogelwart räumt auf.«

Henry nahm Paulas Hand, öffnete sie, schüttete ein paar Erdnüsse hinein und flüsterte: »Die Sache geht nicht gut aus, oder? Was meinen Sie?«

»Die Frau«, sagte Paula, »wie die angezogen ist, in dieser Gegend, modischer geht's nicht.«

Aus dichtem Schilf arbeitete sich Harold heraus, er trug einen Rollkragenpullover und Seestiefel; sein Gesicht war schweißbedeckt. Beim Anblick seiner Besucher, die gerade das Gasthaus verließen und den schmalen Pfad betraten, der zu ihm führte, verschwand er rasch in seiner Kate. Hier säuberte er sein Gesicht, zog die Seestiefel aus, beklopfte das Kissen auf seinem Lager und öffnete die Fenster; er kippte den Aschenbecher aus.

Aufmerksam beobachtete das Mädchen, wie die Erwachsenen einander begrüßten, wie die Männer sich eher flüchtig die Hand gaben, wie Harold ihre Mutter freimütig musterte, ehe er sie auf die Wange küßte und willkommen hieß im Reich der Gefiederten. Den Balg eines toten Fuchses, der auf einer Holzbank lag, betrachtete das Mädchen interessiert, wagte aber nicht, ihn zu berühren. »Also, kommt rein, damit ihr seht, wie ein Einsiedler lebt«, sagte Harold, »ich mach einen Tee.«

Der Wirt gab seinem alten Gehilfen recht, der angesichts eines heraufziehenden Wetters empfahl, das vor Anker liegende Boot flußaufwärts zu verholen; der Gehilfe bot sich an, den Gästen dabei zu helfen.

Mit den Worten »Komm nur, ich zeig dir was« forderte Harold das kleine Mädchen auf, ihn hinters Haus zu begleiten; hier fing er leicht eine große Möwe, die sich in seinen Zeigefinger verbiß, der Biß tat ihm angeblich nicht weh; er sagte: »Sie hat einen kaputten Flügel; wenn du willst, kannst du sie streicheln.« Karin verbarg ihre Hände auf dem Rücken. Nachdem er die Möwe wieder auf den Boden gesetzt hatte, fragte Karin: »Waren Sie lange mit meiner Mutter verheiratet?« Harold schien so überrascht, daß er nicht direkt antwortete, er sagte zunächst: »Du kannst ruhig ›du‹ zu mir sagen, hier draußen tun wir es alle«; etwas später sagte er: »Damals warst du noch nicht auf der Welt.«

Harold und seine Gäste entschlossen sich zu einem Gang über das Vogelland; fürsorglich achtete er darauf, daß die Frau nicht den Pfad verließ, reichte ihr die Hand, um über Pfützen und Sumpflöcher zu springen; er erklärte ihnen besondere Gewohnheiten der Vogelarten. Je näher sie den Brutplätzen kamen, desto aggressiver flogen Möwen Scheinangriffe gegen sie, Mantelmöwen, Heringsmöwen, die Frau duckte sich weg, stolperte, Harold bewahrte sie vor einem Sturz.

Der Wirt betrat, ohne anzuklopfen, die Kate, das Mädchen stand am Fenster und blickte den Erwachsenen nach, auf die Frage des Wirts, warum sie nicht mit den anderen ging, da doch draußen im Schilf und in der Luft soviel los sei, sagte Karin: »Keine Lust.«

»Wenn du Glück hast, kannst du auch Albatrosse sehen, wie sie hoch oben vorbeisegeln«, sagte der Wirt, und das Mädchen darauf: »Ich mag diese großen Vögel nicht.«

Henry tastete nach Paulas Hand, die sie, in der Annahme, er wollte noch ein paar Nüsse hineinschütten, öffnete, doch er tat es nicht, er strich nur sanft über die Finger, bedrückte, angestrengt auf die Leinwand starrend, eine Fingerkuppe und betupfte sie zart, gerade so, als morste er ihr etwas zu. Er wartete darauf, daß sie ihm ihre Hand entzog, und nach einer Weile tat sie es auch, aber nicht entschieden, nicht heftig, sondern nur sacht, wie ermüdet vom Hinhalten. Jetzt wandten sie sich einander zu und blickten sich an, sie merkten nicht, wie sehr sich der Ausdruck auf ihren Gesichtern glich. Widerwillig standen sie auf, um ein junges Paar durchzulassen, das in ihre Reihe wollte; sie waren erleichtert, als die beiden sich entschlossen, doch weiter nach vorn zu gehen.

Bei Tee und Rum erzählte Patrick von der Gründung und erfolgreichen Ausweitung seines Lieferservice: Mittlerweile beschäftigte er schon zweiundzwanzig Mitarbeiter, groß sei die Auswahl auf seiner Bestelliste nicht, doch die motorisierten Boten könnten die warmen und kalten Speisen innerhalb kürzester Zeit – fünfzehn Minuten – ins Haus bringen. Sein Renner sei ein indonesisches Reisgericht, Feuer, Feuer, auf Wunsch liefere er auch leichte Rot- und Weißweine.

»Weine, die wir auch selbst trinken«, sagte die Frau.

In der Abenddämmerung brach Patrick allein zu einem Streifzug auf, Harold überließ ihm das Gewehr und gab ihm zwei Schrotpatronen mit. Vögel fielen zur Nacht ein, es wurde still im Schilf.

Wie lange sie sich schweigend gegenübersaßen, als sie allein waren, beide schienen sich vor der ersten Frage zu fürchten. Harold dachte: Ich habe kein Recht, sie zu fragen, ob sie glücklich sei, und die Frau erinnerte sich an ein Urteil, zu dem sie schon früh gefunden hatte: Im Grunde ist er ein Einzelgänger, Harold hat nur geheiratet, weil man es von ihm erwartet hat, aus Konvention. Sie merkten nicht, wie das Gesicht des Kindes hinter einem Fenster erschien, ein mageres, argwöhnisches Gesicht, sie musterten einander freundlich und mit schmerzlichem Wohlwollen, und auf einmal sagte die Frau: »Ich weiß nicht, wie es dir geht, aber manchmal, wenn ich an die

Vergangenheit denke, kommt mir alles so fremd vor. Ob wir uns geirrt haben?«

Ein mächtiger Windstoß kam vom Wasser, walkte das Schilf; beide, Harold und die Frau, hoben lauschend den Kopf, das Gesicht des Mädchens verschwand vom Fenster.

Henry lehnte sich zurück und legte Paula einen Arm um die Schulter und lächelte dabei über sich selbst, erheitert bei dem Gedanken, daß Kino dazu einlud, den Partner zu betasten und zu befühlen; in der jähen Helligkeit, die eine weiße Vogelwolke auf der Leinwand verbreitete, erkannte er, daß mehrere Paare im Zuschauerraum so saßen wie Paula und er, eng aneinandergeschmiegt, oder sogar, ohne den Film zu beachten, tief weggetaucht.

Die Vogelwolke flog eine Schleife und stieß kreischend auf das Mädchen hinab, das sich, allein vor Erlengebüsch, entsetzt die Ohren zuhielt und, als ein großer Vogel sie im Scheinangriff fast berührte, aufschrie und floh.

Die Frau glaubte einen Hilferuf gehört zu haben, Harold war sicher, daß er ihn gehört hatte, er ging zur Tür, horchte, und als die Frau fragte: »Karin? Wo ist Karin?«, zog er eine Regenjacke an und ging hinaus.

Draußen, nahe beim Haus, fiel ein Schuß, und die Frau stürzte ans Fenster. Nach einer Weile ging sie an den Tisch, schenkte sich ein wenig Tee ein und zündete eine Zigarette an. Sie trat in die offene Tür und blieb dort stehen gegen einen Himmel, der die Farbe von Bleiweiß annahm, und suchte die Geräusche zu bestimmen und rief plötzlich: »Harold, Karin, hierher.« Da sie keine Antwort erhielt, ging sie in den Wohnraum, blickte auf die rohe Schreibplatte, die mit Listen und ornithologischen Handbüchern bedeckt war, sie überflog einige Eintragungen und öffnete gerade ein Schränkchen, in dem einige Briefe lagen, als Patrick hereinkam, verschwitzt und zerzaust.

Er sagte: »Ich habe ihn verfehlt, der Fuchs lief mir über den Weg, aber ich habe ihn verfehlt.«

»Karin ist weg«, sagte die Frau, »sie ist irgendwo draußen«; aus dem Ton, in dem sie das sagte, mußte er schließen, daß sie ihm die Schuld daran gab oder doch bereit war, es zu tun, falls dem Mädchen etwas zustoßen sollte. Patrick hängte das Gewehr an einen Haken neben der Tür, holte aus einer Jackentasche eine Pfeife hervor, aus der anderen eine schmale Dose Tabak, ließ sich Zeit mit dem Stopfen, brauchte mehrere Streichhölzer, um die Pfeife anzubrennen, und als sie schließlich zufriedenstellend qualmte, sagte er: »Karin ist jetzt bestimmt schon im Gasthaus, ich sah die beiden, Harold hatte sie an der Hand.«

»Im Gasthaus?« fragte die Frau.

»Vielleicht wollte sie selbst dorthin«, sagte Patrick, »ich sah jedenfalls, wie beide darauf zugingen.«

Nach einem Seitenblick bemerkte Henry, daß Paula, während dieser Patrick sprach, die Augen schloß, offenbar, um sich ganz auf die Stimme zu konzentrieren, oder als versuchte sie, hinter ihren Lidern auch den Mann zu sehen, dem die Stimme in Wahrheit gehörte; es wunderte Henry nicht, daß sie seine tastende Hand abwies.

In der Kate horchten beide auf den zunehmenden Wind, der den Regen gegen das Fenster schleuderte; Patrick schlug vor, gemeinsam zum Gasthaus aufzubrechen, er glaubte, den kürzesten Weg zu kennen. Die Frau ging auf seinen Vorschlag nicht ein, sie schien ihn sogar überhört zu haben; als müßte sie endlich Gewißheit darüber haben, was sie seit ihrem Wiedersehen mit Harold beschäftigte, fragte sie unvermittelt: »Warum, Patrick, warum wolltest du uns unbedingt hierherbringen? Du weißt, daß mir nicht daran gelegen war.«

»Aber du hast dann doch zugestimmt«, sagte Patrick,

»und außerdem hoffte ich, Karin eine Freude zu machen.«

»Und an dich dachtest du gar nicht?«

»Warum sollte ich an mich gedacht haben? Mein Verhältnis zu Harold ist längst entspannt. Wir waren einmal Freunde, und jetzt sind wir wieder Freunde – auf andere Art, aber wir sind es.«

»Ich vermute, du hattest einen eigenen Grund, um hierherzukommen«, sagte die Frau: »Du wolltest Harold etwas beweisen; ja, du wolltest ihm zeigen und beweisen, wieviel du erreicht hast; vorführen wolltest du ihm, wie gut wir miteinander leben.«

»Jetzt fängst du wieder an«, sagte Patrick.

»Nein«, sagte die Frau, »ich weiß, wovon ich rede, du wolltest Harold beeindrucken durch deine Großmut, die Großmut, die man sich im Erfolg leisten kann, wir brauchen uns nichts vorzumachen.«

»Nun sind wir wieder mal soweit«, sagte Patrick, »du vermutest etwas und ziehst aus deiner Vermutung unmögliche Schlußfolgerungen; jedenfalls wollte ich Harold nichts beweisen, nichts, und daß ihr einmal ein Kopfkissen geteilt habt, irritiert mich nicht.«

Die Frau sah ihn kühl und spöttisch an, und nach einer Pause sagte sie: »Bei der Begrüßung – du konntest deine eigenen Blicke nicht sehen bei eurer Begrüßung –, aus deinen Blicken sprach Herablassung; kannst du dir vorstellen, daß diese Herablassung auch mich betraf, mich sogar verletzte?«

»Jetzt fängst du schon wieder an«, sagte Patrick, »du legst alles so aus, als sei es gegen dich gerichtet, zumindest aber, als habe es mit dir zu tun, begreif doch endlich –«

In diesem Augenblick stand Paula auf, streifte mit einer Hand Henrys Schulter und trat auf den Gang und wandte sich dem Ausgang zu. Er überlegte, ob er auf ihre Rückkehr warten sollte, verließ dann aber auch seinen Platz und ging in den erleuchteten Vorraum, wo er Paula neben der Tür sah, die auf die Straße hinausführte. »Was ist los, geht's Ihnen nicht gut?« fragte er. »Es geht schon vorüber«, sagte Paula, »dieser Druck geht schon vorüber, die frische Luft wird mir helfen.«

»Wollen wir gehen? Aber vielleicht möchten Sie sich den Film zu Ende ansehen?«

»Ich kann mir schon denken, wie er ausgeht«, sagte Henry, »in jedem Fall wird's da einen Abschied geben, den Abschied, den man erwarten muß.« Er nickte ihr auffordernd zu, faßte ihren Arm und zog sie auf die Straße und wollte gleich die Bushaltestelle vor dem Bahnhof ansteuern, doch Paula bestand darauf, zu Fuß nach Hause zu gehen. In sich gekehrt, ihn nur hin und wieder von der Seite anschauend, ging sie neben ihm, während Henry erzählte, referierte; je länger er sprach, desto mehr Einwände gegen den Film fielen ihm ein, insgesamt fand er ihn zu überladen, gespickt mit zu vielen Symbolen. Ob sie nicht auch dieser Ansicht sei, wollte er wissen, und Paula zuckte die Achseln. Aber sie müßte doch zugeben, meinte er, daß das, was da zum Vorschein komme, ein alter Hut sei, und Paula lächelte und deutete abrupt auf das Schaufenster eines Möbelgeschäfts.

»Nicht?« fragte er.

»Ich weiß nicht«, sagte sie und blieb stehen und betrachtete eine grüngepolsterte Sitzecke, auf der sich gerade ein Mann unter den Augen einer Verkäuferin niederließ, gerade so, als wollte er probesitzen. Anscheinend war der Mann nicht zufrieden, oder es lag ihm daran, auch andere Stellen vorsorglich auf versprochenen Sitzkomfort zu prüfen, jedenfalls ließ er sich mehrmals auf die gepolsterten Möbel fallen, wippte, verglich, dachte nach. Die Verkäuferin hielt ihm ihre Uhr hin, vermutlich, um ihm klarzumachen, daß längst Ladenschluß war, worauf er noch einmal heftig wippte und ihr dann in den Hintergrund des Geschäfts folgte. »Dies Möbel ist gekauft«, sagte Paula amüsiert und erinnerte sich, daß sie vor geraumer Zeit auch selbst ein Auge darauf geworfen hatte, auf den Kauf der Sitzecke aber verzichten mußte, weil sie sich als zu teuer erwies.

Zielbewußt gingen sie weiter, selbst dort, wo ihre Wege sich hätten trennen müssen, blieben sie zusammen; sie sprachen über den Geburtstag von Albert Bußmann, über die nächste Auktion, über zwei Bilder – gefälschte alte Meister –, die im Fundbüro gelandet waren, nur darüber, wohin sie gingen, sprachen sie nicht. Auch vor dem Haus, in dem Paula wohnte, blieben sie nicht stehen, um sich zu verabschieden; in wortlosem Einverständnis, als sei es so verabredet und bestimmt, gingen sie hinein, stiegen, belustigt seufzend, die Stufen hinauf, und während Paula den Schlüssel umdrehte und die Tür öffnete, sahen sie einander unverwandt an.

Im Wohnzimmer brannte Licht. Ein Mann saß neben der Stehlampe und rauchte, vor ihm, auf einem runden Tisch, stand Teegeschirr. Auf Paulas Überraschungsruf stand er auf, ging ihr entgegen und umarmte sie, und während der Umarmung fragte sie: »Woher kommst du, Marco?«

»Aus München«, sagte er, »wir sind mit der Produktion früher fertig geworden, hat man dich nicht angerufen?«

Er küßte sie auf die Stirn, dann auf die Wange, und danach erst musterte er Henry.

»Darf ich bekannt machen«, sagte Paula: »Herr Neff, ein Arbeitskollege – mein Mann; wir haben uns gerade deinen Film angesehen, den ›Vogelwart‹, Herr Neff hat mich nach Hause gebracht.«

»Das ist sehr freundlich von Herrn Neff«, sagte Paulas

Mann und gab Henry die Hand, der sogleich erkannte, daß er diesem kleinen, dicklichen Mann mit dem schütteren Haar willkommen war. Und als Henry aufgefordert wurde, sich zu setzen, dachte er: Patrick, das ist Patricks Stimme. Henry setzte sich nicht, und er schlug auch den Tee aus, den Paulas Mann ihm anbot, nicht einmal ihrem Zureden gab er nach. Er blieb in der Nähe der Tür, und von daher beantwortete er auch die Frage, ob ihm der Film gefallen habe; nach einem unsicheren Blick auf Paula wiederholte er, was er bereits zu ihr gesagt hatte, wenn auch ein wenig abgemildert: »Dichte Atmosphäre, das schon, die Landschaft vertieft das Geschehen, aber die Symbolik ist doch manchmal zu aufdringlich.«

Paulas Mann nickte nur müde, schien ihm vor Müdigkeit recht zu geben. »Jedenfalls haben wir uns nicht gelangweilt«, sagte Paula schnell und bat Henry noch einmal, sich zumindest »auf eine Zigarette« zu setzen, doch dieser lehnte wiederum ab, entschuldigte sich mit einem Ausdruck des Bedauerns und verabschiedete sich.


Wie immer begann die Auktion um neun Uhr vormittags, und wie immer waren sämtliche Bänke und Stühle besetzt, und die Besucher, die keinen Sitzplatz gefunden hatten, lümmelten sich an den Wänden oder draußen auf der Rampe, von wo aus sie durch die Fenster linsten, auf die Hügel von Fundsachen und auf den dunkel gekleideten Auktionator, der, wie es den Anschein hatte, heiter auf seinem Pult agierte. Henry, der neben dem Pult stand, bereit, aufgerufene Fundsachen zu besserer Ansicht hochzuhalten, kam nicht von der Versammlung los, die sich hier an diesem Vormittag eingefunden hatte; verblüfft musterte er die listigen und rohen, die entschlossenen und ungeduldigen Gesichter der Besucher; da saßen, so dachte er, Penner neben Hoteldirektoren, einem glaubte er den Kleingärtner anzusehen, einem anderen den fahrenden Kaufmann, der die Flohmärkte bediente, Henry entdeckte für sich Handwerker und Kunstsammler und gewitzte Beutemacher, die auf schnellen Gewinn aus waren, aber er musterte auch das erwartungsvoll dasitzende junge Paar, das hier vermutlich etwas für den unvollkommenen Hausstand preiswert zu ergattern hoffte. Für die Anwesenheit einer blasierten Hutträgerin, die die Nähe eines Stadtstreichers nur schwer ertrug, hatte er keine Erklärung.

Zu seiner Erleichterung sah er dann auch Barbara, sie hatte die Abmachung nicht vergessen, hatte sich nur ein wenig verspätet – Barbara, die nicht gekommen wäre, wenn er sie nicht verpflichtet hätte. Während er einen fast neuen Rucksack hochhielt – Schweizer Produkt, sagte der Auktionator, geeignet für die Besteigung des Matterhorns –, beobachtete er, wie sie sich zwischen den Stehenden hindurcharbeitete und nach vorn strebte bis zum Stuhl eines alten Mannes, der nur einmal zu ihr aufblickte und ihr sogleich seinen Platz anbot. Henry hatte den Eindruck, daß der alte Mann sich sogar dafür bedankte, daß sein Angebot angenommen wurde. Seiner Schwester ein Zeichen mit der Hand zu geben, riskierte Henry nicht, er wußte, daß Mitarbeiter des Fundbüros nicht mitsteigern durften und daß es ihnen auch untersagt war, einen Komplizen vorzuschieben, er begnügte sich damit, Barbara zuzuzwinkern, ernst und unverdächtig. Sie erkannte und beantwortete sein Zeichen, sie schloß für eine Sekunde die Augen. Zu Paula, die als Schriftführerin an einem schwarzen Tisch hinter dem Pult saß, drehte er sich nicht einmal um.

Nur ein einziger Interessent fand sich für den Rucksack, ein verschwitzter, lederhäutiger Mann, der sich, nachdem er das Stück zum Mindestangebot erworben hatte, seine klobige, wie selbstgedrechselt aussehende Pfeife anbrennen wollte, was ihm Albert Bußmann jedoch verbot.

»Wo sind die Bieter?« fragte der Auktionator, und es klang wie eine Rüge des bisher enthaltsamen Publikums. Er rief die Nummer »Spazierstöcke« auf und erläuterte, daß diese nicht einzeln, sondern nur als Palette ersteigert werden könnten, siebenundzwanzig Spazierstöcke, von denen Henry sich zwei griff und sie hochhielt und drehte.

»Da, sehen Sie, meine Damen und Herren«, sagte der Auktionator, »zwei anspruchslose Wanderstöcke, man hat sie im Zug vergessen, und nun wünschen sie sich einen neuen Eigentümer, dem sie als Stütze dienen; wenn's sein muß, taugen sie auch zur Abschreckung; na, wer erbarmt sich ihrer? Dreihundertachtzig sind geboten, wer bietet mehr?«

Zwei schwere Männer – Henry hielt sie für Gastwirte, die miteinander konkurrierten – nahmen das Spiel auf, trieben sich vorsichtig hoch – dreihundertneunzig zum ersten –, maßen sich mit verwunderten, dann auch mit spöttischen Blicken – vierhundertfünf zum ersten –, wandten sich ostentativ voneinander ab – vierhundertfünfzehn zum ersten –, flüsterten mit ihren Begleitern – vierhundertzwanzig zum ersten –, einer von beiden gab mit wegwerfender Handbewegung auf – vierhundertzwanzig zum zweiten und, Pause, Hammerschlag, zum dritten. Der Auktionator gab nicht zu erkennen, ob er zufrieden war; zu bescheidenen Späßen aufgelegt, rief er Nummer nach Nummer auf, wobei er die einzelnen Fundsachen nicht nur anpries, sondern sie auch als Lebewesen erscheinen ließ, denen ein gleichgültiges Schicksal übel mitgespielt hatte und die nun darauf hofften, in fürsorgliche Hände zu kommen: »Dieser unschuldige Koffer ... diese Gitarre, die immer noch schluchzt, weil man sie vergessen hat ... und hier, dieser zusammenklappbare Feldstuhl, der so gern in freier Landschaft stehen möchte; na, wer bietet zuerst?« Henry durfte die Gitarre hochhalten und schwenken und erlaubte sich, mehrmals über die Saiten zu streichen. Es gelang dem Auktionator, gute Laune zu verbreiten. Er warb tatsächlich um Mitleid mit den Fundsachen, und er brachte Thermoskannen und Prinz-Heinrich-Mützen an den Mann, einem Paar Golfschläger verschaffte er einen neuen Eigentümer. Pelzjacken und Regenmäntel, Kinderspielzeug und Ledermappen, Sonnen- und Regenschirme (in der Palette) und Reiseplaids (gut genug, um einen fröstelnden Großvater zu wärmen) fanden einen Besitzer, desgleichen Bücher, Koffer und Pullover und ein Tragekorb für Neugeborene. Wer etwas ersteigert hatte, zweifelte nicht daran, einen guten Schnitt gemacht zu haben.

Wer ein unterhaltsames Turnier im Bieten und Überbieten erwartet hatte, wurde enttäuscht, zu glatt, zu temperamentlos und vernünftig verlief die Versteigerung, zumindest bis zu dem Augenblick, in dem der Auktionator eine eher kuriose Fundsache aufrief: zwei zusammengebundene Eishockey-Schläger. Henry präsentierte die Schläger dem Publikum und suchte dabei den Blick seiner Schwester, und es entging ihm nicht, daß Barbara sich aufsetzte, in Bereitschaft. »Veteranen« nannte der Auktionator die beiden Schläger, »und hier haben wir zwei Veteranen, erprobt in mancher Schlacht, im ICE aus Düsseldorf wurden sie gefunden – auf Düsseldorfer Eis herrscht ja immer eine besondere Stimmung –, ein Schläger trägt das Monogramm E. S.« Kaum hatte er die Fundsache bezeichnet, da gab Barbara ihm ihr Angebot ab, es lag nur ein wenig über dem Schätzpreis von vierzig Mark, und so mancher glaubte, daß die Schläger bereits ihr gehörten, doch da hob, für die meisten nicht wahrnehmbar, ein magerer, offenbar leidender Mann in der ersten Reihe einen Zeigefinger, und der Auktionator, der nichts übersah, nannte das neue Angebot. Barbara ging sofort darauf ein und überbot die Summe und war sicher, daß ihr Konkurrent abspringen würde, aber dieser ging mit, gelassen, siegessicher zu Anfang, fast schien es, als belustigte ihn der Zweikampf. Als sie sich, zum Erstaunen etlicher Zuhörer, auf achtzig hochgesteigert hatten, wandte sich der Mann zu Barbara um und deutete ein Kopfschütteln an, gerade so, als legte er einen schwachen Protest ein gegen die Art, in der ihm hier etwas streitig gemacht wurde, etwas, auf das er ein Recht zu haben glaubte. Barbara beachtete ihn nicht, sie blickte abwechselnd auf den Auktionator und auf Henry und bot automatisch mit, ging höher und höher, ohne die Laute der Verwunderung in ihrer Nähe zur Kenntnis zu nehmen. Barbara erhielt den Zuschlag.

Sie triumphierte nicht, zeigte nicht einmal Genugtuung, sie ging mit verschlossenem Gesicht zu dem Tisch, an dem Paula saß, ordnete da geschäftsmäßig, was zu ordnen war, ließ sich von Bußmann die Schläger bringen und verließ den Raum. Na also, dachte Henry und dankte seiner Schwester im stillen für die Ersteigerung der beiden Fundsachen, die er glaubte, unbedingt besitzen zu müssen, besonders den Schläger, der das Monogramm E. S. trug. Gern hätte er Barbara durch eine versteckte Geste seine Dankbarkeit oder Anerkennung zu erkennen gegeben, doch der Auktionator hatte schon wieder eine Aufgabe für ihn und forderte ihn auf, ein Beautycase hochzuhalten (alles für die Schönheit). Henry öffnete den Deckel so abrupt, daß einige Utensilien – Pinsel, Quasten, Stifte – herausfielen, wofür er einen kaum erklärbaren Beifall bekam. Gemächlich sammelte er alles ein und behielt den Koffer bei sich, bis er ihn einem in glänzendes Leder gekleideten Mann, der den Zuschlag bekam, überreichen konnte.

Danach schlug der Auktionator vor, eine Pause zu machen, einige Besucher strebten ins Freie, um zu rauchen, er selbst suchte Paula auf und ließ sich von ihr die Protokolle zeigen. Mitunter deutete er auf eine Eintragung, erhielt eine Erklärung, überflog die nächste Seite und nickte, nickte mehrmals und belobigte Paula, indem er ihr eine Hand auf die Schulter legte. Aufblickend bemerkte er die Kellnerin aus dem Wartesaal, die auf einem Tablett Pappbecher mit Kaffee anbot, er griff sich einen Becher, kam aber kaum dazu, zu trinken, denn gleich mehrere Besucher umdrängten ihn und verlangten Auskünfte und sogar Ratschläge.

Paula vervollständigte die Listen, sie schrieb weiter, obwohl sie die Gestalt vor ihrem Schreibtisch bemerkt hatte, die allein durch ihr unbewegtes Dastehen etwas Forderndes hatte; erst nachdem Paula eine Zwischenbilanz gezogen hatte, fragte sie, auf die Liste hinabsprechend: »Ja?«

»Das Ärgste ist wohl überstanden«, sagte Henry, und Paula darauf: »Das ist noch nicht sicher.«

Er stützte sich auf den Tisch auf und beugte sich zu ihr hinab, er sagte: »Dein Mann, ich wäre gern noch geblieben ..., aber ich konnte ihm ansehen, wie müde er war von der ›Reise‹.« Paula schwieg. »Ich hätte gern noch mit ihm gesprochen«, fuhr Henry fort, »über eine bestimmte Szene im Film, über diesen Angriff der Vögel und die Angst des Kindes; aber vielleicht kommen wir noch einmal zusammen.«

»Warum nicht«, sagte Paula tonlos, »Marco findet dich sympathisch, und als ich ihm erzählte, daß du Eishockey spielst, beschloß er gleich, sich dein nächstes Spiel anzu-

sehen; mein Mann ist ein begeisterter Eishockey-Fan.«
Sie hob eine Liste aus einem der Schnellhefter, ließ ihren
Kugelschreiber die Namen hinabwandern, deutete auf
den Namen B. Neff, mit dem ein Empfang quittiert worden war, und sagte: »Ich – ich wünsche dir Glück mit den
ersteigerten Schlägern.«

Henrys Verlegenheit dauerte nur einen Augenblick,
dann sagte er: »B. steht für Barbara, und Barbara ist meine
Schwester, sie begeistert sich auch für Eishockey.«

»Siehst du, Henry, genau das habe ich vermutet«, sagte
Paula und lehnte sich zurück, bemüht, den Eindruck von
Vertraulichkeit zu vermeiden, den ihr Gespräch auf ande-
re machen könnte.

Bereitwillig, ja dankbar nahm Henry einen Wink von
Bußmann auf, der seine Hilfe erwartete beim Forträumen
alter, ramponierter Koffer, die keinen Interessenten gefunden hatten. Um Platz zu schaffen, schleppten sie die
verschmähten Fundsachen auf die Rampe und türmten
sie dort auf; Bußmann wußte, daß bald ein Laster kommen und sie rausbringen würde zu der Anlage, in der
Abfälle verwertet wurden, verbrannt, zerschreddert, zu
tauglichem Rohstoff umgewandelt. Manchmal, wenn
Paulas Blick ihn traf, mimte er den Erschöpften, knickte
in den Beinen ein, tat so, als ließe die Last ihn gleich
straucheln, und wenn sie lächelte, deutete er einen Kuß
an. Henry nahm sich vor, zuerst einmal Paula, später auch
ihren Mann zu einem Spiel einzuladen; nachdem er erfahren hatte, daß Marco ihn sympathisch fand, stellte er fest,
daß auch er etwas für ihn übrig hatte.

Bußmann zog Henry zum Rand der Rampe, ließ sich
mit einem ächzenden Laut nieder und forderte Henry
auf, sich ebenfalls zu setzen. Eine Weile saßen sie stumm
nebeneinander, sahen nur zu, wie erfolgreiche Kunden
die ersteigerte Beute zum fernen Parkplatz trugen, eilig,

als könnte ihnen jemand das Erworbene streitig machen. Resigniert deutete Bußmann auf den Hügel von Koffern. »Schau dir das an, Junge«, sagte er, »das hat einmal seine Dienste getan, das hat auf Schränken gelegen, auf Böden gewartet, das hat irgendwo in Kammern gestanden, bis eine Reise anstand, bis etwas transportiert werden mußte, Geschenke oder das, was man brauchte, ich kann nicht diese Dinger angucken, ohne daran zu denken, und ich stelle mir auch vor, wo überall die gewesen sind, verstehst du? Und jetzt? Vergessen, verloren, ausgedient; jetzt kommen sie unter die Messer oder wandern ins Feuer.« Henry taxierte einen geräumigen Holzkoffer, der bepflastert war mit schon verblichenen Aufklebern großer Hotels, und sagte: »Der könnte bestimmt etwas erzählen, wer weiß, was der alles mitgemacht hat.«

»Irgendeine Geschichte könnte wohl jeder Koffer erzählen«, sagte Bußmann, »überhaupt: An jeder Fundsache hängt etwas, du glaubst nicht, was da manchmal zum Vorschein kommt. Aber das wirst du schon noch selbst erleben!«

Sie standen auf, denn von der Zufahrt zum Bahnhofsplatz näherte sich ein Laster, kam ruckelnd an die Rampe heran, mit abgeklappter Seitenfront. Zwei Männer im Overall stiegen aus, grüßten durch Zuruf und schätzten die Last ab, dann begannen sie, die Koffer aufzuladen. Zuerst stapelten sie sie oder stellten sie dicht nebeneinander, später schleuderten sie die Koffer einfach dahin, wo sie Platz sahen auf der Ladefläche. Der Holzkoffer prallte gegen das Gestänge, sprang auf und lag wie mit offenem Maul da, und Henry bemerkte, daß da aus einer schmalen Innentasche etwas Lichtblaues herausbaumelte; auch einer der Männer hatte es bemerkt, er zerrte an dem Stoff und zog ein kurzärmeliges Hemd hervor, das er sich grinsend anhielt.

»Da siehst du«, sagte Bußmann, »manches wird noch im letzten Augenblick gefunden, und wenn's nur ein Hemd ist. Mir wäre mal eine andere Sache durchgerutscht auf Nimmerwiedersehen, die steckte auch in einem Holzkoffer, im doppelten Boden. Als wir den aufluden, krachte der Stapel zusammen, und im doppelten Boden fand ich ein Stück farbiger Leinwand, es war ein altes spanisches Bild, ein Olivenhain, einmalig, als der Schätzer den Wert taxierte, fiel uns der Unterkiefer runter.«

Nachdem die Männer alle Koffer und Kartons auf ihrem Laster verstaut hatten, fuhren sie mit wortlosem Gruß davon. Bußmann sah ihnen lange nach; sein Gesicht hatte einen abwesenden Ausdruck. »Wie oft kommen sie?« fragte Henry.

»Einmal im Monat«, antwortete Bußmann und wiederholte: »Einmal im Monat«, und leise fügte er hinzu: »Es lohnt sich für sie, es wird genug verloren und vergessen.«

Und dann zwinkerte er Henry zu und fragte – so, als überließe er ihm die Entscheidung –: »Was meinst du, ist es nicht Zeit für eine kleine Belebung?«

Da Henry nichts sagte, sondern nur die Schultern hob in Unentschiedenheit, ging Bußmann ihm einfach voraus, ohne sich ein einziges Mal zu vergewissern, ob er ihm folgte, zog ihn zu den Regalen und dort zu der Stelle, wo unter Reiseplaids versteckt sein belebender Vorrat lag.


Das kann nur Barbara sein, dachte er, als ihn an einem trüben Sonntag das Telephon weckte. Unwillig hob Henry den Hörer ab, setzte sich auf und meldete sich mit einem langgezogenen »Ja?«.

»Hier spricht Fedor Lagutin aus Sarátow. Falls ich falsch verbunden bin, bitte ich um Verzeihung, mir liegt daran, Herrn Neff zu sprechen.«

»Er spricht, Fedor«, sagte Henry, »ich bin selbst am Apparat.«

»Welch eine Freude, dich zu hören«, sagte Fedor und erkundigte sich zunächst nach seinem Befinden, dann nach seinem Ergehen in den vergangenen Tagen und schließlich nach seinen Plänen für diesen Sonntag. Fedor Lagutin, das hörte Henry gleich heraus, war hochgestimmt, er war erregt auf seine sanfte Art, und nachdem er erfahren hatte, daß Henry nichts vorhatte an diesem Sonntag, sagte er: »Mit deiner Erlaubnis komme ich mal vorbei, am Nachmittag, alles Nötige bringe ich mit.«

»Was ist los«, fragte Henry, »ist dir etwas zugestoßen?«

»Ich habe den Wunsch, mit dir zu feiern, Freude, die geteilt wird, erhöht sich, und ich habe einen Grund zu großer Freude. Leider wird im ›Adler‹ eine Reisegruppe erwartet, sonst hätte ich dich zu mir eingeladen.«

»Spann mich nicht auf die Folter«, sagte Henry, »worum geht's?«

Statt direkt zu antworten, sagte Fedor: »Ich bringe das Nötige mit, auch Nüsse und Gurken«, aber dann konnte er nicht länger für sich behalten, was ihn so erfüllte, und er vertraute Henry an, daß man ihm ein Sonderstipendium zuerkannt hatte. Später, später wollte er Henry Einzelheiten nennen, jetzt deutete er nur an, daß er eine gewisse Frage öffentlich gestellt hatte und daß man dieser Frage so viel Interesse schenkte, daß man es ihm ermöglichen wollte, eine annehmbare Antwort zu finden.

»Was ist das für eine Frage?« wollte Henry wissen, und Lagutin darauf: »Ach, Henry, ich wundere mich über deine Ungeduld, aber damit du nicht weiter rätselst: Ich habe mich gefragt, ob die Voraussetzung, eine Sprache zu lernen, nicht die gleiche ist, die auch für die Mathematik erforderlich ist. Aber wenn du willst, sprechen wir nachher darüber, über Mathematik und Sprachvermögen und über ihr Verhältnis zueinander.«

»Erst einmal wollen wir dein Sonderstipendium feiern«, sagte Henry, »also bis zum Nachmittag, ich erwarte dich.«

Henry, allein in seiner Wohnung, stand auf, schaltete sein Radio ein und trug es ins Badezimmer. Die Lenker europäischer Staaten hatten sich in Genf versammelt, um über eine Osterweiterung der EU zu beraten. Er duschte zuerst, seifte sein Gesicht ein und begann mit der Rasur. Ein Schiff mit kurdischen Flüchtlingen war vor Sizilien in Seenot geraten, die italienische Küstenwache hatte es auf den Haken genommen. Brenda O'Hara, die kalifornische Sängerin – bekannt als »Queen of Pop« –, war aus langer Dämmerung erwacht und bereitete eine neue Tournee vor. Während er das wohlige Brennen von After Shave auf seiner Gesichtshaut spürte, sang Brenda ›Let's try it again and again‹. Und zum Schluß die Verkehrsnachrichten: Achtung, auf der A7 kommt Ihnen ein Falschfahrer entgegen.

Henry zog seine Jeans an, streifte ein Polohemd über und ging in die Küche und setzte Wasser auf; danach brachte er zwei Gedecke auf den Tisch, er freute sich auf Fedors Besuch. Da er zu frösteln begann, zog er einen Pullover an, er zerrte ihn über den Kopf und steckte fuchtelnd die Arme durch, und dabei mußte er an Barbara denken, an ihre spöttische Bemerkung: Großer Gott, wie du dich anziehst, du führst ja einen richtigen Kampf auf, wie gut, daß du dir nicht selbst zusehen kannst. Er goß den Tee auf, strich sich zwei Scheiben Brot – eine mit Käse, eine mit Marmelade – und setzte sich an den Küchentisch. Die beiden Moderatoren der sonntäglichen Unterhaltungssendung, verzweifelt um Frohsinn bemüht, luden ihn und eins Komma zwei Millionen Hörer zum

Mitspielen ein: Was würden Sie tun, wenn Sie Deutschland für einen Tag unumschränkt regieren könnten? Auf die drei originellsten Antworten warteten Preise, darunter eine Wochenendreise nach Paris für zwei Personen. Und das ist unsere Telefonnummer; rufen Sie uns an, wenn Ihnen etwas Originelles einfällt. Henry blickte auf die beiden dunklen Erdbeeren, die sich im Marmeladenglas nicht aufgelöst hatten, er sparte sie auf, schob sie mit dem Teelöffel immer weiter zum Rand der Schnitte und genoß das Vorgefühl auf die inständige Süße, die er mit dem letzten Bissen herausschmecken würde.

Eine Mädchenstimme meldete sich: »Hier spricht Katja aus Celle, ich bin zwölf Jahre alt, wenn ich zu bestimmen hätte und so, dann müßten alle Schulkinder ein Taschengeld bekommen von der ersten Klasse an.«

Der Moderator fragte: »Und wer, liebe Katja, sollte das Taschengeld bezahlen?«

»Unser Mathelehrer«, sagte das Mädchen.

Henry schaltete das Radio aus, konnte es aber nicht unterlassen, über die gestellte Preisfrage nachzudenken, er steckte sich eine Zigarette an und erwog, welche Anordnungen zur Verbesserung oder Erleichterung des Lebens er erlassen würde: Abschaffung der Bürokratie? Jährlicher Kurzaufenthalt im Ausland? Strafsystem für vergeßliche Bahnreisende? Er rief nicht im Studio an.

Summend spülte er sein Gedeck ab und setzte es wieder auf den Tisch, dann holte er aus dem Bettkasten den Wäschesack hervor und stopfte hinein, was sich in der vergangenen Woche angesammelt hatte: Strümpfe, Unterhemden, Jockey-Slips, eine bekleckerte Tischdecke; er stellte fest, daß er in der letzten Zeit ausschließlich seine Lieblingshemden getragen hatte, und während er die einfarbigen übergangenen Hemden im Schrank musterte, dachte er: Ihr kommt auch noch dran. Den Wäschesack verschnürte er mit einem Stück gewachster Schnur, die aus dem Abfallcontainer des Fundbüros stammte. Ihm fiel die Höflichkeit des alten Wäschemanns ein, der den Sack abholen kam, nie vergaß er, Henry »stabile Gesundheit« zu wünschen.

Henry trat ans Fenster, sah hinaus auf den zementierten Platz und hinüber zu den Kunstteichen; die wenigen Personen, die unterwegs waren, schienen es eilig zu haben. Ein Airbus senkte sich fern aus dem bedeckten Himmel, das Fahrwerk war schon ausgefahren; als die Maschine außer Sicht geriet, setzte das Motorengeräusch aus. Er wandte sich ab, nahm seine Schreibmappe und ging an den Tisch. Volker wartete auf eine Antwort, Volker Jansen, sein Jugendfreund, mußte endlich wissen, ob Henry bereit war, auf den gutgemeinten Vorschlag einzugehen. Abermals las er den Brief, in dem Volker ihm vorschlug, sich bei der Bundeseichbehörde zu bewerben, der Augenblick sei günstig, die Arbeit abwechslungsreich und die Aufstiegsmöglichkeit garantiert; vor allem: Sie beide würden wieder zusammensein wie einst. Er las: »Was Du für Deine Tätigkeit brauchst, wirst Du Dir leicht aneignen, der Umgang mit Meßgeräten für Gewichte und Maße macht Freude, später kannst Du den Titel Eichbeamter führen.« Eichbeamter, dachte Henry, dachte: prüfen, stempeln, ätzen, einschlagen, und er lächelte und nahm ein loses Blatt, um Volker endlich zu antworten, ihm zu danken und ihm schonend beizubringen, warum er sich für ungeeignet hielt, diese Karriere anzustreben.

Während er schrieb, hörte er plötzlich ein Knattern und Aufheulen, er stürzte ans Fenster, und er sah, was er unwillkürlich befürchtet hatte: Da stand Fedor Lagutin auf dem Platz, umkreist von einigen Motorrädern. Sein Freund hielt in jeder Hand einen Plastikbeutel, sah sich um, schätzte seine Chance ab zu entkommen und schien gleichzeitig zu rätseln, was man mit ihm vorhatte. Es waren fünf Motorräder, ihre Fahrer beherrschten ihre Maschinen; wie zum Äußersten entschlossen, fuhren sie auf ihn zu, drehten kurz vor ihm ab und rissen die Vorderräder hoch, gerade so, als vollführten sie einen Dressurakt. Sie zogen die Bögen enger. Sie schrien sich etwas zu. Ab und zu ließ einer von ihnen seine Füße lässig über den Boden schleifen. Als Fedor Lagutin den ersten Schlag erhielt – einen Faustschlag in den Rücken –, riß Henry das Fenster auf und rief ihn an, rief nur: »Hier, Fedor, hier«, und forderte ihn zeichenhaft auf, auf die Haustür zuzulaufen; dann schrie er den Motorradfahrern eine Drohung zu.

Fedor Lagutin hatte ihn bemerkt, hatte auch sein Zeichen verstanden, doch sie versperrten ihm den Weg, und im Vorbeifahren versetzten sie ihm einen Schlag in den Rücken und einen Schlag gegen die Schulter. Aber auf einmal schleuderte er einem Motorradfahrer einen der Plastikbeutel entgegen, der Fahrer wurde getroffen, scherte aus und gab eine Lücke frei, und jetzt begann Lagutin zu laufen. Henry hörte einen der Fahrer rufen: »Ein Kosak, das ist ein Kosak«, und einen anderen: »Laßt ihn nicht ins Haus, schnappt ihn.« Sie jagten ihn über den Platz und am Rand des Platzes entlang, Henry verließ eilig seinen Platz am Fenster und hastete zur Haustür und hatte sie fast erreicht, sah sich schon die Tür aufreißen und Fedor zu sich hineinziehen, als er es krachen hörte und das Splittern von Glas. Außer Atem stand Fedor auf einer Stufe des kurzen Niedergangs zur Tür, neben seinen Füßen lag ein schwerer Brocken Waschbeton – Henry wußte sogleich, daß der von dem Stapel neben dem Eingang stammte –, und dort lag auch die zweite Plastiktüte. Glassplitter waren über den Boden verstreut: Ein System von Strahlen und funkelnden Kreisen umschloß die Bruchstelle, an deren Rand scharfkantige Splitter steckten. Jetzt sah Henry, wie von Fedors Hand Blut herabtropfte, sah, wie sich der Ärmel der hellen Windjacke eindunkelte, und er sagte nur: »Komm, los komm«, und zog ihn die wenigen Stufen hoch und bugsierte ihn in seine Wohnung.

»Setz dich hin!« Fedor Lagutin setzte sich auf die Bettcouch, und Henry half ihm, die Windjacke auszuziehen. Der Ärmel des Hemdes war blutgetränkt; Henry krempelte ihn hoch, behutsam, und als er die Wunde im Unterarm freigelegt hatte, sagte er: »Wir müssen das Hemd ausziehen.« Er zog Fedor das Hemd über den Kopf, hob seinen Arm an und beugte sich über die Wunde, die unaufhörlich blutete. Fedor Lagutin sagte nichts, alles, was Henry feststellte und tat, begleitete er mit einem fragenden Blick, auch als Henry entschied, den Arm abzubinden, und gleich aus seinem Schrank eine Krawatte holte und sie um seinen Oberarm legte, blickte er ihn nur fragend an – ein Ausdruck, dem weniger ein geheimer Zweifel zugrunde lag als vielmehr die stille Erwartung, das, was ihm geschehen war, erklärt zu bekommen.

Im Badezimmer, dort, wo er seine Hockeyschläger aufbewahrte, hing auch Henrys grauweißes Medizinschränkchen, an Heftpflastern fehlte es nie, ebensowenig an Kompressen und Verbandsrollen; er fischte sich heraus, was ihm für Erste Hilfe ausreichend erschien, und kehrte ins Wohnzimmer zurück. Lagutin saß nicht mehr auf der Bettcouch, er stand am Fenster; er hatte seinen Arm auf die Fensterbank gelegt und betrachtete die Schnittwunde und bewegte dabei seinen Kopf.

Bevor Henry ihm einen Verband anlegte, rief er den Notarzt an, nannte seinen Namen, seine Adresse, beschrieb, während Fedor ihm aufmerksam zuhörte, die

Art der Verletzung und sagte: »Bitte schnell, bitte.« Fedor sagte: »Draußen haben sie das Weite gesucht.« Er ließ sich von Henry zu einem Stuhl führen, nahm selbst einen Tupfer, drückte die Kompresse an. Mitunter überfiel ihn ein Schauer, er stöhnte leicht auf, lächelte aber gleich wieder, als wollte er den aufflammenden Schmerz nicht zugeben. Henry wischte ihm übers Haar, gab ihm eine brennende Zigarette und suchte ihn mit dem Hinweis zu beruhigen, daß der Notarzt es nicht weit habe. Lagutin sah dankbar zu ihm auf und sagte: »Wenn ich es recht bedenke, Henry, rettest du mich jetzt zum zweiten Mal.«

»Diese Bande«, sagte Henry, »diese elende Bande.«

»Aber warum«, fragte Fedor, »warum tun sie das«, und, da Henry schwieg, »was haben sie gegen mich?« Henry zögerte mit einer Antwort, er wollte das Wort nicht aussprechen, das einer der Fahrer geschrien hatte – das Wort, das, wie er glaubte, seinen Freund jetzt zusätzlich verletzen würde –, und dann blickte er Fedor ins Gesicht und sagte nur: »Sie wollen herrschen, sie wollen zur Kenntnis genommen werden und herrschen.«

Ohne zu sagen, was er vorhatte, verließ er das Zimmer, ging zum Niedergang und holte die Plastiktüte, die dort immer noch lag: »Hier, Fedor, das gehört dir.« Rasch erkundete er den Inhalt, registrierte ein Glas mit Gurken, zwei blaue Kerzen, einen Beutel mit Nüssen und eine Flasche Honigwein, er wollte die Dinge auf den Tisch stellen, doch Lagutin hielt ihn davon ab und bat ihn, alles aufzuheben für einen »helleren Tag«.

»Es wird ein hellerer Tag kommen«, sagte er, »und dann wollen wir die kleine Feier nachholen; was in der Tüte ist, kann nicht verderben.«

Der sehr junge Notarzt hatte keinen Blick für das Zimmer, für die Photos, die baumelnden Lesezeichen, und er schien auch Henrys erklärenden Worten wenig Beachtung zu schenken, er ging nach knappem Gruß sogleich auf Fedor zu und gab zu verstehen, daß der Augenschein ihm schon einiges gesagt habe: die Tür, die zersplitterte Glastür. Er nannte seinen Namen und gab Fedor die Hand und setzte sich zu ihm. Schweigend untersuchte er die Wunde, untersuchte sie zweimal, er zeigte sich erleichtert darüber, daß keine winzigen Glassplitter zu erkennen waren, und zog dann aus seiner bauchigen Ledertasche ein Medikament hervor, das sollte Fedor sofort nehmen: »Es wird Ihnen die Schmerzen erleichtern.« Henry schilderte dem Notarzt noch einmal, was geschehen war, er erwähnte nicht, daß sie es einmal auch auf ihn abgesehen hatten, er nannte sie anmaßende Spinner, die Gefallen daran fänden, andere einzuschüchtern, Angst zu verbreiten, bestimmt wollten sie sich auch selbst beweisen, daß sie etwas darstellten. Der Notarzt blickte ihn resigniert an und schwieg. Da ihm nicht entging, wie interessiert Fedor die Tasche betrachtete, sagte er: »Die hat mal meinem Vater gehört, er war Landarzt«, und fast ohne Übergang fragte er: »Wohnen Sie hier, bei Ihrem Freund?« Henry antwortete für Fedor, er sagte: »Doktor Lagutin ist Gast der Technischen Universität, er wohnt im ›Adler‹.« Der Notarzt setzte sich an den Tisch und machte sich ein paar Notizen, er war nicht erstaunt, daß Henry darum bat, alles, was Doktor Lagutin betraf, zu übernehmen und zu ordnen: »Lassen Sie alles an meine Adresse schicken.« Nachdem der Notarzt auch noch Henrys Telefonnummer im Fundbüro notiert hatte, ging er ans Fenster und sah einen Moment auf den Platz hinaus, dann trat er an Lagutin heran und sagte freundlich: »Und nun muß ich Sie bitten, mit mir zu kommen, hier kann ich die Wunde nicht behandeln, muß wohl genäht werden. Wir fahren in die Klinik.«

»In welche Klinik?« fragte Henry.

»Sankt Annen«, sagte der Notarzt, »man wird Sie verständigen, und nun schlage ich vor, daß wir gehen.«

Henry begleitete sie bis zur Haustür, hier dankte er dem Notarzt und versprach Fedor, ihn nicht allein zu lassen, und dann stand er vor dem gezackten Loch in der Glastür und sah, wie sie davongingen in der frühen Dämmerung, auf ein Taxi zu, das der Notarzt hatte warten lassen. Fedor Lagutin schien zu wissen oder zu hoffen, daß Henry ihm nachblickte, denn bevor er ins Auto stieg, winkte er ihm noch einmal zu.

Wieder in seinem Zimmer, rief Henry Barbara an: »Weißt du, was mit Fedor passiert ist?«

»Was ist los, Henry, wo bist du?«

»Sie haben ihn eingekreist und dann gejagt.«

»Wer?«

»Die auf ihren Motorrädern.«

»Sind die schon wieder da?«

»Die haben hier ihr Revier. Fedor wollte zu mir kommen, wir wollten etwas feiern, aber sie haben ihn abgefangen und gejagt, und er hat die Haustür eingeschlagen, die Glastür, dabei ist es passiert: Er hat sich den Arm verletzt.«

»Oh, mein Gott«, sagte Barbara und fragte schnell: »Ist die Polizei da?«

»Der Notarzt war hier, ich hatte ihn gerufen.«

»Ist Fedor noch bei dir?«

»Die Wunde muß wohl genäht werden, der Arzt hat Fedor mitgenommen, in die Klinik.«

»In welche Klinik?«

»Sankt Annen.«

An ihrem Atem spürte Henry, wie erregt, wie besorgt seine Schwester war, noch einmal fragte sie, ob er die Polizei gerufen habe, und dann wollte sie von ihm bestätigt bekommen, daß es die Sankt-Annen-Klinik in der

Nachtigallstraße sei. Er ahnte bereits, was sie vorhatte, und um sie davon abzubringen, gleich in die Klinik zu fahren, schlug er ihr vor, Fedor gemeinsam zu besuchen, später, erst einmal sollten sie die Nachricht des Notarztes abwarten; der habe versprochen, ihn anzurufen. Barbara war einverstanden, gab ihm nur zu verstehen, daß sie rasch erfahren möchte, wie alles in der Klinik verlief.

Henry ging in die Küche, holte sich kalten Tee und setzte sich an den Tisch und rauchte. Er dachte an den Ausdruck in Fedors Gesicht, als der fragte: »Was haben sie gegen mich?« – diese Verwunderung, dieses vergebliche Befragen. Und er dachte: Es war richtig, es war gut so, daß ich ihm nicht das Wort wiederholte, das einer dieser Spinner schrie, vermutlich hätte Fedor nicht gleich begriffen, was es in diesem Augenblick bedeutete, vielleicht hätte er es aber doch als Verletzung empfunden. Eine Narbe wird wohl bleiben, eine Narbe am Arm, und wenn sie zu Hause nach ihrer Herkunft fragen, wird er sagen, was sie nicht verstehen können. Und Henry dachte: Auch er gehört dazu, Paulas Bruder, Hubert heißt er, auf dem Gruppen-photo ist er nicht gut zu erkennen, er trägt Lederzeug wie die andern, auch der Pastor trägt Lederzeug.

Henry stand auf, ging ans Fenster und sah zu, wie am Rand des Platzes die Lampen aufflammten, nicht gleich-zeitig, sondern eine nach der anderen, so, als schenkten sie ihr Licht weiter, das auch nicht gleich in ruhiger, voller Helligkeit in der anbrechenden Dunkelheit stand, son-dern erst nach leichtem Zittern und Flackern seine end-gültige Leuchtkraft gewann.

Der Platz war leer, Wind trieb ein weißes Papier, viel-leicht ein Plakat, über eine Lichtschneise und warf es ins Dunkle. Was sich fern bei den künstlichen Teichen be-wegte, konnte er nicht bestimmen; Henry beschloß zum wiederholten Mal, sich ein Fernglas zu beschaffen. Dann aber erkannte er das Paar, das von der Straße heraufkam, von der Bushaltestelle, untergehakt bewegte es sich vom Rand des Platzes auf das gegenüberliegende Hochhaus zu, Henry war sicher, daß es ein älteres Paar war, allzu erschöpft wirkten die Bewegungen, allzu mühsam; ihm entging auch nicht, daß eine Gestalt die andere vorwärts drängte, bis sie drüben im Licht des Eingangs eintauchten. Wie eilig die Tür aufgeschlossen wurde, wie schnell sie in den Flur schlüpften und dort eine Weile stehenblieben, vermutlich, um Atem zu schöpfen oder einander erleichtert anzuschauen.

Henry kehrte zum Tisch zurück, trank den letzten Schluck Tee und trat vor die Garderobe; an einem der drei schmiedeeisernen Haken hing sein Trenchcoat. Er zog ihn an, knöpfte ihn jedoch nicht zu. Im Badezimmer griff er einen der Hockeyschläger, die Barbara für ihn ersteigert hatte, wog ihn in der Hand, ließ ihn wippen und stellte ihn wieder zurück. Reden, dachte er, ich möchte mit ihnen reden, offen und allein und ruhig. Draußen schlug er, nach kurzer Unentschiedenheit, die Richtung zum Kinderspielplatz ein, der verlassen dalag. Henry umrundete die Wippe, die Rutschbahn, den Sandkasten, auf dem noch hell eine vergessene Sandkuchenform schimmerte. Eine Weile lehnte er an der hölzernen Plastik eines Ziegenbocks, dem spielende Kinder manchmal einen Schal umbanden oder eine Mütze aufsetzten. Er wollte rauchen, doch als er das hüpfende Licht bei den Kunstteichen bemerkte, steckte er die Schachtel wieder ein und beobachtete den Lichtstrahl, der offenbar von einer Taschenlampe herrührte. Kein Motorengeräusch war zu hören. Ruhig schlenderte Henry zu den Teichen hin, angezogen von dem Lichtstrahl, der über das Wasser schwenkte und jäh durch die Kronen der jungen Linden fuhr, die noch mit einem Halteseil gesichert waren.

Plötzlich hörte er eine rauhe Frauenstimme, die wissen wollte: »Wo, du mußt dich doch erinnern: wo?« Und eine Männerstimme antwortete ihr kleinlaut: »Da, auf der Bank vielleicht.« Der Lichtstrahl schwenkte über den Weg, durch das Gesträuch und erfaßte die Bank, neben der ein Drahtkorb für Abfälle stand. Stockend erinnerte sich der Mann, daß er Erwin begegnete, daß sie sich auf die Bank setzten und redeten, da hatte er den ausgefüllten Lottoschein noch bei sich. »Aber wo«, fragte die Frau, »wo hattest du ihn?« Der Mann war sicher, daß er den Schein in eine Zeitschrift gelegt hatte. Nachdem er den Lottoschein ausgefüllt hatte, kaufte er noch diese Zeitschrift und legte den Schein zwischen die Seiten, das Bild auf der Vorderseite der Zeitschrift zeigte einen Flugzeugträger, der durch den Suez-Kanal fährt. »Jedenfalls ist er weg«, sagte die Frau, und sagte vorwurfsvoll: »Wie kann man nur den Schein verlieren? Aber so bist du, bei dir ist nichts sicher, denk nur daran, daß du auch die Taschenuhr von meinem Vater verloren hast; kein Mensch verliert eine Taschenuhr, nur du.« Der Lichtstrahl senkte sich in den Drahtkorb, und Henry sah undeutlich, wie die Frau sich tief über den Korb beugte und in den Abfällen stöberte, wobei sie schnaufte und zischte.

Henry überließ sie ihrem Zwist, ihrer, wie er glaubte, aussichtslosen Suche, er wandte sich um und ging sehr langsam über den Platz, mitunter blieb er stehen, als böte er sich denen an, die er erwartete, aber sie kamen nicht. Mehrmals überquerte er den zementierten Platz, lauschte oft in die Richtung, in der er sie vermutete, doch da war nur das Sirren der Autoreifen auf der asphaltierten Straße und das dumpfe Knallen von Markisen zu hören, in denen auf höheren Balkonen der Wind arbeitete. Sie kamen nicht. Er blickte zu den Fenstern seiner Wohnung hinüber, in der er das Licht hatte brennen lassen, und strebte zum Rand des Platzes und ging immer am Rand entlang nach Hause. Das Loch in der Glastür schien größer geworden zu sein, zumindest kam es ihm so vor, ein paar gezackte Splitter lagen auf dem Boden, Henry hob einen von ihnen auf und nahm ihn mit in sein Zimmer. Unter dem Licht der Tischlampe drehte und befingerte er den Splitter und legte ihn schließlich auf seine Schreibmappe, überzeugt, daß es dieser Splitter war, der Fedor bei dem verzweifelten Versuch, den Drücker an der Innenseite der Haustür zu erfassen, die Wunde beigebracht hatte. Das Ding bleibt hier liegen, dachte Henry, das heb ich mir auf.

Bußmann schien zu wissen, warum er ans Telephon gerufen wurde, seufzend reichte er Henry die flache Metallschüssel mit den verlorenen Gebissen und sagte noch, daß für diese Fundsachen fast nie ein Suchantrag gestellt werde; dann folgte er Paula mit hängenden Schultern. Henry betrachtete die Prothesen, unwillkürlich mußte er sich vorstellen, was alles sie einst zerbissen, zerkauten, er glaubte dabei ein schwaches mahlendes Geräusch zu hören, und einmal war es ihm, als verspürte er selbst den heftigen Hustenstoß, der die Prothese aus dem Mund warf. Ein Niesen, hatte Bußmann ihm einmal gesagt, ein explosionsartiges Niesen kann manchmal schon ausreichen, eine Prothese loszuwerden, sie so überraschend aus dem Mund zu schleudern, daß ihr Eigentümer sie nicht rechtzeitig auffangen kann. Henry stellte die Schüssel ins Regal und gestand sich ein, daß er es wohl auch nicht über sich brächte, einen Suchantrag für eine verlorene Prothese zu stellen – falls er jemals eine benutzen und diese ihm abhanden kommen sollte.

Albert Bußmann war in Aufruhr, war in Sorge, noch im Gehen zog er seinen Blaumann aus, und noch bevor

Henry ihn fragen konnte, was passiert sei,
muß fort, ihn suchen, er hat sich wohl wi
irrt.«

»Wer?« fragte Henry, und Bußmann (
Vater.«

Henry sah rasch auf seine Uhr, stellte fest, das
vor Feierabend war, und verschloß den Schrank mit den
Wertsachen und brachte den Schlüssel Paula: »Hier, ver-
wahr den schön, ich muß Albert begleiten.«

»Was ist mit ihm?« fragte Paula.

»Er muß seinen Alten suchen, er macht sich Sorgen.«

»Wieder mal«, sagte Paula und ließ erkennen, wie leid
Albert Bußmann ihr tat, dessen Unruhe auch ihr nicht
entgangen war.

Daß Henry neben ihm her ging, verwunderte Bußmann offenbar nicht; als hätten sie sich abgesprochen,
durchquerten sie gemeinsam die Bahnhofshalle, warfen
einen prüfenden Blick in den Wartesaal – suchten nicht
allzu sorgfältig in dem trüben, verqualmten Raum, sondern nur oberflächlich – und traten hinaus auf den Bahnhofsplatz. Hier sagte Bußmann: »Er ist fast neunzig, mein
Vater, er kauft immer noch für uns ein, nur manchmal, da
findet er nicht nach Hause, unsere Nachbarin gibt mir
Bescheid, wenn er zu lange ausbleibt.«

»Vielleicht hat er mittlerweile zurückgefunden«, sagte
Henry.

Bußmann schüttelte den Kopf, er sagte: »Nein, nein, er
ist seit heute morgen unterwegs, wenn er so lange ausbleibt, müssen wir uns Sorgen machen.«

Bußmanns Hoffnung, seinen Vater in der Kantine für
Bahner zu finden, bestätigte sich nicht, auch die alten
Bekannten, die er hier wiedertraf und die er befragte,
konnten ihm nicht weiterhelfen.

»Wilhelm?« fragten sie, »den hab ich schon lange nicht

..r gesehen«, und ein rotäugiger Lokführer fragte: Wilhelm, lebt der noch?«

Geleitet von Bußmanns Spürsinn, streiften sie über einen Gemüsemarkt, die Stände und Buden hatten sich unter einer Hochbahnüberführung versammelt; da der Markt zu Ende ging, lockten die Verkäufer mit Billigangeboten, legten einen Blumenkohl zu, eine Gurke, ein Bündel Suppengrün extra. Ein Gemüsemann warf den Vorübergehenden Äpfel zu, und eine vergnügte breite Frau bot geröstete Kastanien zur Probe an. Henry erfuhr, daß dieser Markt ein Lieblingsziel von Bußmanns Vater war und daß er sich nach erschöpfendem Einkauf manchmal in einer der kleinen Kneipen erholte. Sie warfen einen Blick in die Kneipen, ihren Mann fanden sie nicht – nicht dort, wo die Marktleute sich »Lütt un Lütt« gönnten.

Am Ende des Marktes, neben einem Blumenstand, umlagert von einigen Kindern, spielte ein Mann eine Drehorgel; bei seinem Anblick blieb Bußmann stehen und faßte nach Henrys Arm und sagte: »Das ist doch nicht möglich«, und dann: »Nu sieh dir das an.«

In dem dürren alten Mann, der, geruhsam die Kurbel drehend, das Lied ›Rosamunde‹ spielte, hatte er seinen Vater ausgemacht. Ohne auf Henry zu achten, eilte er auf ihn zu, griff nach der Kurbel und unterbrach das Lied, und während der Alte ihn verlegen lächelnd ansah, fragte er – nicht streng zurechtweisend, sondern mit mildem Vorwurf –: »Was machst du hier, Wilhelm, wir suchen dich überall.« Der Alte wies auf zwei gefüllte Einkaufsnetze, die neben der Orgel lagen, er zeigte sich nicht schuldbewußt, er erklärte, daß er bereits auf dem Heimweg war, als der Drehorgelbesitzer ihn bat, die Kurbel zu übernehmen, da er eben mal eine Toilette aufsuchen mußte.

»Ich wollte ihm doch nur gefällig sein, Albert.«

»Ist ja gut«, sagte Bußmann, »ist ja gut, Vater, aber du hättest daran denken sollen, was du mir versprochen hast.«

Obwohl er freundlich ermahnt wurde, wollte der Alte noch nicht nach Hause kommen; auf die Holzschüssel mit den Münzen deutend, sagte er, daß er die Rückkehr des Orgelbesitzers abwarten müßte, es sei da einiges zusammengekommen, nicht viel, aber für ein paar Gläser Bier werde es reichen. Sie warteten auf den Besitzer, und der Alte ließ sich nicht davon abhalten, andere Lieder zu spielen, ›Schwarze Augen‹ und ›Wo die Nordseewellen trecken ...‹. Sobald eine Münze in die Holzschüssel fiel, dankte er mit einem Kopfnicken. Einmal ließ er einen kleinen Jungen die Kurbel drehen und belohnte ihn danach und schenkte ihm eine Münze. Der Dank des schwarzbärtigen Besitzers erschöpfte sich in einem kräftigen Handschlag.

Mit den Worten »So, Wilhelm, nun wird es aber Zeit« legte Bußmann dem Alten einen Arm um die Schulter, und Henry sah staunend, wie der sich in die Fürsorglichkeit ergab. Gewiß hätte er die Einkaufsnetze vergessen, seine Miene drückte jetzt Behagen aus und eine freundliche Verwirrtheit, doch Bußmann erinnerte sich an die Netze und gab Henry einen Wink und flüsterte ihm zu: »Nimm das mit.«

Henry trug die Netze und ging den beiden hinterher, angerührt von diesem Paar, das sich zögerlich bewegte und dabei an den Händen hielt. Sie hatten den Markt bereits verlassen, standen vor einer Verkehrsampel, als dem Alten einfiel, daß er etwas vergessen hatte; sogleich wollte er zurückgehen, aber Bußmann konnte ihn beschwichtigen: »Da, Vater, da kommt Herr Neff, er bringt deine Einkäufe nach Hause.«

»Wer ist das?« fragte der Alte mißtrauisch.

»Ein Arbeitskollege«, sagte Bußmann, und der Alte: »Also Bahner, dann ist man gut.«

Farbe hatte das Haus nötig, in dem die Bußmanns wohnten, in dem doppelstöckigen, nebelgrauen Gebäude war ein Lokal, dessen Aushang für Sauerfleisch und Bratkartoffeln warb; als sie das Fenster passierten, wurde die Gardine zur Seite geworfen, und eine Hand klopfte gegen die Scheibe und winkte. Der Alte, dem das Winken galt, blieb stehen, schwankte, blickte Albert Bußmann an, wollte sich anscheinend Erlaubnis von ihm holen, fügte sich dann aber, als er ruhig weitergezogen wurde. Bußmann sagte noch: »Heute nicht, Wilhelm, heute können die sich allein unterhalten.«

Auf dem ersten Absatz der Treppe mußten sie eine Pause machen, der Alte atmete angestrengt und hielt sich am Geländer fest, kaum aber waren sie in der Wohnung, hatte er auch schon die Schwäche überwunden und wollte wissen, was es zu essen gebe. Also Gulaschsuppe, die von gestern, Bußmann brauchte sie nur aufzuwärmen, und er hielt es für selbstverständlich, daß Henry einen Teller mitaß, und ging in die Küche.

Wie freimütig, wie ausdauernd der Alte Henry betrachtete, als sie sich am Tisch gegenübersaßen; anscheinend wollte er zunächst ergründen, ob er ihn in ein Gespräch ziehen dürfte, aber nachdem Henry Interesse gezeigt hatte für ein Photo, auf dem eine mit Blumengirlanden geschmückte Lokomotive von einer Gruppe Uniformierter umringt war – den Hintergrund bildete eine Schneelandschaft –, gewann er Zutrauen und glaubte, das Photo erläutern zu müssen.

»So sah sie aus«, sagte er, »unsere Neue, unser Kraftprotz, damals auf der Transsibirischen, wo jede andere sich im Schnee festgefahren hätte: Sie zog durch, sie zog immer durch, Henschel hat sie gebaut.«

»Und Sie haben sie gefahren?« fragte Henry.

»Ja, mein Junge, als zweiter Lokführer; unter uns: Meine Aufgabe bestand darin, den ersten Lokführer einzuweisen.«

Erinnerung belebte ihn, seine Lippen machten kleine schnappende Bewegungen, schnell wischte er sich einmal über die Augen, und dann tischte er Henry seine Geschichte von der Brücke auf, von der Brücke über den riesigen Strom Lena, die, vom Eis bedrängt, in ihren Fundamenten nachgegeben hatte und einzustürzen drohte. Angeblich gelang es ihm, den Zug mit einer Notbremsung zum Halten zu bringen, nur wenige Meter vor der Brücke, die sich schon zur Seite geneigt hatte; nachdem alle sich von ihrem Schrecken erholt hatten, feierten ihn sechshundert Reisende als ihren Retter.

Albert Bußmann setzte ihnen die Teller hin, er kannte die wunderbare Rettungstat, er zwinkerte Henry zu und sagte zum Alten: »Na, Wilhelm, hast du einen Zuhörer gefunden für deine Lügengeschichten?« Der Alte wehrte sich gegen den gutmütigen Spott, mit seiner leicht krähenden Stimme sagte er: »Du warst nicht dabei, Albert, deshalb kannst du nicht urteilen über meine Erlebnisse«, und auf Beistand aus, wandte er sich an Henry und fragte: »Aber Sie, Sie glauben mir doch, oder?«

»Alles«, sagte Henry, »ich glaube Ihnen alles.«

Der Alte musterte ihn dankbar, und als wollte er sich erkenntlich zeigen, vertraute er Henry an, daß er am Ende den Zug an sein Ziel brachte, über Krasnojarsk und Chicago.

»War es nicht Philadelphia, Vater?« fragte Albert Bußmann, und der Alte: »Ach was, Irkutsk und Chicago.«

Zum Zeichen, daß er keine Lust hatte, über die Stationen der Transsib zu streiten, verlangte er nach der Gulaschsuppe, es wurde ihm großzügig aufgefüllt, und er aß lustvoll und sparte nicht mit Anerkennung. Da seine Hand ein wenig zitterte, führte er den Löffel ungenau, mitunter tropfte es ihm auf den Aufschlag der Jacke, auf die Hose, doch Albert Bußmann berief ihn nicht – wie so oft, würde er die Flecken nach dem Essen tilgen. Sie aßen Brot zur Suppe, und Henry sah, wie Albert Bußmann die Scheiben schnitt, wie er sorgfältig die Kruste von den Scheiben entfernte – harte, tiefbraune Kruste – und wie er das weiche Brot dem alten Mann zuschob, der danach langte, ohne hinzuschauen, wobei seine Hand die Hand des anderen berührte und einen Augenblick auf ihr liegenblieb.

Nach dem Essen war es der Alte, der fragte, ob es nicht noch etwas zur Belebung gibt, heute sei ihm danach, worauf Albert Bußmann ihm auf die Schulter klopfte und aus der Küche eine angebrochene Flasche Aquavit holte. Beide tranken Henry zu. Ein zweites Mal wollte Albert Bußmann die Gläser nicht füllen, auch nicht, als er bemerkte, wie sein Vater das leere Glas über seinen Mund hielt, in der Hoffnung, einen letzten Tropfen aufzufangen. »Na gut«, sagte der Alte, »Endstation, alle aussteigen«, und aufgeräumt wandte er sich an Henry und vergewisserte sich, daß er wirklich Neff hieß und daß er wirklich ein Arbeitskollege von Albert sei, und nachdem Henry es bestätigt hatte, behauptete er, daß man jeden nur beglückwünschen könnte, der mit Hannes Harms zusammenarbeite. »Ein guter Mann, dieser Hannes Harms«, sagte er, »ein feiner Mann, zu schade für euer Fundbüro; ohne das Unglück vor ein paar Jahren wäre er heute an höherer Stelle, bestimmt.«

»Welch ein Unglück?« fragte Henry; statt des Alten, der nur eine wegwerfende Handbewegung machte, antwortete ihm Albert Bußmann, er erwähnte knapp, daß Harms mal Lokomotivführer war – zuletzt »Kiel–Lindau« –, daß er zu schnell durch eine Baustelle fuhr – die Schilder, die Warnschilder, waren schlecht beleuchtet –, daß zwei, drei Waggons entgleisten, daß es ein paar Verletzte gab. Hannes Harms übernahm die Verantwortung, obwohl er nicht selbst auf dem Führerstand war, sondern der zweite Mann, sein junger Anlernling.

»Siehst du«, sagte der Alte zu Henry, »so geht das manchmal, aber jetzt hat Harms seine Spielwiese gefunden und verhilft betagten Frauen zu ihren Handtaschen, die sie im Zug vergessen haben; ein anständiger Mann, freu dich, daß du bei ihm bist.«

»Ich bin gern im Fundbüro«, sagte Henry, »man lernt nicht aus, und man hört nicht auf zu staunen.«

»Du hast schon allerhand gelernt«, sagte Albert Bußmann, und schmunzelnd nach einer Pause: »Wer weiß, vielleicht wirst du einmal der Chef bei uns.«

Es klingelte an der Wohnungstür, Albert Bußmann ging hin und öffnete, allerdings nur einen Spalt, dennoch weit genug, so daß Henry die Frau erkennen konnte, die sich auf die Zehenspitzen hob und in das Zimmer hineinlinste. Was sie erkannte, genügte ihr offenbar, hereinkommen wollte sie nicht, eine kleine, dunkelhaarige Frau in Kittelschürze. Von ihrem flüsternden Gespräch war nicht viel zu verstehen. Henry bekam aber mit, daß ihr gedankt wurde und daß sie sich anbot, auch weiterhin auf etwas acht zu geben – worauf, das blieb unerwähnt. Erleichtert verschwand sie hinter der nur angelehnten Nachbartür.

»War das die Papenfuß?« fragte der Alte.

»Ja«, sagte Albert Bußmann, und zu Henry: »Unsere Nachbarin.« Belustigt lachte der alte Mann auf und wiederholte »Nachbarin, Nachbarin«, und dann ließ er sich mümmelnd über diese Nachbarschaft aus: »Immer kommt sie, um sich etwas zu borgen, mal ein wenig Mehl, mal Salz oder Margarine, können Sie mir mal mit einem Ei aushelfen, fragt sie, aber wenn ich's ihr dann borge, dann vergißt sie oft, es mitzunehmen. Ich möchte nur mal wissen, was im Kopf dieser Nachbarin vorgeht.«

»Diesmal wollte sie nichts borgen«, sagte Albert Bußmann, »sie wollte nur fragen, ob wir morgen zu Hause sind, morgen will sie uns ein Stück Kuchen bringen, selbstgebackenen.«

»Das vergißt sie«, sagte der alte Mann, »morgen hat sie's längst vergessen.«

Albert Bußmann sah seinen Vater bedenklich an und machte ihn schonungsvoll darauf aufmerksam, daß er ungerecht sei, daß er sich wohl nicht daran erinnere, wie gefällig Frau Papenfuß durch die Jahre gewesen sei, viele Gänge habe sie übernommen, manche Besorgung erledigt, das müsse man ihr doch zugute halten. Das Gesicht des alten Mannes nahm einen abwesenden Ausdruck an, eine Weile saß er starr da, den Blick auf die bekränzte Lokomotive gerichtet, dann begann er auf dem Stuhl zu rucken und sich die Hände zu reiben.

»Frierst du wieder?« fragte Albert Bußmann. Der Alte bestätigte es durch ein Nicken, und um sein plötzliches Kältegefühl zu erklären, deutete er wortlos auf die Tür, die, wie er vermutete, zu lange offengestanden hatte.

»Gleich, Wilhelm«, sagte Albert Bußmann, »gleich wird's wärmer, ich hol dir deine Decke.«

Während er seinem Vater die Decke umlegte – mit einer Sorgfalt, die Henry unwillkürlich berührte –, sprach er leise auf ihn ein, verhieß ihm rasches Wohlbefinden, versprach ihm ein Gläschen zur Nacht, und der alte Mann blickte dabei fortwährend Henry an, gerade so, als wollte er ihn darauf lenken, welcher Fürsorge er sich erfreute. Auf einmal aber kniff er die Augen zusammen und fragte Henry: »Warst du nicht auf der Transsib, ich meine, ich hab dich da gesehen?«

»Ich? Oh nein«, sagte Henry, »mit diesem berühmten Zug bin ich nie gefahren.«

»Solltest du aber«, sagte der Alte, »wer eine Reise mit der Transsib macht, dem hat die Welt nichts mehr zu sagen, der weiß alles.«

»Ich werd's versuchen«, sagte Henry, und mehr sagte er nicht, denn er sah, daß der alte Mann müde wurde, auf seinem Stuhl zusammensackte, mit einer unkontrollierten Bewegung eine Zigarettenpackung vom Tisch wischte. Er stand auf und versprach zum Abschied, die Transsib nicht aus den Augen zu verlieren; Albert Bußmann brachte ihn nach unten zur Haustür. Beide fanden einen Grund, einander zu danken. Bevor sie sich trennten, fragte Henry: »Dein Vater, war er wirklich nie auf der Transsibirischen?«

»Er nicht, aber sein Freund«, sagte Albert Bußmann, »sein bester Freund; seit der tot ist, glaubt mein Vater manchmal, daß er selbst auf der Transsibirischen gefahren ist, er hat einfach übernommen und sich angeeignet, was er an vielen Abenden gehört hat.« Und da Henry ihn darauf nur ungläubig musterte, sagte er: »Na, Henry, du findest wohl nach Haus, oder?«


Das Mädchen an der Rezeption im »Adler« nannte ihn bereits beim Namen. Es sagte: »Guten Tag, Herr Neff«, und bestätigte: »Ja, Herr Neff, Doktor Lagutin ist auf seinem Zimmer, allerdings hat er gerade Besuch.«

»Besuch?«

»Eine Dame ist bei ihm, sie war schon einmal hier.«

Henry zögerte einen Augenblick, dann aber bat er das Mädchen, Doktor Lagutin zu sagen, daß er hier sei, hier unten auf ihn warte, er möchte ihm einen Vorschlag machen. Wie sich die Stimme des Mädchens veränderte, als es seine Bestellung ausrichtete, melodiös klang sie auf einmal, wie ein schläfriger Singsang, und wie die Stimme sich abermals veränderte, als das Mädchen sich an Henry wandte: »Herr Doktor Lagutin bittet Sie, heraufzukommen.«

Henry stieg die Wendeltreppe hinauf, eine Hand am Geländertau, in der anderen den Pappteller mit dem Kuchen, vier Stücke Bienenstich, die er in einer Konditorei gekauft hatte. Zu klopfen brauchte er nicht, denn wie auf ein elektronisches Signal öffnete sich die Tür vor ihm, und Fedor umarmte ihn: »Komm, mein Freund, komm; keiner ist mehr willkommen, als du es bist.« Henry mahnte ihn: »Vorsicht, der Kuchen«, und hob den Pappteller über Fedors Schulter und betrat das Zimmer.

Da saß Barbara. Sie saß rauchend am Tisch und winkte Henry einen belustigten Gruß zu und deutete auf einen Obstkorb: »Fedor braucht Vitamine.«

»Und Kuchen«, sagte Henry und setzte den Pappteller neben den Obstkorb. Barbara wußte bereits, was Henry wissen wollte; noch bevor der sich erkundigte, sagte sie, daß die Wunde, wie sie sich ausdrückte, keine Scherereien machte, daß es kaum noch nötig sei, einen neuen Verband anzulegen, daß keine Sehne so verletzt sei, daß Fedor auf sein Flötenspiel verzichten müßte. Fedor Lagutin machte ein paar demonstrative Greif- und Streckbewegungen und lobte den Notarzt und die Medikamente, die er erhalten hatte, vergaß aber auch nicht, an die Salbe zu erinnern, die seine Großmutter nach einem alten tatarischen Rezept hergestellt hatte und mit der er auch Henrys Platzwunde behandelt hatte. Er sagte: »Wir vertrauen auf die Heilkraft, die uns unser Steppenvogel schenkt.«

Gutgelaunt nahm er einen Apfel aus dem Korb und begann, ihn zu schälen, sorgfältig und so, daß die Schale sich zu ringeln begann, und während er schälte, machte er

Henry auf den Brief aufmerksam, der auf dem Tisch lag, es war ein Brief von zu Hause. Sie machten sich Sorgen um ihn zu Hause. Er hatte ihnen geschrieben, was ihm zugestoßen war: daß fremde Menschen, die er vorher nie gesehen, die er weder angesprochen noch herausgefordert hatte, ihn mit ihren Motorrädern einkreisten und im Vorbeifahren schlugen und ihn nötigten, zu fliehen. Er hatte ihnen auch geschrieben, daß er sich verletzt hatte, als er bei einem Freund Schutz suchte, und daß es ihm ein Rätsel sei, warum sie ihn angegriffen hätten, da er sie nicht einmal mißbilligend oder gar feindselig angesehen hatte.

»Ja«, sagte Fedor, »das mußte ich meinen Leuten schreiben, und ich kann gut verstehen, daß sie sich Sorgen machen, besonders, weil ich ihnen erklären mußte, daß mir dieser Angriff als Rätsel erscheint und wohl noch lange rätselhaft vorkommen wird.« Fedor machte eine Pause, blickte auf die Apfelschale und sagte dann: »Meine Leute wollen, daß ich nach Hause komme; sie haben es mir nahegelegt, möchten aber die letzte Entscheidung mir überlassen.«

»Das solltest du nicht«, sagte Henry, »nicht nach Hause fahren, denk daran, mit welcher Arbeit man dich hier betraut hat, wie sehr man deine Arbeit schätzt.«

»Ich weiß, Henry, ich weiß, und den Kollegen an der TH werde ich für immer dankbar sein, oft genug habe ich das Gefühl, daß uns eine wunderbare Komplizenschaft verbindet, eine Komplizenschaft der Wahrheitssucher, die einen gemeinsamen Weg finden wollen, aber du hast auch gesehen, was vor deinem Fenster passierte, an jenem Sonntag; die mich da abfingen – ich hab ihre Augen gesehen, aus der Nähe hab ich ihre Augen gesehen, Henry, und in diesen Augen erkannte ich Haß. Warum? Warum? Du hast mir gesagt, daß ich – nach ihrer Ansicht – vielleicht ihr Revier verletzt hatte, du hast mir gesagt, daß sie sich von dem Bedürfnis leiten lassen, zu herrschen, also auch Gewalt anzuwenden, um die Reichweite ihrer Macht zu erkunden; aber welch einen Grund hat ihr Haß?«

Fedor zerschnitt den Apfel, bot auf der Messerspitze zuerst Barbara, dann Henry einen Schnitz an und wiederholte: »Welch einen Grund?«

»Einmal haben sie auch Henry bedroht«, sagte Barbara, »eingekreist und bedroht, ich wollte damals, daß er die Polizei ruft, doch er konnte sich nicht dazu entschließen«, und an Henry gewandt: »War es nicht so? Du wolltest nicht die Polizei holen.«

»Damals wußte ich noch nicht genug«, sagte Henry, »vielleicht ist es ein Fehler von mir, aber ich habe bei allem den Wunsch, zunächst einmal verstehen zu lernen, rauszubekommen, warum etwas geschieht und welche Leute es sind, die sich in Rudeln organisieren und dann Gefallen daran finden, andere ihre Überlegenheit spüren zu lassen und Angst zu verbreiten.«

»Und«, fragte Barbara, »weißt du jetzt genug über sie?«

»Sicher nicht genug«, sagte Henry, »aber so viel ist mir klargeworden: Sie halten sich für benachteiligt. Ohne es auszusprechen, empfinden sie sich als Verlierer, als schuldlose Verlierer. Sie wollen sich einfach zurückholen, was man ihnen, wie sie glauben, genommen oder vorenthalten hat. Und sie organisieren sich in Rudeln, denn im Rudel wirst du bemerkt und stellst etwas dar, was du als einzelner nicht schaffst.«

»Gut«, sagte Barbara, »also soll man sich abfinden mit ihnen, soll man für sie ein Verständnis aufbringen, das sie für uns nicht haben, vielleicht auch abfinden mit Gewalt?«

»Manche Gewalt kommt aus Verblendung«, sagte Henry, »und wenn du das erkannt hast, solltest du versuchen, etwas gegen diese Verblendung zu tun, zu reden beispielsweise. Wir müssen reden mit ihnen.«

»Ach hör doch auf, Henry, du weißt genau, daß sie eine andere Sprache sprechen, ihre Sprache. Was bleibt denn aber noch, wenn man sich nicht mehr mit Worten verständigen kann, was?«

Henry blickte seine Schwester lange an, dann nickte er, dann sagte er: »Wehren, Barbara, wenn nichts mehr hilft, bleibt nur noch, sich zu wehren, das weißt du doch auch, oder?«

Beide bemerkten erstaunt, daß Fedor lächelte, es war ein resigniertes Lächeln, er schien nicht bereit, den Grund seines Lächelns zu erklären, doch als Henry ihn direkt danach fragte, sagte er: »Manchmal, wißt ihr, erschöpfen sich unsere Gespräche in einem Austausch von Glaubensbekenntnissen, und das wird besonders deutlich, wenn wir sitzen und ratlos sind.«

»So ist es«, sagte Barbara, »und darum bin ich dafür, daß wir endlich aufbrechen, ich hoffe nur, daß die noch geöffnet haben.«

»Wer?«

»Eine Überraschung, wart nur ab.«

»Aber wohin«, fragte Henry, »wohin soll's gehen?«

»Eine Idee von mir«, sagte Barbara, »ich bin durch Zufall darauf gekommen; zuerst wollte ich mit Fedor allein dorthin, doch nun – du kannst uns begleiten.«

»Möchtest du nicht eine Andeutung machen?«

»Also«, sagte Barbara, »vielleicht wird es eine Heimreise, eine kurze, bescheidene Heimreise, und das sollte dir genügen.«

Auch Fedor wußte nicht, was Barbara vorhatte; zwar hatte sie ihm, als sie allein waren, den Vorschlag gemacht, einen »interessanten Besuch« zu machen, doch wer besucht werden sollte, das erwähnte sie nicht. Barbara spielte mit ihren Schlüsseln, sie drängte zum Aufbruch, aus Sorge, daß sie zu spät kommen könnten, und schon an der Tür mahnte sie: »Nun kommt doch endlich.« Sie habe ihr Auto in einer Nebenstraße geparkt, auch während der Fahrt nannte sie nicht das Ziel; zügig fuhr sie am Bahnhofsplatz vorbei, auf dem sich, wie an jedem Sonntag, Fußballfans unter einer blauweißen Fahne sammelten und sich vorzeitig in Sprechchören übten, fuhr eine Prachtstraße hinab und hielt auf einen ovalen, großfenstrigen Kuppelbau zu. Leicht zur Frage angehoben, so, daß die Überraschung herauszuhören war, sagte Henry: »Das Museum? Das Völkerkunde-Museum?« Schweigend stiegen sie nebeneinander die breite Treppe hinauf. Barbara löste die Eintrittskarten – dreimal Erwachsene – und steuerte auf einen einarmigen uniformierten Wärter zu, der sich nach freundlich gegebenen Auskünften leicht verbeugte. Sie mußten höhersteigen. Hin und wieder gelang ihnen ein Blick auf fremdartige Stilleben: afrikanische Frauen bei ewigem Stampfen von Hirse, ghanaische Fischer beim Flicken eines Netzes, das nie ins Wasser gesenkt werden würde. Vor einer Abteilung blieben sie unwillkürlich stehen: Halbnackte Pygmäen saßen in einem Kreis und zogen kleine Splitter auf eine Schnur; Barbara wußte, daß sie Schmuckketten anfertigten, wußte auch, daß es die Splitter eines Straußeneis waren, das sie kalkuliert zertrümmert hatten. Barbara sagte: »Auf dem kleinen Schild da steht das alles, ihr könnt's nachlesen.«

In der Nachbarschaft eines kirgisischen Stillebens – Familie beim Zuschneiden von Stiefelleder – fanden sie das offene Zelt, davor zwei Kinder und einen alten Mann; der saß auf einem Holzfaß zwischen mehreren Bienenstöcken und rauchte eine Pfeife mit verziertem Kopf, der

Junge hielt einen Hirtenhund an der Leine, und das kleine herausgeputzte Mädchen hockte vor dem Zelteingang und spielte Flöte. Eine Frau wusch irdenes Geschirr. Barbara schaute nur flüchtig hin, die feierabendliche Figurengruppe interessierte sie weniger als Fedor, dessen Gesicht zunächst keine Regung zeigte, doch schon nach einem zweiten Blick einen schwachen Ausdruck von Verwunderung annahm wie bei einem unsicheren oder ungläubigen Wiedererkennen. Sie beobachtete ihn, wie er vor das Schild trat und las – Baschkiren vor ihrem Festzelt – und plötzlich über das Absperrseil stieg und die Figur des alten Mannes anstupste und die Bienenstöcke sacht beklopfte, sich dann zu dem Jungen herabbeugte und ihm die Hundeleine aus der Hand nahm. »Bei uns kommt kein Hirtenhund an die Leine«, sagte er zu Henry, und als müßte er eine weitere Überprüfung oder Korrektur vornehmen, beugte er sich zu der hockenden Mädchenfigur hinab und löste behutsam die Flöte aus ihren Händen. Er untersuchte die Flöte. Als er sie an die Lippen setzte, forderte Barbara ihn sogleich auf: »Spiel etwas, Fedor, bitte, spiel etwas, nur ganz kurz«, und er schien auch bereit dazu, doch in diesem Augenblick hörten sie Schritte, die sich näherten, die Schritte einer Gruppe, der der einarmige Wärter voranging. Fedor zuckte die Achseln, lächelte Barbara zu und verschwand im Zelt – vermutlich in der Annahme, die Gruppe werde rasch vorbeigehen. Er irrte sich. Die Gruppe – ausnahmslos ältere Leute, die meisten wie Urlauber gekleidet – verhielt auf ein Zeichen des Wärters auf der Höhe des Baschkiren-Idylls.

»Und hier sehen Sie«, sagte der Wärter, der wohl auch Kustode war, »hier sehen Sie einen Ausschnitt aus dem Leben der Baschkiren, einer Volksgruppe, die vor allem im Südural beheimatet ist. Ursprünglich gehörten sie zum Reich der Goldenen Horde, später waren sie den Moskauer Zaren tributpflichtig; zu ihrer Verteidigung schufen sie das Ural-Kosakenheer. Übrigens leben in der Baschkirischen Autonomen Republik nicht nur Baschkiren, die größte Bevölkerungsgruppe bilden die Russen, mit ihnen zusammen leben dort außerdem Ukrainer, Tschuwaschen, Mordwinen und manch andere; daß es da immer wieder Aufstände gegeben hat, kann man sich leicht vorstellen.«

Auf die Frage eines bärtigen Besuchers im Freizeithemd: »Wovon leben diese Leutchen eigentlich?«, deutete der Wärter auf die Bienenstöcke und sagte: »Bienenzucht wird großgeschrieben bei den Baschkiren, auf ihrer Schwarzerde bauen sie Weizen an, und in der Steppe treiben sie Viehzucht. Früher waren sie einmal große Jäger, sie jagten sogar mit abgerichteten Geiern, aber diese Zeit ist längst vorbei.«

Barbara und Henry hörten den Erklärungen aufmerksam zu, behielten dabei aber auch das Zelt im Auge, in dem Fedor sich einstweilen still verhielt und ebenfalls den Worten des Wärters zu lauschen schien. Und der gab kenntnisreich Auskunft; gefragt oder ungefragt teilte er mit, daß die baschkirische Sprache dem Tatarischen sehr nahe ist, daß die Wälder dort vor allem aus Laubhölzern bestehen und daß die Wollkapuze, die die Frau beim Geschirrwaschen trägt, auch in Kaukasien getragen wird und dort wie hier Baschlik heißt.

Der Fragesteller – einer, der wohl in jeder Gruppe mitläuft – musterte nachdenklich die Figuren beim Zelt und fragte: »Sind wohl arm dran, diese Leutchen, oder? Kaum Entwicklung, oder?« Der Wärter, an alle möglichen Fragen gewöhnt, schüttelte nicht einmal den Kopf, geduldig, auf sein immer bereites Wissen zurückgreifend, klärte er nicht allein den Fragesteller darüber auf, daß Baschkirien reich ist an Bodenschätzen, daß dort Kupfer, Mangan und Uran gefunden wurden und daß sich schließlich auch eine bemerkenswerte Industrie angesiedelt hat, die die nötige Energie aus Erdöl- und Wasserkraftwerken bezieht. Er erwartete keine Nachfrage, er wandte sich dem kirgisischen Stilleben zu, sagte auch schon: »Und hier sehen Sie ...«, als eine hagere, grauhaarige Frau sich zu Wort meldete; sie hätte da noch eine Frage, nicht zuletzt aus beruflichem Interesse. Also, das Leben im Zelt könne sie sich vorstellen, auch das Leben mit den Tieren in der sommerlichen Steppe, aber sie vermute, daß die Baschkirenkinder ja wohl auch zur Schule müßten, und wie es sich dort – in der Einsamkeit, bei den weiten Wegen – mit dem schulischen Angebot verhalte: Das wollte sie gern wissen. Der Wärter hielt die Frage für gerechtfertigt, er nickte zustimmend, sein Blick wanderte zu dem kleinen Mädchen, und zu ihm hin sprechend erklärte er: »Sie weiß bestimmt nicht weniger als ihre Gleichaltrigen hier. In der Steppe halten sie Schule in hölzernen Sommerhäusern, und in den Ortschaften gibt es Unterricht wie bei uns. Aber was die Kleine im Zelt für das Leben lernt, das kann ihr in keiner Schule beigebracht werden. Und die weiten Wege ... mein Gott, man kann sie wandernd zurücklegen oder reitend, in älteren Zeiten hielten manche Baschkiren sechzig oder noch mehr Pferde, es ist geschehen, daß Kinder auf dem Pferderücken zur Welt kamen, sozusagen. Schließlich muß erwähnt werden, daß sie dort auch ihre Universitäten haben, bedeutende Universitäten, zum Beispiel die in Sarátow.«

Henry trat dicht an seine Schwester heran und flüsterte ihr zu: »Der Mann gefällt mir«, und Barbara darauf: »Ich hab ihn schon einmal gehört, Mutter hatte mich hergeschleppt, wir kamen aus dem Staunen nicht raus.«

Beide starrten auf das Zelt, beide dachten an Fedor, der sich bisher regungslos verhielt und, wie sie glaubten, konzentriert den Worten des Wärters lauschte, lauschen mußte, da es um sein Land und seine Leute ging. Auf einmal hoben sie die Köpfe, die Mitglieder der Gruppe sahen einander verblüfft an, denn aus dem Zelt drangen Töne einer Flöte, unsicher zuerst, zitternd, mitunter schwangen sie sich hell auf, hielten kurz die Höhe und brachen schroff ab, dann aber, nach erneutem Anlauf, fanden sie dauerhaften Ausdruck in einer kecken Heiterkeit. Freude teilte sich da mit, vielleicht die Freude über ein Erwachen. Was ist los mit ihm, dachte Barbara, warum spielt er, was will er uns sagen? Der Wärter stieg über das Absperrseil, stutzte jetzt vor der Mädchenfigur – offenbar entdeckte er nun erst, daß ihm die Flöte fehlte –, richtete sich auf und schlug mit einem kraftvollen Schwung den Eingang zum Zelt auf. Die Flöte an den Lippen, trat Fedor hervor, schnell ließ er noch einen Jubellaut hören – den Jubellaut eines Vogels über der Steppe vielleicht –, dann gab er dem Mädchen die Flöte zurück. Diese Verdutztheit. Dies Erstaunen. Und dann die Fröhlichkeit, mit der die Gruppe Fedor empfing, anscheinend hielten die meisten sein Flötenspiel für einen Regieeinfall, sie klatschten, sie winkten ihm zu und klatschten. Fedor konnte nicht anders, er mußte sich verbeugen, und er tat es auf so übermütige Weise, daß der Beifall sich verstärkte und eine Stimme um Zugaben bat. Barbara wollte zu ihm, um ihm ihre Freude zu zeigen, doch vor ihr war schon der Wärter bei Fedor, verhielt nah vor ihm, lächelte einen Augenblick, gab sich aber gleich darauf dienstlich und fragte: »Wo kommen Sie denn her?«

»Ich habe mir erlaubt, meine Geburtsstätte zu betreten«, sagte Fedor vergnügt, »in solch einem Zelt nämlich wurde ich geboren.«

Der Wärter blickte ihm prüfend ins Gesicht, blinzelte, sein Lächeln wurde breiter, eine aufkommende Begeisterung suchte sich einen Ausdruck, und als kein Zweifel mehr für ihn darüber bestand, woher sein Besucher kam, sagte er mit halblauter Stimme: »Willkommen, herzlich willkommen in unserem Museum«, und an die Mitglieder der Gruppe gewandt sagte er: »Meine Damen und Herren, wer jetzt noch Fragen hat, kann sie sich aus erster Hand beantworten lassen, wir haben einen Besucher hier, der aus dieser fernen Welt stammt.« Er gab Fedor die Hand. Der am Schulsystem interessierten Frau erlaubte er, eine Aufnahme zu machen. Als ihm bestätigt wurde, daß seine Ausführungen über Baschkiren zutreffend waren – Doktor Lagutin meinte: »Zu korrigieren gibt es nichts, wohl aber zu ergänzen« –, senkte er für einen Moment den Kopf. Ermuntert durch das Lob, erkundigte er sich dann, ob Fedor vorhabe, länger in der Stadt zu bleiben; wenn das so sei, würde er sich freuen, ihn als Besucher wiederzusehen, man könnte auch gemeinsam die Cafeteria aufsuchen, dort fände man immer ein stilles Eckchen für ein Gespräch. Fedor legte sich nicht fest. Er sagte: »Fast könnte man meinen, daß Sie sich umgesehen haben in Baschkirien.«

»Noch nicht«, sagte der Wärter, »aber vielleicht schaffe ich's noch mal, dann werde ich Stutenmilch trinken, soll ein Wundertrank sein.«

»Es ist ein wunderbares Getränk«, bestätigte Fedor, »wir glauben, daß Stutenmilch die Muskeln ausbildet und der Haut zu Glanz verhilft, außerdem macht sie gelassen.«

Barbara nahm seinen Arm und sagte lachend: »Das ist das, was ich nötig habe, Fedor, vielleicht können wir ins Geschäft kommen.«

»Dann werde ich ein neues Getränk mixen und es unter die Leute bringen«, sagte Henry, »Stutenmilch mit Wodka, ein Name wird sich finden, vorläufig könnte das Getränk Bawo heißen, abgekürzt für Baschkiren-Wodka.«

»Du hattest schon mal bessere Einfälle«, sagte Barbara und schlug vor, noch einen Blick auf das Kirgisen-Stillleben zu werfen und dann nach Hause zu fahren.

Sie verabschiedeten sich mit Handschlag. Was kirgisisches Leben offenbarte, nahmen sie nur schweigend und flüchtig zur Kenntnis, und sie schwiegen auch auf ihrem ganzen Weg zum Auto.

Erst nachdem sie eine Weile gefahren waren, hatte Barbara das Bedürfnis, etwas zu sagen, sie sprach langsam, wie im Selbstgespräch und als suchte sie nach einer Antwort auf das, was sie bewegte: »Ich weiß nicht, wie einem zumute ist, Fedor, fern von zu Hause, in einem fremden Land – plötzlich steht man vor einem vertrauten Bild, plötzlich blickt man auf einen Ausschnitt heimatlichen Lebens; das muß doch ein eigenartiges Gefühl sein, oder? Ich kann mir vorstellen, daß man den Ort seiner Herkunft anders sieht, ich weiß nicht, wie, aber ich glaube, anders – schon deshalb, weil ein Vergleich sich wie von selbst aufdrängt.«

Und dann fragte sie direkt: »Verstehst du, was ich meine?«

Fedor nahm die brennende Zigarette an, die Henry ihm nach vorn reichte, und sagte: »Gewiß, Barbara, ich verstehe dich gut. Was einer sieht, wenn er heimwärts blickt – aus einer anderen Welt heimwärts blickt –, läßt ihn fast immer staunen; vielen geht es so. Wie klein das alles ist, denkt er, wie dürftig, wie abgelegen, und er denkt vielleicht auch: Wie konnte mir das nur genügen? Für ein paar Sekunden dachte auch ich so, als ich das Zelt sah und meine Leute bei ihrer Tätigkeit und nicht zuletzt die kleine Mädchenfigur mit der Flöte.«

»Aber gefreut, Fedor, hast du dich nicht gefreut?« fragte Barbara.

»Ja, aber mehr noch hat mich das Bild gerührt, und

unwillkürlich empfand ich Mitleid. Und das wird dir manch einer bestätigen: daß Mitleid aufkommt, wenn man heimwärts blickt.«

»In deinem Spiel aber war nichts davon zu merken«, sagte Henry, »ich hörte nur Heiterkeit heraus, wirklich, mitunter glaubte ich, da hüpft jemand vor Freude.«

»Es ist ein altes Lied«, sagte Fedor, »es heißt übrigens: ›Das Geschenk des Jägers‹; ein Jäger kehrt von der Jagd heim und bringt seiner Liebsten etwas mit; seine Erwartung ist groß, er hofft, daß sein Geschenk angenommen wird und sein einziger Wunsch in Erfüllung geht.«

Henry ging darauf nicht ein, er unterdrückte die Bemerkung, die ihm auf der Zunge lag – falls es sich um einen Steppenhasen handelt, wollte er sagen, der dürfte gern angenommen werden; er bedauerte vielmehr, daß er es versäumt hatte, nach Fedors unerwartetem, mit Begeisterung aufgenommenem Flötenspiel eine spontane Sammlung in der Besuchergruppe zu veranstalten; er war sicher, daß da einiges zusammengekommen wäre. Barbara mißfielen seine Bemerkungen; sie suchte seinen Blick im Rückspiegel und schüttelte den Kopf und erhöhte die Geschwindigkeit des Autos, um einen dänischen Kühlwagen zu überholen.

»Wohin fährst du?« fragte Henry, und Barbara darauf: »Zu mir, wir werden allein sein, Mutter ist bei ihren Bridge-Schwestern; du bist doch einverstanden, Fedor?«

»Bitte«, sagte Fedor, »seid nicht enttäuscht, doch ich möchte jetzt ins Hotel; zwei Briefe schulde ich den Leuten zu Hause: einen Brief dem Großvater, einen Brief meinem Professor, dem alten Institutsleiter, er wartet darauf, zu erfahren, woran ich hier arbeite.«

»Kannst du das?« fragte Henry, »ich meine: Darfst du so offen über euer Forschungsprojekt schreiben?«

»Wer sich mit dem Erforschbaren beschäftigt, wer sich

ihm widmet, Henry, stellt bald fest, daß er nicht allein ist. An mehreren Orten wird an den gleichen Problemen gearbeitet, zur selben Zeit. Wir wissen übereinander Bescheid.«

»Also keine Geheimhaltung?« fragte Henry.

»Nein«, sagte Fedor. »Als ich hier anfing, lud mich der Projektleiter ein, er machte mich vertraut mit den bisherigen Forschungsergebnissen, er erwähnte sogar den Erkenntnisstand der Kollegen in Grenoble und Massachusetts, und nach diesem langen Einweihungsgespräch – weißt du, was er nach unserem Gespräch sagte: ›Bedienen Sie sich, Doktor Lagutin‹, das sagte er, ›was der menschliche Geist erkennt, verlangt nach Veröffentlichung, denn es kommt allen zugute.‹«

Und plötzlich las er übergangslos die Aufschrift auf einem zweiten dänischen Kühlwagen, den Barbara überholte: Lebende Forellen. »Die wissen nicht, daß sie unterwegs sind«, sagte Henry. »Vermutlich halten sie den Kühlwagen für die Welt«, sagte Fedor.

Vor dem »Adler« stellte Barbara den Motor nicht ab. Vom Rücksitz aus sah Henry, daß sie ein Päckchen in der Hand hielt, das sie Fedor beim Abschied im Hoteleingang überreichte, er sah auch, wie ungläubig Fedor es entgegennahm, ungläubig und zaghaft. Während Barbara auf ihn einsprach, verbeugte er sich leicht vor ihr, und als sie einen Schritt zurücktrat, nahm er ihre Hand und küßte sie.

»Was war in dem Päckchen?« fragte Henry gleich, nachdem sie sich neben ihn gesetzt hatte.

»Ein Geschenk«, sagte Barbara, »ein kleines Geschenk.« Sie sagte es so gleichmütig, daß Henry sich herausgefordert fühlte und fragte: »Darf man wissen, was es war?«

»Warum mußt du es wissen?« fragte Barbara, »ich

wollte Fedor eine Freude machen, und offenbar hat er sich gefreut.«

»Also willst du es mir nicht sagen?«

»Wart nur ab, Fedor wird es dir bestimmt selbst sagen.«


Albert Bußmann entkorkte die beiden angebrochenen Flaschen, die im Personenzug von Bremen gefunden worden waren, führte, ohne zu zittern, die beiden Flaschenhälse zusammen und ließ, bei berechneter Schräglage, den Rest der einen Flasche – Bommerlunder – in die andere – Steinhäger – fließen. Nichts ging verloren. Ohne Blasen zu werfen und ohne Farbwechsel ging der Bommerlunder im Steinhäger auf, Bußmann nahm einen Probeschluck, schmeckte nach, nahm einen zweiten Schluck und erklärte die Mischung für trinkbar; die volle Flasche schob er unter die geschichteten Reiseplaids.

An diesem Morgen verzichtete Henry auf einen Schluck zur Belebung, er wartete auf Paulas Erscheinen; Bußmann hatte ihm nur sagen können, daß sie ins Krankenhaus gerufen worden war, mehr wußte er auch nicht. Und Hannes Harms, den er vorsichtig um Auskunft gebeten hatte, hatte ihm unbestimmt geantwortet: »Irgendeine Familienangelegenheit.«

Die Unruhe, die Henry über Paulas Ausbleiben empfand, konnte er sich nicht erklären, lustlos verteilte er gefundene und angelieferte Bälle und Bücher auf die Regale, stopfte einen Regenmantel energisch in ein volles Fach, schubste eine Cellophantüte mit Strickzeug und Broschüren zwischen die gemischten Fundsachen und blickte immer wieder auf seine Uhr. Paula, die an jedem Morgen als erste im Büro erschien, kam und kam nicht.

Die Klingel rief ihn zur Ausgabe. Da stand ein schmales, braunhäutiges Mädchen, das sich vorsorglich für die Störung entschuldigte und sich dann erkundigte, ob es hier richtig sei, ob hier die Fundsachen aus den Zügen landeten, auch aus Vorortzügen. Henry bestätigte es mit den Worten: »Hier sind Sie allemal richtig.« Die Stimme des Mädchens gefiel ihm, eine dunkle Stimme, und auch das schulterlange schwarze Haar gefiel ihm, auf dem ein bläulicher Schimmer lag. Bevor er sie fragte, welch einen Verlust sie anmelden wollte, nickte er ihr aufmunternd zu; nur Mut, nur Geduld, wir schaffen schon herbei, was dem Menschen abhanden kommt. Er reichte ihr das Formular der Verlustanzeige und bat sie, es auszufüllen, drüben am schwarzen Pult, ein Bleistift hinge dort an der Schnur. Wie rasch sie das Formular ausfüllte! Im Unterschied zu anderen Verlierern, die sich erstaunlich schwertaten, die Fragen zu beantworten – manche konnten sich nicht einmal an den Zug-Typ erinnern –, trug sie alles Nötige fast ohne zu zögern ein, unterschrieb das Formular mit zusammengepreßten Lippen und gab es Henry. Der blickte zuerst auf den Namen und las halblaut: »Sylvia Frank?«, und das Mädchen sagte: »Mein Künstlername, aber der dürfte ja wohl genügen.«

»Sicher«, sagte Henry, »aber sicher; wie ich sehe, haben Sie auch die Anschrift eingetragen ... Kammerspiele ... wohnen Sie in den Kammerspielen?«

»Nein«, sagte das Mädchen, »ich wohne außerhalb, in Luntförden, in den Kammerspielen bin ich engagiert.«

»Also Schauspielerin«, sagte Henry und ließ sich Zeit bei der Entzifferung der krakeligen Eilschrift, in der der Verlust bezeichnet wurde. Eine durchsichtige Cellophantüte, so las er heraus, Inhalt: ein Textbuch und mehrere Programmhefte, ein halbfertiger Pullover, Strickzeug, zwei Birnen; Wert: unbestimmt.

»Ich konnte den Wert nicht beziffern«, sagte das Mädchen, und Henry darauf, verständnisvoll: »Glaub ich gern, die meisten sind unsicher, wenn sie plötzlich nach dem Wert ihrer Verlustsache gefragt werden.«

»Auf einiges könnte ich ja verzichten«, sagte das Mädchen, »aber das Textbuch, das brauch ich, wir sind mitten in den Proben.«

Henry lächelte überlegen, sein Lächeln enthielt bereits eine Ankündigung, die das Mädchen veranlaßte, sich aufzurichten und ihn blickweis zu begleiten zu den gemischten Fundsachen, wo er sich die Cellophantüte schnappte und, mit ihr schlenkernd, zurückkehrte. Obwohl das Mädchen einen freudigen Überraschungslaut ausstieß, fragte Henry: »Ist es das, was Sie vermissen?« Sie griff nach ihrer Tüte, öffnete sie, holte ein blaues geheftetes Buch heraus und hielt es ihm hin und sagte: »Hier, darauf kam es mir an, wie soll ich Ihnen danken.« Sie blätterte das Buch auf, zeigte Henry die mit hellgrüner Leuchtschrift markierten Sätze und sagte: »Meine Rolle.«

»Und wie heißt das Stück?« fragte Henry.

»›Wetterumschwung‹.«

»›Wetterumschwung‹?«

»Ein Meteorologe spielt die Hauptrolle, ein alter Wetterkundler; eine seiner Voraussagen führt zur Tragödie.«

»Ich verstehe«, sagte Henry, und mit treuherzigem Gesichtsausdruck fragte er: »Und Ihre Rolle? Spielen Sie eine Hochdruckzone oder Orkanböe?«

»Ich kläre die Geschichte auf: Was anfangs wie ein Unfall aussieht, erweist sich zum Schluß als Verbrechen.«

»Ich verstehe«, sagte Henry abermals, und mit vorgegebener Anteilnahme: »Ich vermute, es handelt sich um ein Verbrechen aus Eifersucht, richtig?«

Statt zu antworten, fragte das Mädchen: »Bitte, darf ich jetzt mein Eigentum haben?«

»Nicht ohne weiteres«, sagte Henry, »zunächst müssen

Sie beweisen, daß Ihnen das Fundstück auch wirklich gehört; wir haben unsere Vorschriften.«

»Oh Gott«, sagte das Mädchen, »das ist nicht Ihr Ernst – beweisen? Wie macht man das?«

Sie schien nicht zu bemerken, daß Henry sich einen Spaß daraus machte, ihr einen Eigentumsbeweis abzuverlangen, amüsiert, aber auch ungehalten stand sie vor ihm, und als Henry ihr erklärte, daß er an Vorschriften gebunden sei, sagte sie: »Ich lach mich scheckig.« Er überlegte so, daß ihr nicht verborgen blieb, wie angestrengt er überlegte; auf einmal nahm er ihr das Textbuch ab, schlug es willkürlich auf, murmelte: »Zweiter Akt, zweite Szene, ich hoffe, Sie erinnern sich.«

»Selbstverständlich«, sagte das Mädchen, »die Szene spielt im Meteorologischen Institut, aber was soll das?«

»Ist Doktor Peukert der Wetterkundler?«

»Mhm.«

»Und die Lore, das sind Sie?«

»Ich spiele die Lore, ja.«

»Dann wissen Sie wohl auch, was Sie diesem Doktor Peukert antworten müssen; er sagt hier: ›Aber die Tiefdruckrinne über den Britischen Inseln hatte zunächst nicht die Tendenz, sich nach Osten zu verlagern.‹«

Das Mädchen zuckte die Achseln, gleichmütig sagte sie: »Also wenn Sie darauf bestehen: Ich antworte ihm: ›Aber man hätte es vermuten können.‹«

Henry sagte: »Darauf entgegnet Doktor Peukert: ›Wir veröffentlichen keine Vermutungen, sondern gesicherte Erkenntnisse.‹«

»›Nordwestliche Winde waren vorausgesagt‹«, fiel das Mädchen rollengerecht ein, »›zunehmend Stärke sieben, mit Böen, die ließen doch einiges vermuten; jedenfalls wäre Dieter nicht hinausgefahren, und das Unglück wäre nicht passiert.‹«

Henry las mit sicherer Stimme: »›Wir vertrauen unseren Instrumenten. Ihre Meßdaten sind verläßlich, im allgemeinen zumindest. Es ist sinnlos, die Instrumente zu beschuldigen, wenn die Natur sie ins Unrecht setzt, und wir könnten unsere Arbeit einstellen, wenn wir die gemessenen Daten nur unter Vorbehalt weitergeben dürften. Das weißt du doch, Lore.‹«

»›Du müßtest dich sprechen hören‹«, nahm das Mädchen den Text auf, »›als wäre ich immer noch deine Assistentin: So sprichst du.‹«

Henry klappte das Textbuch zu, er sah zum Büro von Harms hinüber, vor dem plötzlich Paula stand und hineingrüßte und anscheinend ein paar knappe Antworten gab, dann von oben her Bußmann zuwinkte und schließlich ihn musterte mit einem langen, deutbaren Blick.

»In Ordnung«, sagte Henry zu dem Mädchen und reichte ihm Textbuch und Cellophantüte: »Sie haben mich überzeugt, diese Sachen gehören bestimmt Ihnen.«

»Darf ich jetzt gehen?«

»Unterschreiben«, sagte Henry, »Sie müssen noch die Empfangsbestätigung unterschreiben, und außerdem bekomme ich noch eine Bearbeitungsgebühr, dreißig Mark.«

»Dreißig Mark?«

»Wenn es Ihnen schwerfällt, können Sie auch später bezahlen.«

Den überschwenglichen Dank des Mädchens nahm er kaum zur Kenntnis, immer wieder sah er zu Paula hin, die sich auf eine einladende Geste von Harms auf den Besucherstuhl gesetzt hatte und sich befragen ließ, wobei sie ihr Gesicht gesenkt hielt. Einmal reichte Harms ihr ein Papiertaschentuch, das sie in der Hand zusammenpreßte. Als er sie entließ, gab er ihr eine Liste und legte lose seinen Arm um sie, wie Schutz anbietend. Mit der

Liste in der Hand und den Schlüsseln, die Paula aus ihrem Schreibtisch holte, ging sie zu dem Wertsachenschrank und schloß ihn auf und begann, die einzelnen Fundsachen zu überprüfen. Sie merkte nicht, daß Henry ihr folgte und still hinter ihr stand und beobachtete, was sie verglich und notierte. Erst als er eine Hand an ihr vorbeischob, um ein paar Perlen aufzufangen, die von einer zerrissenen Kette herabrieselten, wandte sie sich um.

»Nimm die Hand weg«, sagte sie, und die Schärfe des Tons ließ ihn aufhorchen.

Henry legte die aufgefangenen Perlen in den Schrank, er versuchte, Paulas Blick zu begegnen, doch sie wich ihm aus und hielt sich demonstrativ an ihre Aufgabe. »Was ist los?« fragte er, »ich möchte dir nur einen Vorschlag machen.«

»Behalte ihn für dich«, sagte Paula. Ihre Zurückweisung machte ihn so ratlos, daß er es nicht wagte, ihre Schulter zu berühren, er wollte Paula bereits ihrer Arbeit überlassen, als er sich an Bußmanns Erklärung für ihre Abwesenheit erinnerte und fragte: »Du wurdest ins Krankenhaus gerufen?«

Da sie nicht antwortete, fügte er hinzu: »Etwas Ernstes?«

»Das müßtest du doch wissen«, sagte sie, von ihm weg sprechend.

»Ich?« fragte er, »ich weiß nicht, wovon du redest.«

»Tu nicht so, du warst dabei.«

»Wo soll ich dabeigewesen sein? Du mußt schon deutlicher werden.«

»Ihr habt sie überfallen«, sagte Paula erbittert, »ihr habt sie zusammengeschlagen mit euren Hockeyschlägern, Hubert liegt mit einer Gehirnerschütterung, mein Bruder weiß, daß du dabei warst.«

»Hör zu, Paula«, sagte Henry, »es kann sein, daß ein

paar Spieler aus meiner Hockey-Mannschaft aufräumen wollten ... Sie wußten, was diese Burschen mit ihren Motorrädern machen ... diese Treibjagden, diese Drohungen und Belästigungen. Dein Bruder gehörte ja dazu. Meine Kameraden wollten ihnen wohl mal einen Denkzettel verpassen, weiter nichts ... Übrigens haben sie auch mich einmal in die Zange genommen, und einen Freund haben sie so gehetzt, daß er zeitlebens eine Narbe behalten wird.«

»Warum gibst du nicht zu, daß du bei dem Überfall dabei warst?«

»Ich war nicht dabei, Paula.«

»Aber Hubert hat gehört, wie einer deinen Namen rief.«

»Das ist unmöglich, vielleicht hat er einen ähnlichen Namen gehört, Hanno vielleicht, einer unserer Spieler heißt Hanno.«

Paula sah ihn zweifelnd an, sie lehnte die Zigarette ab, die er ihr anbot, und dann sagte sie mit fordernder Stimme: »Aber einverstanden, gib doch zu, daß du einverstanden warst mit dem Überfall ... daß sie mit ihren Hockeyschlägern loszogen und auf Kommando zuschlugen: Das war doch in deinem Sinne, oder?«

An der Art, wie sie eine Brosche in den Schrank zurücklegte, erkannte er ihre Weigerung, das Gespräch mit ihm fortzusetzen. Paula wollte ihm nicht glauben, dennoch hatte er das Bedürfnis, ihre Unterstellung zurückweisen zu müssen.

»Ich hab sie nicht angestiftet oder überredet zu dieser Aktion«, sagte er, »und damit du es genau weißt: Ich glaube immer noch, daß man versuchen sollte, mit ihnen zu reden. Ich wollte es einmal schon allein tun, aber ich begegnete ihnen nicht. Es müßte doch möglich sein, Paula ... zusammenfinden ... miteinander reden ... zuhören, was jede Seite zu sagen hat. Ich bin gegen Gewalt, ich hasse Gewalt.«

Tief langte Paula in den Wertsachenschrank hinein, tastete, stöberte, brachte eine kleine Goldmünze zum Vorschein, die mit einer Anstecknadel versehen war; und während sie die Jahreszahl zu entziffern versuchte, sagte sie: »Ach, Henry, du glaubst ja selbst nicht, was du sagst; du gibst immer nur deinen Einfällen nach, manchmal habe ich den Eindruck, du tust alles nur vorläufig, nur das, was dir gerade in den Sinn kommt; das ist vielleicht genug für den Augenblick, ist auch unterhaltsam, aber ich glaube, daß wir von uns mehr erwarten sollten.«

»Und was sollte das sein?« fragte Henry lächelnd.

»Wie traurig, daß du es nicht weißt«, sagte Paula und nannte die gefundene Jahreszahl 1789. Auf ihrem Gesicht erschien ein Ausdruck von Unwillen, der änderte sich auch nicht, als Henry ihr zu verstehen gab, daß er enttäuscht sei, enttäuscht darüber, daß sie offenbar kein Interesse zeigte für seinen Vorschlag. »Du hättest es dir zumindest anhören können, anhören kostet nichts.«

Paula zuckte die Achseln, und ohne ihre Tätigkeit zu unterbrechen, sagte sie jetzt: »Also los, wohin soll die Reise diesmal gehen? Du hast dir schon einmal etwas Besonderes ausgedacht.«

Henry überhörte die sanfte Ironie; unsicher, ob Paula auf seinen Vorschlag eingehen würde, erklärte er zunächst, daß er alles bedacht und auch schon eingeleitet habe, seine Schwester sei bereit, ihm ihren Wagen zu leihen für ein Wochenende, ins Auge gefaßt habe er die Ostseeküste, da, wo sie nicht überlaufen sei von Leuten aus dem Ruhrgebiet. Paula machte Haken auf ihrer Liste. Einen Picknickkorb wollte er sich aus dem Fundbüro ausborgen, desgleichen eine Zeltplane, für ein paar Tage könnte man das wohl riskieren. Er wartete oder hoffte auf eine Reaktion, doch Paula hob einen mit einem Halb-edelstein besetzten Löffel ins Licht, ließ den Stein bei leichter Verkantung auffunkeln und machte einen Haken. Verliebt in seinen Entwurf, stellte er ihr einen Platz in den Dünen vor oder eine Lagerstelle dicht am Wasser, dort könnten sie sich in Badeanzügen schmoren lassen und nach Lust in die erstaunlich saubere Ostsee tauchen.

»Und falls es regnet?« fragte Paula spöttisch, und Henry darauf: »Falls es regnet, könnten wir in das Städtchen fahren, dort gibt es das größte Aquarium weit und breit. Dorsche und Rochen kann man da bewundern, aber auch Aale und junge Heringshaie, ich war selbst schon mal da. Was meinst du?«

»Vielen Dank! Fahr allein.«


Zuerst hörte er nur dieses verstümmelte Selbstgespräch, Laute der Ungläubigkeit, der Erbitterung, manchmal hörte er auch ein kurzes höhnisches Auflachen, doch das bewog Henry nicht, Bußmann an seinem Arbeitsplatz aufzusuchen. Er erlebte nicht zum ersten Mal, wie der alte Fahnder sich Luft machte, wie er bei der Ermittlung von Verlierern Verwünschungen ausstieß, sich verwundert zeigte oder derben Spott äußerte. Bußmann hatte die Angewohnheit, bei der Arbeit mit sich selbst zu reden, es gab Augenblicke, in denen er sich ansprach wie einen anderen: Was meinst du, Albert; jetzt bist du wohl auf dem Holzweg, Albert. Plötzlich aber hörte Henry, wie eine Flasche auf den Boden fiel, vernahm das Ächzen einer mühsamen Anstrengung, und er schlüpfte zwischen den Regalen hindurch und sah Bußmann auf dem Boden knien und nach der weggerollten Flasche langen. Es ge-lang ihm, die leere Flasche zu packen, er trug sie zu seinem Arbeitstisch und knallte sie auf einen Brief. Henry entging nicht, daß Bußmann leicht schwankte und sich erleichtert auf einen Hocker fallen ließ.

»Gut, daß du kommst, Henry«, sagte er und deutete auf den verstreuten Inhalt eines Koffers, »das alles kannst du wieder einpacken, den Verlierer hab ich schon für dich ermittelt, scheint ein Sammler zu sein, ein Sammler von unbezahlten Rechnungen und Mahnungen, wohnt in Hamburg, hier.«

Er reichte Henry einen großen Umschlag und sagte: »Immerhin, mein Junge, immerhin hab ich den letzten Fall gelöst, jetzt kannst du das Weitere übernehmen, die Reisetaschen da und die beiden Pakete und die Stoffbeutel, du hast in kurzer Zeit viel gelernt, du wirst die Eigentümer schon finden.«

Verdutzt blickte Henry ihn an. »Was ist los, willst du Urlaub nehmen?«

»Schluß machen«, sagte Bußmann, »sie haben es für richtig gefunden, mich abzuschieben aufs ›Tote Gleis‹.«

»Dich?« fragte Henry.

»Wenn du's nicht glaubst, dann lies den Brief, da, unter der Flasche, da steht's: Vorruhestand, Versetzung in den Vorruhestand, im Zuge der Bahnreform; sie nennen es Personalanpassung.«

»Das können die doch nicht machen«, sagte Henry, »wie soll denn das hier weitergehen, einer muß doch den Laden schmeißen, und keiner hat so viel Erfahrung wie du, dir kann keiner das Wasser reichen.«

»Ach, Henry, wir alle sind ersetzbar, du glaubst nicht, wie leicht wir ersetzbar sind, man sollte sich das nur früh eingestehen. Eine Tür fällt zu: Einer ist gegangen; eine Tür wird geöffnet: Einer kommt.« Eine Weile sah er ratlos Henry an, nickte, biß sich auf die Lippen, dann sagte er: »Mir tut nur mein Alter leid, ich weiß nicht, wie ich's ihm beibringen soll, er nimmt alles persönlich, auch

solch eine Versetzung in den Ruhestand nimmt er persönlich.«

»Und Harms«, fragte Henry und zeigte auf das verglaste Büro, »was sagt Hannes Harms dazu?«

»Er hat mir den Brief gegeben«, sagte Bußmann, »er
hat mir die Hand auf die Schulter gelegt und meinte nur:
›Sie wollen dir ein paar Jahre schenken, Albert, anscheinend hat der Gutachter herausgefunden, daß es dir gut-
tut‹; mehr sagte er nicht«, korrigierte sich aber sogleich
und fügte hinzu: »Er sagte auch noch: ›Wir bleiben selbstverständlich in Verbindung, Albert, nach all den gemeinsamen Jahren sollte man sich doch nicht aus den Augen
verlieren.‹«

Henry kannte diese Vertröstung, diese wertlose Be-
schwichtigung, die den Abschied erleichtern sollte, er
ging darüber hinweg und fragte, ob Harms nicht noch
mehr gesagt habe, ob er nicht bereits einen Nachfolger
erwähnt habe, man entlasse doch keinen, ohne an einen
Ersatz zu denken.

»Hannes hat nichts von einem Nachfolger gesagt.«

»Aber wir brauchen doch einen«, sagte Henry.

»Das ist nicht meine Sorge, Junge, aber wenn ich mir
einen wünschen dürfte, du wärst schon der Richtige, du
würdest den Laden hier schon schmeißen, auf deine Art.«

Bußmann machte eine wegwerfende Handbewegung,
er grimassierte, stand ruckhaft auf und sackte, ohne festen
Stand erreicht zu haben, auf den Hocker zurück.

»Wenn du willst, Henry, lege ich ein Wort für dich
ein.«

»Danke«, sagte Henry, »aber mir liegt nicht daran.«

Besorgt sah er zu, wie Bußmann aufzustehen versuchte,
er faßte ihn unter den Arm, ermahnte ihn und fragte:
»Was meinst du, Albert, soll ich dich nach Hause bringen? Es geht sowieso auf Feierabend.«

»Von mir aus, laß uns gehen«, sagte Bußmann, »die letzten Minuten darf ich mir heute wohl freigeben.«

Henry bugsierte seinen alten Kollegen durch die Bahnhofshalle, über den Bahnhofsplatz, er hielt ihn vor Verkehrsampeln fest, er bewahrte ihn davor, gegen ein Absperrseil vor einer Baugrube zu laufen, auf ihrem Weg sprachen sie kaum. Dann und wann blieben Leute stehen und musterten sie interessiert, manchmal drehten sie sich um und blickten ihnen nach, ungewiß, warum der Ältere der Stütze bedurfte. Auf der Brücke blieben sie stehen, Bußmann umfaßte das Geländer und nickte auf den Kanal hinab; ein Ponton hatte dort festgemacht, Männer in schlammbespritzten Wathosen räumten den Grund ab. Mit Spezialharken und an Leinen befestigten Haken holten sie herauf, was unter der öltrüben Oberfläche im Schlamm steckte, Sprungfedern und Autoreifen, Konservendosen zuhauf, einen schmiedeeisernen Stuhl, einen Stahlhelm, ein Fahrrad; alles, was sie ans Licht brachten, warfen die Männer in eine Schute. Stiefel, mit Schlick gefüllt, flogen in die Schute, ein Medizinschränkchen flog über die Schute hinweg und versank wieder im Kanal, eine Kinderkarre erhöhte den Hügel mit Gerümpel.

»Keine Eigentümer«, murmelte Henry, »für diesen Kram gibt es keine Verlustmeldungen.«

Er dachte: Abgestoßen, versenkt. Das meiste heimlich versenkt, im Dunkeln. Entledigt. Namenlose Fundsachen. Nicht verloren, vergessen – entsorgt. All die Dinge unter Wasser, auf dem Grund der Flüsse, der Seen. Auf dem Grund der Meere. Untergegangen. Abgesoffen.

»Das Zeug will keiner zurückhaben«, sagte Bußmann, und Henry darauf: »So ist es, hier hätten wir nichts zu tun.«

Beide winkten den Männern auf dem Ponton zu, beobachteten noch, wie die riesige Harke ein Stück verrosteten Abflußrohrs aus dem Kanal fischte, dann gingen sie weiter.

Sie schwiegen, bis sie vor dem Haus standen, in dem Bußmann wohnte. Henry öffnete die Haustür und gab zu verstehen, daß er mit hinauf wollte, doch Bußmann setzte sich auf eine Treppenstufe und schüttelte den Kopf: Weiter wollte er nicht begleitet werden, nicht bis in die Wohnung. Er dankte Henry für die Begleitung, er reichte ihm die Hand, ohne ihn anzusehen, danach griff er in seine Jackentasche, vermutlich, um sich zu vergewissern, daß er den Brief mitgenommen hatte.

»Schaffst du es wirklich allein, Albert?«

»Es sind nur noch ein paar Stufen.« Henry wollte ihn allein lassen und konnte es nicht, er blickte die Treppe hinauf, als schätzte er die Mühe ab, die noch vor Bußmann lag, einen Augenblick erwog er auch, sich neben ihn zu setzen und eine Zigarette zu rauchen, aber er tat es nicht, denn Bußmann zog sich an einer Stütze des Geländers hoch und lächelte ihm zu.

»Mach's gut, Albert«, sagte Henry, und leise noch einmal: »Mach's gut«, und dann verließ er ihn.

Beim letzten Blick von der Haustür her wußte Henry bereits, wohin er gehen würde; zielbewußt und ohne auf der Brücke stehenzubleiben, kehrte er zum Bahnhof zurück und steuerte auf den mächtigen Klinkerbau zu, in dem die Verwaltung der Bahn tätig war. Ein blaues DB-Logo prangte über dem Eingang. Das Mädchen am Empfang, das mitbekam, wie er sich mit einem Sprungschritt aus der Drehtür rettete, nickte ihm anerkennend zu, ein hübsches Mädchen, das die Kleidsamkeit der Bahnuniform bewies; während es telephonierte, zog es mit einer Hand den widerwilligen Rock glatt.

»Darf ich noch mal Ihren Namen wissen?«

»Neff«, sagte Henry, »und ich möchte gern Richard Neff sprechen, er ist mein Onkel.«

Henry wandte sich ab und betrachtete einen Stich, der die Eröffnung der ersten Eisenbahnverbindung zwischen Nürnberg und Fürth feierte; dabei entging ihm nicht, wie die selbstbewußte Stimme des Mädchens am Empfang sich veränderte, erbötig wurde, rasch zur Kenntnis nahm: »Ja, ich verstehe.«

Sie bat Henry, noch einen Moment zu warten, oben sei gerade Besuch. Henry betrachtete die offenen Wagen des ersten Zuges, er schmunzelte beim Anblick der kühnen Passagiere, die der Fahrtwind zauste, einem flog der Hut davon, ein anderer versuchte, seinen meterlangen Schal zu bergen, man winkte mit Taschentüchern, hielt Weinflaschen hoch, aufgerissene Münder ließen ahnen, daß da gesungen wurde.

»So fing es damals an«, sagte das Mädchen, das Henrys Interesse bemerkte, »muß wohl ein Abenteuer gewesen sein.«

»Es scheint so«, sagte Henry, »darum waren Fundbüros überflüssig. Vergeßlichkeit, so wie wir sie erleben, ist eine Erscheinung der Neuzeit.«

»Sprechen Sie aus Erfahrung?«

»Ich erleb's jeden Tag; ich arbeite im Fundbüro.«

»Bei uns? Wie interessant.«

»Ja«, sagte Henry, »so kann man es nennen: interessant.«

Das Mädchen hob den Hörer ab, nickte, sagte nur: »Ich werd's ausrichten«, und gab Henry den Weg frei. »Zimmer hundertelf.«

Die Vorzimmerdame grüßte ihn freundlich und wies auf die offene Tür, er erblickte sogleich seinen Onkel, der hinter einem riesigen Schreibtisch saß, den Kopf schräg gelegt, als bewertete, prüfte er da etwas, ein schmerzlicher

Ausdruck lag auf seinem knochigen Gesicht, anscheinend, dachte Henry, wird ihm da ein schwerwiegendes Urteil abverlangt. Sein Onkel erhob sich bei seinem Eintritt und begrüßte ihn mit den Worten: »Sieh da, sieh da, findest du auch mal zu mir?«, und ohne Henrys Gruß oder eine Erklärung für den unerwarteten Besuch abzuwarten, deutete er auf einen Mann, der mit beiden Händen ein Plakat hielt.

Der Mann trug eine verblichene Fliegerkombination, sein langes Haar war im Nacken zu einem Zopf gesammelt, der von einem Gummiband befestigt war. Ein Künstler, dachte Henry, und er behielt recht. »Darf ich mal bekannt machen: Herr Neff, Herr Ewert«, und auf das Plakat weisend, fuhr Henrys Onkel gleich fort: »Herr Ewert hat uns gerade seinen letzten Entwurf gebracht, bald soll er als Aufkleber in allen Zügen zwischen Flensburg und München zu sehen sein. Und werben. Für die Deutsche Bundesbahn werben. Na, was meinst du, Henry?« Nachdem Henry den Künstler knapp begrüßt hatte, trat er zurück und betrachtete das Werbeplakat. Es zeigte auf einer Hälfte einen jungen, sehr gut aussehenden Fahrkartenkontrolleur, der einer beleibten Frau die Fahrausweise freundlich zurückgab; auf der anderen Hälfte servierte eine schöne Schaffnerin einer offenbar vergnügten Herrengesellschaft Bier in Dosen. Ein über beide Plakathälften laufender Text fragte: Gehen Sie gern mit Menschen um? Sind Sie zuverlässig? Sind Sie zwischen zwanzig und fünfundzwanzig Jahre alt? Und in roter Schrift erfolgte die Aufforderung: Dann bewerben Sie sich als Service-Fachkraft für den öffentlichen Personenverkehr.

»Na, Henry, wie gefällt's dir?«

Henry zuckte die Achseln, er trat näher an das Plakat heran, er tippte mit dem Finger auf die schöne Schaffnerin und fragte den Künstler: »Soll das Claudia Schiffer sein?«

»Wie kommen Sie darauf?« fragte der Künstler, und Henry, gelassen: »Die Ähnlichkeit ist nicht zu übersehen, ich hoffe nur, sie ist damit einverstanden, für den Service der Bahn zu werben.«

»Dann betrachten Sie mal den Mund«, sagte der Künstler. »Claudia Schiffer hat einen ganz anderen Mund.«

»Worum geht's?« fragte Henrys Onkel, der den Grund ihrer Meinungsverschiedenheit nicht verstehen konnte, »wer soll wem ähnlich sehen?«

»Die Schaffnerin«, sagte Henry, »sie hat eine verdammte Ähnlichkeit mit Claudia Schiffer; ich sag es nur, weil die ein Recht auf ihr Gesicht hat.«

»Kein Problem«, sagte der Künstler, »wenn Sie Bedenken haben, mache ich der Dame einen Barockmund, einen Barockengel-Mund, mit einem herzigen Dreieck in der Oberlippe.«

»Die Dame muß schon gut aussehen«, sagte Henrys Onkel.

»Klar«, sagte Henry, »die Bahn braucht schöne Menschen; ich möchte nur darauf hinweisen, daß Claudia Schiffer ein besonderes Recht auf ihr Gesicht hat, sie ist weltberühmt, als Model, sie hat ihren Preis.«

»Gut«, sagte der Künstler, »um allen Schwierigkeiten zu entgehen, kriegt die Schaffnerin einen Flötenspieler-Mund, okay?«

Auf eine Entscheidung wartend, blickte er Henrys Onkel an, und als er schließlich die Entscheidung hörte – »Machen Sie mal« –, mußte er sich Mühe geben, seinen Unwillen zu verbergen.

Mit Henry allein, verließ sein Onkel den Platz hinter dem großen, leeren Schreibtisch, er stellte sich mit dem Rücken zum Fenster und wollte wissen, ob zu Hause alles in Ordnung sei und wie es Barbara ginge; daß die

sich auf die regionalen Kanu-Meisterschaften vorbereite-
te, fand seine Anerkennung, und daß Henrys Mutter eine
Erholungsreise an die bayerischen Seen plante, nahm er
mit einem sparsamen Lächeln zur Kenntnis.

»Schön«, sagte er, »schön, schön.«

Dann aber wollte er wissen, wie es Henry auf seiner
Arbeitsstelle gefiel, im Fundbüro, wie er mit den Kollegen auskomme, welch ein Klima herrsche, ob der Lohn
ihn zufriedenstelle, und dabei gab er zu verstehen, daß er
schon früher mit Henrys Besuch gerechnet hatte.

»Ich hätte es gern gesehen, wenn du schon früher mal
den Weg zu mir gefunden hättest.«

Alles, was Henry auf seine Fragen antwortete, überraschte ihn nicht, er schien es bereits zu wissen, gemächlich brannte er sich eine Zigarre an und schaute schweigend den Ringen nach – überzeugt davon, daß Henry
unaufgefordert den Grund seines Besuches nennen werde. Und Henry tat es. Obwohl er seinen Onkel und ho-
hen Vorgesetzten noch nie um etwas gebeten hatte, sagte
er: »Heute, Onkel Richard, möchte ich dich um etwas
bitten, deshalb bin ich hier.«

»Willst du versetzt werden?«

»Nein.«

»Also worum geht's?«

»Um einen Kollegen, einen älteren Kollegen, er heißt
Albert Bußmann; man will ihn abschieben, in den soge-
nannten Vorruhestand.«

»Und was erwartest du von mir?«

»Könntest du nicht veranlassen, daß er noch ein paar
Jahre bei uns bleibt? Er ist bestimmt der beste Mann, den
es für ein Fundbüro gibt. Und außerdem –«

»Ja?«

»Außerdem: Er lebt mit seinem sehr alten Vater zusammen, er sorgt für ihn, ich bin bei ihnen zu Hause gewesen,

es wäre bestimmt nicht gut, wenn die beiden den ganzen Tag aufeinandersäßen. Kannst du nicht etwas veranlassen?«

Henrys Onkel legte die Zigarre in den Aschenbecher, einen Moment blickte er Henry verwundert an, plötzlich fragte er, ob er ihm etwas anbieten könnte, Kaffee vielleicht oder Tee, auch Tee sei noch da, doch Henry verzichtete. Henry hoffte auf eine Zusage.

Sein Onkel stand auf. »Daß du zu mir kommst, Henry, um dich für einen alten Kollegen zu verwenden, das freut mich, das findet meinen Respekt. Aber was du von mir erwartest, das liegt außerhalb meiner Möglichkeiten, ich kann da nichts machen; wir sind mitten in einer Bahnreform, und dazu gehört eine Personalanpassung; dieser Anpassung liegen Gutachten zugrunde, verstehst du? Und damit du auch das weißt: Uns ist aufgegeben, die Personalkosten um mehr als drei Milliarden zu senken, und um das zu erreichen, müssen wir die Personalstruktur verändern.«

Henry nahm das letzte Wort auf, er sagte: »Verändern – das heißt doch wohl kündigen, heißt Stellen streichen, oder?«

»Es wird sich nicht vermeiden lassen, doch dies soll sozial verträglich geschehen.«

»Ich begreif es nicht; einerseits sollen viele entlassen werden, andererseits macht die Bahn Angebote.«

»Das gehört zu den Gesetzen der Sanierung«, sagte Henrys Onkel; »zunächst müssen wir von dem erheblichen Schuldenberg runter, und um das zu erreichen, müssen einige tausend in den Vorruhestand wechseln.«

Henry tat, als grübelte er über den Zusammenhang von Schuldenberg und Entlassungen nach, auf einmal lächelte er, lächelte in seiner gewohnten Treuherzigkeit, und ohne seine Stimme zu verändern, sagte er: »Das wäre die ideale

Lösung, für mich: Du schickst mich in den Ruhestand, und Albert Bußmann kann bleiben. Vorruhestand, das ist genau der Zustand, in dem ich seit langem ankommen möchte.«

Unsicher, ob Henry das nur spaßhaft gemeint hatte, blickte sein Onkel ihn an, dann seufzte er, schüttelte den Kopf und sagte: »Sechsundzwanzig, nicht? Wenn ich richtig gezählt habe, bist du jetzt sechsundzwanzig.«

»Vierundzwanzig«, sagte Henry.

»Noch schlimmer«, sagte sein Onkel, »vierundzwanzig und träumt vom Vorruhestand. Großer Gott, wenn ich daran denke, was ich mit vierundzwanzig schon hinter mir hatte; jedenfalls hatte ich meine Schiene schon gelegt, hatte ein Ziel vor Augen – hast du überhaupt ein Ziel?«

»Was meinst du damit?«

»Tu nicht so, du weißt genau, was ich meine: die Position, auf die man hinarbeitet, die einem entspricht und in der man am meisten bewirken kann, oder doch glaubt, es tun zu können.«

Henry dachte einen Augenblick nach, dann sagte er heiter: »Wenn ich das Wort ›Ziel‹ höre, dann denke ich gleich an Zielbahnhof und höre die Durchsage: Endstation, hier Endstation, alle aussteigen.«

»Es tut mir leid, Henry, aber ich finde diese Einstellung nicht lustig, finde sie ganz und gar nicht lustig. Man muß sein Leben doch rechtfertigen, oder? Eine gewisse Zeit kann man wohl so dahinleben, kann die ersten Jahre vergeuden, aber irgendwann kommt der Zeitpunkt, an dem man seine Wahl treffen und handeln muß. Du gibst mir doch wohl das Recht, dir zu sagen, daß ein Mann mit deinen Fähigkeiten weiter sein könnte, viel weiter.«

»Klar hast du dies Recht«, sagte Henry, »aber ich bitte dich, zu verstehen, daß mir nichts daran liegt, weiterzukommen, ich will nicht aufsteigen, will nicht die von dir erwähnte Position erklimmen; das überlasse ich gern anderen.«

»Was willst du dann?«

»Daß ich mich wohl fühle bei der Arbeit und daß man mich zufrieden läßt, verschont von allem Gerenne und Getöse.«

Henrys Onkel begann ärgerlich zu werden. »Dann such dir mal eine Welt«, sagte er, »die dir alles erlaubt, was du zu deinem Wohlgefühl brauchst, eine Welt, in der du ganz nach deinen Bedürfnissen leben kannst; ich fürchte, du wirst lange suchen müssen. Im übrigen solltest du nicht vergessen, daß man sich auch den Vorruhestand erst verdienen muß, erarbeiten, verdienen.«

»Ich habe verstanden«, sagte Henry. Er stand auf. Er wollte sich verabschieden, als das Telephon ging. Sein Onkel nahm den Hörer ab und sprach ihrer beider Namen so scharf aus, daß Henry sich an das Geräusch eines Schusses erinnert fühlte, an die kindliche Nachahmung eines Schusses. Wie verkrampft sein Onkel auf einmal dastand, eine Weile sagte er kein einziges Wort, schwieg und ließ sich berichten oder melden, einmal wechselte der Hörer vom rechten zum linken Ohr, Henry hörte seinen beschleunigten Atem. Nachdem er den Hörer aufgelegt hatte, suchte sein Onkel Henrys Blick, stockend sagte er: »Zum zweiten Mal, das ist das zweite Unglück in diesem Jahr.«

In sein Schweigen hinein fragte Henry: »Ein Zugunglück?«

Sein Onkel brauchte Zeit, um ihm zu antworten; als hätte er Mühe, sich zu erinnern, schloß er die Augen, dann sagte er: »Beim Einlaufen, jemand hat sich vor den Zug geworfen beim Einlaufen, Bahnsteig vier.«

»Ein Mann?« fragte Henry, und sein Onkel, nach einer Pause: »Ein Mädchen, ein junges Mädchen, es ist das zweite Unglück in diesem Jahr; sie hat sich vor den ›Wilhelm Raabe‹ geworfen, beim Einlaufen, ja.«

Er preßte die Lippen zusammen, er schüttelte sich wie in Abwehr, murmelte etwas, aus dem Henry nur das Wort »Bahnhofsmission« verstand; dann ging er zur Tür. Offenbar wollte er nicht begleitet werden. Bevor er Henry allein ließ, erinnerte er ihn an die versprochenen Ehrenkarten zum sonntäglichen Eishockeyspiel: »Wir möchten dich endlich mal in Aktion sehen, wir kommen alle.«

Mehr wollte er nicht sagen und war schon auf dem Gang, da lief Henry ihm nach: »Einen Augenblick noch, Onkel Richard, eine Frage nur noch.«

»Ja?«

»Diese Personalanpassung, du hast von einer Personalanpassung gesprochen: Betrifft die auch das Fundbüro?«

»Alle Bereiche; wenn ich mich nicht irre, muß bei euch eine Stelle abgebaut werden.«

»Gut«, sagte Henry, »das wollte ich nur wissen.«

Er verharrte; während sein Onkel mit kurzen, aus den Unterschenkeln geworfenen Schritten davonging, dachte er: So geht ein wichtiger Mann. Langsam folgte er ihm bis zur Höhe des Konferenzraums, die Tür stand offen, Henry trat ein und erblickte sofort das große Ölporträt eines backenbärtigen Mannes, der gleichmütig auf den Konferenztisch herabschaute. Henry war sicher, vor dem Porträt eines längst verstorbenen Bahnpräsidenten zu stehen, und verließ den Raum.


Zwei Gäste durfte Doktor Lagutin zur Studenten-Fete der TH mitbringen, und er freute sich, daß Barbara und Henry sogleich bereit waren, seine Einladung anzunehmen. Die Geschwister holten ihn vom »Adler« ab, Barbara war begeistert von seinem hochgeschlossenen Russenkittel, sie zweifelte nicht, daß solch ein Stück auch ihr stehen würde. Den Talisman, den er an einem Lederbändchen vor der Brust trug, erklärte er als aufgehende Steppensonne, und als Henry die Weichheit und Feinheit seiner Stiefel lobte – er glaubte ihnen diese Qualitäten ansehen zu können –, versprach Fedor, ihm bei nächster Gelegenheit ein Paar zu verschaffen, mit Schmuckband am Schaft.

Barbara fuhr, und sie, die immer sicher war, einen Parkplatz zu finden, fand auch diesmal einen: Da sie Fedor Lagutin begleitete, stellte sie sich auf einen der Plätze, die für den Lehrkörper reserviert waren. Ein Student, der sich am Eingang zur Mensa die Eintrittskarten zeigen ließ, hieß sie freundlich willkommen zum »Abend des Jahres«, danach legte er die Karten in den Bauchschlitz einer würfelköpfigen Gestalt, in der es zu knacken und zu knistern begann. Die Augen des metallenen Kolosses flackerten, die beiden Antennen, die aus dem Kopf herausragten, bewegten sich suchend, erfaßten die Angekommenen, und nach einem schnarrenden Geräusch sprach der Koloß: »Es ist uns eine Ehre, Doktor Lagutin und seine Gäste zu begrüßen, Sie sitzen am Tisch Nummer zwei. Wir wünschen einen angenehmen Abend.«

»Hast du das gehört?« fragte Barbara.

»Das ist Leopold«, sagte Fedor, »er kann noch mehr, Leopold ist in der Lage, Intelligenz zu messen.«

»Darauf wollen wir uns wohl nicht einlassen«, sagte Henry, »zumindest nicht heute abend.«

Viele ältere Gäste saßen bereits an den Tischen, Eltern der Studenten, aber auch Professoren und Sponsoren mit ihren Familien; vermutlich waren Glenn Millers Melodien, die zur Begrüßung gespielt wurden, ihnen zugedacht. An beiden Nebentischen – Henry erkannte es auf einen Blick – wurde Sekt getrunken, er und Barbara bestellten Coca und Rum, Fedor, nach einigem Zureden, bayrisches Bier. Kaum standen die Getränke vor ihnen, da prostete ihnen ein vierschrötiger Mann, der eine Nelke am Revers trug, zu, auch das sehr junge Mädchen, das neben ihm saß und nicht aufhören wollte, seine heitere Stimmung zu zeigen, hob ihnen sein Glas entgegen.

»Kennst du die?« fragte Barbara.

Fedor schüttelte den Kopf und rückte seinen Stuhl zur Seite, um zwei Frauen Platz zu machen, die sich zu dem Mann mit der Nelke setzten und von ihm wissen wollten, ob sie schon etwas versäumt hatten. Aus ihrem Gespräch hörte Henry heraus, daß die Frau mit den griesgrämig herabgezogenen Lippen und den fleischigen Oberarmen Johanna hieß; einmal, als sie seinen taxierenden Blick aufnahm, lächelte er ihr rasch zu, doch sein Lächeln wurde nicht erwidert. Barbara bemerkte, wie anhaltend Fedor sich amüsierte über die Art, in der einzelne Gäste sich begrüßten, und unwillkürlich begann auch sie, sich zu amüsieren, während sie Umarmungen und Schulterklopfen begutachtete, Streichelgesten und das Abstreifen von Küssen.

Als die Gespräche auf einmal verstummten, sahen alle zur behelfsmäßigen Bühne hinüber, auf der ein kleiner, zerknittert wirkender Mann erschien, sanft in sich hineinschmunzelte und den verfrühten Beifall abwehrte.

»Professor Cassou«, flüsterte Fedor, »das ist Alexis Cassou; er gilt nicht nur als Genie, er ist eins. Er vertritt den Rektor.«

Mit hoher Stimme gab das Genie seinem Bedauern darüber Ausdruck, daß es Professor Worringer, dem Rektor, nicht vergönnt sei, die Anwesenden, insbesondere die Gäste, zu begrüßen, da er während einer Berufsreise nach Massachusetts erkrankt sei; deshalb habe er es übernommen, alle in diesem Raum willkommen zu heißen. Daß die Vorfreude auf diesen Abend allgemein sei, das glaubte er nicht nur den Gesichtern anzusehen, das hätten ihm bereits die sensorischen Empfänger von Leopold bestätigt, dem martialischen Herrn dort mit den flackernden Augen.

»Mit Leopold«, sagte er, »geben wir den Beweis, daß die Arbeitsweisen des lebenden Individuums und die unserer gemeinsam geschaffenen Kommunikationsmaschine erstaunlich parallel verlaufen. Leopold sammelt Informationen aus seiner Außenwelt und gibt sie an uns weiter zu beliebiger Verfügbarkeit.« Aus seiner Jackentasche zog er einen Gegenstand hervor, der einem Apfel glich, klappte ihn nach leichter Schraubbewegung auseinander und richtete eine Hälfte, in der ein winziges Licht brannte, auf die Gestalt. Kaum drei Sekunden wartete er, dann sprach er betont deutlich: »Die Temperatur, bitte«, und es dauerte nur zwei Sekunden, bis die Maschine schnarrend antwortete: »Zweiundzwanzig Komma fünf Grad Celsius.« Vermutlich waren die Zuhörer so verblüfft, daß niemand klatschte; Professor Cassou ließ es jedoch mit dieser Demonstration nicht genug sein; er bat die Maschine, ihm die Zahl der Anwesenden zu nennen, und manche sahen sich rasch um und überschlugen die Zahl und fanden keinen Grund, an der Behauptung der Maschine zu zweifeln. Schließlich, nach einem beiläufigen Hinweis darauf, daß der Koloß in der Lage sei, Messungen selbst ungewöhnlicher Art vorzunehmen, fragte er ihn höflich, ob er auch die Stimmung im Raum ermitteln könne. Nach einer Messung, die nicht länger als fünf Sekunden dauerte, stellte die schnarrende Stimme fest: »Heitere Erwartung« – dieser Befund wurde mit Gelächter und Beifall quittiert. An die Gäste gewandt, sagte Professor Cassou: »Niemand braucht sich zu beunruhigen, Leopold gibt nicht alle gemessenen Daten preis, er ist durchaus diskret;

doch auch in seiner Diskretion offenbart er menschliches Verhalten: Er ahmt nach, und in der Nachahmung erhellt er menschliches Wesen, menschliche Eigenart.«

Nach einer humorvollen Schilderung moderner Kommunikationsmöglichkeiten, wobei er den Austausch von Informationen zwischen Maschinen hervorhob, äußerte er die Ansicht, daß wir darauf gefaßt sein müßten, eines Tages eine nie geglaubte Verbrüderung von Mensch und Maschine zu erleben. Danach wünschte er noch einmal einen angenehmen Abend und fand, von Beifall begleitet, auf Umwegen zu seinem Platz zurück.

»The bazaar is open«, verkündete ein Student von der Bühne, und er war auch gleich der erste, der auf das kalte Buffet zusteuerte. Es war kein luxuriöses Buffet; als seien die Meister der Maschinen Liebhaber der Schlichtheit, boten sich in einer Doppelreihe mächtige Schüsseln mit Salaten an, Schüsseln mit Kartoffel- und Heringssalat, einheimischer Wurstsalat selbstverständlich, aber auch Gurken-, Bohnen- und Fleischsalate und ein von kränkelnder Blässe gezeichneter Nudelsalat. Geschnittenes Brot türmte sich zwischen den Schüsseln, exakt vermessene Käsewürfel wollten aufgespießt werden. Aber auch ein paar gekochte Eier waren zu finden und Schinkenröllchen und zwei unangeschnittene Dauerwürste von einem Umfang, der auf eine Sonderanfertigung schließen ließ.

Auch die Leute am Nebentisch – der Mann mit der Nelke und die Frau, die Johanna hieß – strebten zum Buffet, sie griffen sich Teller und Besteck, verließen die Reihe und gingen um den Tisch herum und musterten prüfend die Speisen. Während sie sich zögernd bedienten, fanden sie Zeit, andere Gäste bei ihrer Wahl zu beobachten, manchmal inspiriert, manchmal mit stummer Mißbilligung. Henry stand in der Reihe hinter Fedor, und noch bevor sie sich bedienten, fiel ihm das verstohlene Interesse auf, mit dem die Frau Fedors Erscheinung musterte, und nicht nur seine Erscheinung: Sie schien wissen zu müssen, für welche Speisen sich der Mann im Russenkittel entschied und was er auf seinen Teller oder in das Kümmchen brachte. Als Fedor auf seinen Nudelsalat ein berechnetes Quantum Gurken häufte, die er mit ein paar Käsewürfeln drapierte, stieß sie ihren Mann an und lenkte seinen Blick auf die sonderbare Kombination. Der Mann mit der Nelke konnte nicht begreifen, worüber sie sich wunderte, und zog ungeduldig mit seinen erbeuteten Eiern und Schinkenröllchen zum Tisch. Das Interesse der Frau hielt auch während des Essens an, immer wieder linste sie zu Fedor hinüber, nicht anders, als zählte sie die Bissen oder begutachtete seine Art des Kauens. Um ihr deutlich zu machen, wie wenig ihm ihr Verhalten gefiel, hob Henry sein Glas gegen die Frau und zwinkerte ihr zu, worauf sie sich mit einer energischen Drehung abwandte und ein Gespräch mit ihrem Mann suchte.

Auf einmal aber schwiegen alle an den Nebentischen. Professor Cassou, der am Buffet zwei, drei Käsewürfel mit der Hand aß, hatte Doktor Lagutin entdeckt, winkte ihm schon glücklich-überrascht zu, griff sich rasch ein Radieschen und kam an ihren Tisch:

»Lieber Kollege Lagutin.« – »Verehrter Herr Professor Cassou.« Sie beließen es bei einer flüchtigen Umarmung, Fedor stellte seine Begleiter vor, und da Professor Cassou zwischen ihnen zu sitzen wünschte, angelte Henry einen freien Stuhl heran. »Wie schön, Sie wiederzusehen, lieber Kollege Lagutin.«

»Grenoble, Herr Professor, zuletzt trafen wir uns in Grenoble, ich hatte die Ehre, an Ihrem Symposion teilzunehmen.«

»Ich weiß, ich weiß«, sagte Professor Cassou, »es ging

auch um Wolfram, wir waren nur am Anfang unterschiedlicher Meinung, später fanden wir uns.«

Henry öffnete für den Gast eine der bereitstehenden Flaschen mit Mineralwasser, und während er ein Glas füllte, fragte er: »Darf man erfahren, Fedor, worum es dabei ging?«

Fedor schwieg einen Augenblick, als wollte er es Professor Cassou überlassen, etwas über die Meinungsverschiedenheit zu sagen; nach einem aufmunternden Blick aber antwortete er selbst: »Der englische Kollege Wolfram hat die These vertreten, daß das Fallgesetz etwas anderes ist als der wirkliche Fall eines Apfels, die Berechnung dieses Falls aber dasselbe wie der Fall.« Um Bestätigung bittend, fragte er Professor Cassou: »Irre ich mich?«, und der lächelte ihm anerkennend zu und sagte: »Um diese strittige These ging es, ja.«

Und dann erzählte Fedor, wie er Henry kennengelernt hatte, er schilderte den Unfall auf dem Bahnsteig, den Verlust seiner Dokumente und wie er unverhofft das Verlorengeglaubte wiederbekam, er sagte: »Ohne die Hilfe des Fundbüros und ohne den besonderen Spürsinn von Herrn Neff säßen wir jetzt wohl nicht zusammen.« Und nachdenklich setzte er hinzu: »Noch bin ich nicht ganz sicher, ob es Zufall war oder Notwendigkeit, daß wir einander begegneten, ich vermute aber, es war Notwendigkeit.« Er legte Henry eine Hand auf den Unterarm und lächelte ihm zu. Professor Cassou, der sich über diese Geste freute, wiegte den Kopf; zu entscheiden, was Zufall und was Notwendigkeit ist, sei ihm mitunter schwergefallen, aus Prinzip indes halte er der Notwendigkeit mehr zugute. Es war ihm anzusehen, wie er über diesen Satz nachdachte, ihn in Zweifel zog, mit kurzem Nicken bestätigte, schließlich aber doch wieder fraglich sein ließ und achselzuckend feststellte, daß er sich gelegentlich genötigt fühle, an Mysterien zu glauben. Vielleicht klinge es merkwürdig, aber er müsse daran glauben, an ein bestimmtes Mysterium des Findens oder, genauer, des Wiederfindens. Wenn er nur daran denke, wie und unter welchen Umständen er seine Schwester wiederfand nach langer Zeit – immer noch erscheine es ihm als geheimnisvolle Fügung. Kein Fundbüro habe ihm damals bei der Suche helfen können, und der internationale Suchdienst, den er in Anspruch genommen habe, konnte ihm auch nicht die erhoffte Nachricht bringen.

»War es im Krieg?« fragte Fedor.

»Der Krieg brachte uns auseinander«, sagte Professor Cassou, »da die Front näher kam, schickte man uns aufs Land, zu den Großeltern; meine Mutter bestach den Busfahrer, der ihr versprach, uns bei den Großeltern abzuliefern, es war nicht sehr weit. Meine Schwester Sophie war sechs damals, ich war ein Jahr älter. Bevor wir losfuhren, nahm meine Mutter ihren Anhänger ab und legte das Kettchen Sophie um, ein kleiner silberner Delphin, der auf dem Kamm einer Welle schwebte, einer Welle aus Bernstein, dann küßte sie uns zum letzten Mal.«

Gelassen erzählte Professor Cassou von der gewaltigen Kolonne von Menschen und Fahrzeugen, alles war auf der Flucht, es war heiß, die Flugzeuge flogen so tief, daß man die Gesichter der Piloten sehen konnte. Auch ihr Bus wurde getroffen, schleuderte und stürzte in den Chausseegraben. Sophie war verletzt, Soldaten hoben sie auf einen Lastwagen, und da er selbst eingeklemmt war und sich nicht befreien konnte, mußte er zusehen, wie der Lastwagen davonfuhr, südwärts, zu großen Häfen, wohin sich alles bewegte. Professor Cassou unterbrach sich, nickte zur Bühne hin, auf der die Kapelle erschien, eine Studentenkapelle, fünf schwarzgekleidete Burschen, die unter dem Namen »Why not« auftraten.

»Und dann?« fragte Barbara ungeduldig, und Professor Cassou wiederholte: »Und dann, ja.«

Nach dem Krieg begann die Suche, sie schrieben und schrieben, sie lernten zu warten; die Unzähligen, die der Krieg getrennt hatte, wollten sich wiederfinden, und als sie erfuhren, daß auf dem Atlantik manch ein Schiff verlorengegangen war, schlossen sie nicht aus, daß auch Sophie bei einem Untergang ums Leben gekommen war. »Aus der anfänglichen Vermutung wurde mit der Zeit eine Gewißheit«, sagte Professor Cassou und erwähnte, daß er mit dieser Gewißheit fast neunzehn Jahre lebte, bis zu dem Herbst, in dem die Konferenz in Montreal stattfand, an der er teilnehmen durfte als Assistent des Kybernetikers Professor Serval.

»Und da fanden Sie sich wieder?« fragte Henry.

»Nicht gleich«, sagte Professor Cassou, »zuerst begegnete ich einer Dolmetscherin namens McFarland. Sie brachte mich in ihr Lieblingsrestaurant.«

Sie aßen, sie tranken Wein, sie sprachen über kanadische Gastfreundschaft; ihm fiel auf, daß sie ihn fragend und manchmal belustigt musterte und immer wieder auf ihre Uhr blickte, einmal entschuldigte sie sich, um zu telephonieren, und als dann nach einer Stunde ein Mann an ihren Tisch trat, stand sie auf und konnte gerade noch sagen: »Arnold McFarland, mein Mann – Jean Cassou, mein Bruder«, danach brach sie in einen Weinkrampf aus.

»Hatte sie noch diesen Anhänger?« fragte Barbara nach einer Pause, »den silbernen Delphin?«

»Nein«, sagte Professor Cassou, »als das Schiff unterging, da muß sie ihn verloren haben.«

»Also«, sagte Fedor vergnügt, »wenn mich nicht alles täuscht, dann verdanken Sie dies Wiederfinden einem gelenkten Zufall – oder war es ein notwendiger Zufall?«

»Jedenfalls mysteriös«, sagte Professor Cassou und

stand auf und tätschelte Fedor die Schulter; man verlangte ihn an einem Tisch, an dem die älteren Semester bei Rotwein saßen.

Keiner freute sich so wie Fedor, als ein paar Studenten einen Sketch aufführten, den sie ›Fernbedienung‹ nannten. Sie traten als Handwerker auf, trugen zünftige Kleidung, schleppten Ziegelsteine, Eimer mit Mörtel, Dachpfannen und Fensterrahmen herbei, auch zwei Abflußrohre. Plötzlich versteiften sie, und einer von ihnen sagte: »Meine Damen und Herren, Sie sehen jetzt eine Weltpremiere; vor Ihren Augen bauen wir mit Hilfe einer selbstkonstruierten Fernbedienung ein Haus.«

Ein feierlich gekleideter Mann mit einem Schaltbrett vor dem Bauch trat aus dem Hintergrund, auf ein optisches Signal machten die versteiften Bauarbeiter Lockerungsübungen, auf ein akustisches Signal, das wie eine Trillerpfeife klang, begannen die Akteure maschinenhaft, sinnvolle Arbeit zu verrichten. Sie arbeiteten einander zu: Einer trug Steine heran, ein anderer mauerte; von optischen oder akustischen Signalen gesteuert, verlegten sie andeutungsweise Rohre, nahmen Maß für einen Fensterrahmen – der Mann mit dem Schaltbrett gab jedem vor, was er zu tun hatte. Eilig geschah das, weckte Erinnerungen an frühe Stummfilme, und als ein Dachbalken hereingetragen und symbolisch hochgestellt wurde, ließ sich da schon erkennen, daß ein schlichtes Reihenhaus in seiner Möglichkeit Gestalt gewann.

Ein jäher Blitz auf dem Schaltbrett, dem ein jaulendes Alarmsignal folgte, unterbrach auf einmal den sinnvollen Ablauf der Bewegungen, die angenommene Baustelle zeigte sich in unterhaltsamer Unordnung. Der Mann mit dem Schaltbrett drehte und schraubte und betätigte ärgerlich einige Hebel, konnte es aber nicht verhindern, daß Akteure zusammenstießen und umfielen, daß einer Mörtel in ein Abflußrohr kippte, ein anderer Dachpfannen vor ein Fenster schichtete, daß mit der Kelle gehämmert und mit dem Fuchsschwanz nicht gesägt, sondern gemauert wurde. Der Unsinn blühte. Der Hausbau geriet außer Kontrolle. Sosehr sich der Mann mit dem Schaltbrett auch bemühte, Herr der Organisation zu sein: Die Fernbedienung gehorchte ihm nicht, da half kein Fluchen und kein Schütteln. Und das mußte er auch schließlich erklären, achselzuckend sagte er: »Anscheinend hat die Fernbedienung einen Defekt.« Beifall belohnte ihn und die Akteure, die sich mehrmals verbeugten und danach den Bauplatz so methodisch leer räumten, als hätten sie das geübt.

»War das deine Idee, Fedor?« fragte Henry, und Fedor darauf: »Ein wenig war ich daran beteiligt; ich hätte mir nur gewünscht, daß die Konfusion bei der Signalübermittlung noch mehr ausgespielt worden wäre.«

Während die Studenten zu ihren Tischen gingen, erhielten sie noch einmal Beifall, auch der Mann mit der Nelke klatschte, nur seine Frau blickte mürrisch, fast beleidigt, und äußerte sich so, daß sie am Nebentisch verstanden wurde: »Solch ein Unsinn, nun erklär mir mal, was das Ganze soll.« Fedor beugte sich vor und suchte ihren Blick, offenbar bereit, ihr den Hintersinn des Sketches freundlich zu erläutern, doch Henry zog ihn sacht zurück: »Ruhig, Fedor, lohnt sich nicht.« Er machte ihn darauf aufmerksam, daß Professor Cassou an seinem Altmännertisch das Glas gehoben hatte und ihnen zutrinken wollte; sie nahmen es als Kompliment.

Auf einmal huschten mehrfarbige Lichter über die Bühne, die Lichter kreiselten, überschnitten sich, vereinigten sich wie verabredet auf dem Gitarristen, der der

Kapelle das Zeichen gab; aus einem Grund, den nur sie allein kannte, eröffnete die Kapelle mit ›Love, Love, Love‹. Etwas wehmütig klang die alte Beat-Nummer zu Anfang, gerade so, als sollte etwas Verlorenes herbeigewünscht werden. Gleich erschienen die ersten Paare auf der Fläche. Auch einige ältere Semester, Sponsoren und Eltern der Studenten, riskierten da den Weg zur Tanzfläche, nur der Mann mit der Nelke ließ sich nicht animieren; obwohl seine Frau ihn mehrmals anstieß, ihn einmal sogar hochzuziehen versuchte, blieb er bei seiner Weigerung.

Wie förmlich Fedor sich vor Barbara verneigte; für die wenigen Schritte zur Tanzfläche bot er ihr seinen Arm an, und er verneigte sich noch einmal, bevor er ihre Hände nahm. Er tanzte ernst und hingebungsvoll, mitunter schloß er die Augen, und wenn er sie öffnete, schaute er Barbara verwundert an, als könnte er sich die Freude nicht erklären, die ihn plötzlich erfüllte. Henry kam nicht los von den beiden, nie zuvor, so glaubte er, habe er seine Schwester müheloser tanzen gesehen, nicht einmal auf den ausgelassenen Festen des Wassersport-Vereins. Bei der Erinnerung daran, daß er einmal zu ihr gesagt hatte: »Du tanzt eben wie eine Kanufahrerin, eintauchen, ausbrechen«, mußte er lächeln und beschloß, sich nach langer Zeit dafür zu entschuldigen.

Nach ihrem ersten Tanz wollte Fedor Barbara zum Trost zurückführen, doch wie die meisten Paare blieb sie auf der Tanzfläche stehen, und während sie auf die nächste Nummer warteten, legte sie ihm eine Hand auf die Schulter. Sie sprachen kein einziges Wort, auch als sie ›The Girl from Ipanema‹ absolvierten, schwiegen sie. Henry konnte nicht anders, er machte ihnen Zeichen der Anerkennung, der Begeisterung, er begleitete ihren Tanz, indem er die Melodie mitsummte und den Rhythmus mit den Fingern auf die Tischplatte klopfte, und unwillkürlich hatte er den Wunsch, auch selbst mit Barbara zu tanzen.

Als der Gitarrist ›Rock around the clock‹ ansagte, verließen einige Paare die Tanzfläche, doch Fedor und Barbara blieben – sie faßten sich bei den Händen, wechselten einen Blick, einen auffordernden, Mut machenden Blick, atmeten erkennbar durch und begannen mit einem abgestimmten kleinen Sprung. Wie sie die Unterschenkel warfen, wie sie sich mit einer Drehung voneinander entfernten, sich, ohne hinzuschauen, mit ausgestrecktem Arm suchten und locker fanden, und wie Fedor sie plötzlich an sich zog, hob und sie sich nach schneller Beugung auf die Schulter lud, sie einmal herumwirbelte und abgleiten ließ und sie mit einer Bewegung freigab, als würfe er sie fort. Ihre Freude. Ihre Ausgelassenheit. Schon fanden sie Beachtung und die erhöhte Aufmerksamkeit der Gäste an den Tischen, man zeigte auf sie, man sprach über sie. Henry entging nicht, wie sehr sie sich bei aller Freude konzentrierten; er bemerkte Fedors knappe Ankündigung, sah, wie er Barbaras Handgelenke umfaßte und sie zwischen seinen weit gespreizten Beinen hindurchschleuderte, so berechnet, daß Barbara sich fing und gleich wieder stand und ihm zulachte; daß es ihr gelungen war, schien sie glücklich zu machen. Als Fedor übermütig in die Hocke ging, die Hände in die Hüften stützte und wunderbar die Beine warf, gab er ihr ein Zeichen, es ihm gleichzutun, doch Barbara schüttelte den Kopf, sie sah auf ihn herab, außer Atem und glücklich, und gab auf. Wie abrupt Fedor seinen Tanz unterbrach, leicht richtete er sich auf und legte einen Arm um Barbaras Schulter und führte sie zum Tisch.

»Ihr wart sehr gut«, sagte Henry, »ihr könntet zusammen auftreten, wirklich, aber nun müßt ihr etwas trinken«, und er schob ihnen ihre Gläser zu. Da Fedors Glas nahezu leer war, reichte Barbara ihm ihr Glas, und während er trank, blickte Henry zum Nebentisch, zu dem Mann mit der Nelke, der sich seiner Frau zugeneigt hatte und mit ihr flüsterte, ohne dabei Fedor aus den Augen zu lassen. Und auf einmal fragte die Frau – so laut, daß Henry es verstehen konnte –, woher plötzlich dieser Geruch komme, dieser Stallgeruch, und ihr Mann sog die Luft ein, schnüffelte und stellte ebenso laut fest, daß es hier nach Schweiß und Leder roch, korrigierte sich aber gleich und sagte: »Nach Ziege eigentlich, streng nach Ziege.«

»Das meine ich auch«, sagte die Frau, »die Luft plötzlich: wie im Ziegenstall; vielleicht sollten wir einen anderen Tisch suchen.« Das junge Mädchen, das bei ihnen saß, sah sie verblüfft an, anscheinend war ihm der veränderte Geruch nicht aufgefallen, jedenfalls sah es keinen Grund, kritisch Luft zu holen, und wartete wohl darauf, aufgefordert zu werden.

Fedor übersah die Zigarettenpackung, die Henry ihm hinhielt, nichts regte sich in seinem Gesicht, seine Augen wirkten abwesend. Nach einer Weile – der Ausdruck seines Gesichts änderte sich nicht – ließ Barbara eine Hand durch sein Blickfeld gleiten und sagte: »He, Fedor, wo bist du, geht's dir nicht gut?« Statt ihr zu antworten, stand er auf, er zitterte leicht, er faßte nach der Tischkante, und in beinahe feierlicher Haltung, die Henry und Barbara beunruhigte, sagte er: »Entschuldigt mich, meine Freunde.« Dann ging er. Kurz nur, mit einem Ausdruck der Fassungslosigkeit, blickte er auf den Nebentisch, ging am Rand der Tanzfläche zu Professor Cassou hinüber, sprach nicht zu ihm, sondern verbeugte sich lediglich und verließ die Mensa durch den Hauptausgang.

Beide waren sicher, daß Fedor nach kurzer Zeit zurückkommen werde. »Vermutlich ist er zur Toilette gegangen«, sagte Henry. Er blickte Barbara abwägend an, so lange, bis sie fragte: »Ist was mit meinem Gesicht?«

»Seit langem sahst du nicht so gut aus«, sagte Henry, »ich bin dabei, dich zu entdecken.«

»Red keinen Unsinn«, sagte Barbara, »du brütest doch irgendwas aus.«

»Also gut«, sagte er, »und nun halt dich fest: Ich möchte dir einen Vorschlag machen, einen Vorschlag oder Antrag; nach gründlicher Überlegung möchte ich dich bitten, mir eine Chance bei Neff und Plumbeck zu geben, es ist mir gleichgültig, in welche Abteilung du mich steckst, von mir aus Versand oder Reklamationen; wie du weißt, stelle ich keine Ansprüche.« Da Barbara ihn nur überrascht ansah, fügte er heiter hinzu: »Daß ich bemüht sein werde, immer zum Wohl der Familie tätig zu sein, brauche ich nicht zu erwähnen. Na? Gibst du mir eine Chance?«

Seine Schwester schien an der Ernsthaftigkeit seines Vorschlags zu zweifeln. Sie strich über seine flach auf dem Tisch liegende Hand, sie sagte verwundert: »Willst du wirklich?«, und als er fragte: »Gibst du mir eine Chance?«, nickte sie ihm zu und sagte: »Immer, das weißt du. Es ist ja wohl noch Zeit.«

Nachdem Barbara ihm den nächsten Tanz versprochen hatte, stand er auf und sah sich um, und da er Fedor nicht entdecken konnte, entschuldigte er sich für einen Moment und schlenderte an den Tischen vorbei und überprüfte blickweis die Gäste in den Winkeln und trat dann hinaus auf den Korridor. An offenen Fenstern vorbei ging er weiter bis zur breiten Treppe, auf deren Stufen Studenten mit ihren Mädchen saßen und sich gegenseitig erforschten; er lächelte ihnen zu. Vor der Tür zu den Toiletten stieß er auf Professor Cassou, der alte Wissenschaftler zog ihn gleich zur Seite, er erriet, daß Henry auf der Suche war, und fragte besorgt, ob Doktor Lagutin etwas zugestoßen sei, er habe einen seltsamen Eindruck gemacht, er sei eben an ihm vorbeigegangen wie geistesabwesend.

»Ich weiß nicht«, sagte Henry, »etwas ist los mit ihm, auf einmal stand er auf, entschuldigte sich und ging. Dieser formelle Abschied.«

»Er ist nach draußen gegangen«, sagte Professor Cassou, »ich rief ihm noch etwas zu, aber er wandte sich nicht um.«

Henry dankte ihm und stieg die Treppen hinab. Er spähte in die Dunkelheit, umrundete das Bibliotheksgebäude; sobald er eine einzelne Gestalt sah, ging er ihr nach und war am Ende immer nur enttäuscht. Eine Weile stand er auf der Rasenfläche und blickte hinauf zu den erleuchteten Fenstern der Mensa, wo bereits wieder getanzt wurde. Er dachte: Etwas muß ihn verletzt, muß ihn so tief getroffen haben, daß er nichts mehr sagen konnte; vielleicht fühlte er sich aber auch nur elend. Als er bemerkte, daß im Pförtnerhaus Licht aufflammte, ging er rasch hinüber und klopfte ans Fenster. Doktor Lagutin? Ja, der sei bei ihm gewesen, sagte der Pförtner, er habe ihn gebeten, ein Taxi zu rufen, und danach sei er auf und ab gegangen, bis das Taxi kam; wohin Doktor Lagutin gefahren sei, könne er nicht sagen. Und besorgt fragte er: »Ist etwas passiert?«

»Nein, nein«, sagte Henry, »wir vermissen ihn nur an unserem Tisch.«

Er kehrte zur Mensa zurück, und schon vom Eingang her gab er Barbara ein Zeichen und winkte sie zu sich. »Hast du ihn gefunden?«

»Warte«, sagte Henry und ging an den Nachbartisch und musterte den Mann mit der Nelke, lange, unerträglich lange, und dann sagte er: »Widerling, Sie sind ein erbärmlicher Widerling.«

Der Mann erhob sich verdutzt, suchte nach einer Antwort, da fügte Henry hinzu: »Anspitzen, einen wie Sie sollte man anspitzen und dann als Pfahl einschlagen, in einen Ziegenstall.«

Für einen Augenblick schien es dem Mann die Sprache verschlagen zu haben, er schluckte, er blickte auf seine Frau, schließlich fand er zu einem Protest: »Was erlauben Sie sich, Sie . . .«

»Seien Sie still«, sagte Henry drohend, »sonst hau ich Ihnen eine rein.« Er wandte sich Barbara zu und sagte nur: »Komm.«

Schweigend zog er sie mit sich, erst als sie draußen waren – er lenkte ihre Schritte gleich zum Parkplatz –, sagte er ihr, was er erfahren hatte und was er vermutete: »Fedor ist zu sich gefahren, ins Hotel, wohin sonst. Bestimmt ist er im ›Adler‹.«

»Vielleicht sollten wir hier auf ihn warten«, sagte Barbara, »vielleicht kommt er zurück.«

»Fedor kommt nicht zurück, das spür ich, das weiß ich.«

»Und was sollen wir tun?«

»Wir fahren in sein Hotel.«

Beim Zurücksetzen streifte Barbara das »Reserviert für den Lehrkörper«-Schild, sie fluchte nur, stieg aber nicht aus und fuhr dann so schnell, daß Henry sie ein paarmal ermahnte. Mehrmals, besonders in der Nähe des Bahnhofsplatzes, glaubte sie Fedor unter den Passanten erkannt zu haben, und jedesmal war sie nahe daran, zu halten, doch Henry schien schärfer zu sehen und forderte sie auf, weiterzufahren.

Im »Adler« trafen offenbar neue Gäste ein, vor dem Hotel standen zwei Taxen; Barbara wartete, bis die Taxen sich entfernt hatten, dann fuhr sie auf den Bürgersteig, und beide stiegen aus. Das Mädchen an der Rezeption erkannte Henry wieder, es nickte ihm freundlich zu und bat ihn mit einer Geste, sich noch etwas zu gedulden, damit es sich den neuen Gästen widmen könnte. Es waren auffällig junge Gäste, die das Mädchen mit ihren akademischen Titeln ansprach und die sie auf englisch und französisch willkommen hieß. Henry und Barbara setzten sich an den kleinen Tisch hinter den Gummipflanzen.

»Das sind gewiß Gäste der TH«, flüsterte Henry. »Dies ist ihr Vertragshotel.«

Henry brauchte nicht den Grund seines Erscheinens zu nennen, in einer Pause kam das Mädchen zu ihnen und teilte ihnen mit, daß Doktor Lagutin nicht im Hause sei, er sei nur für kurze Zeit hereingekommen, sei auf sein Zimmer gegangen und habe das Hotel gleich wieder verlassen.

»Hat er eine Nachricht hinterlassen?« fragte Barbara.

»Nein.«

»Und als er ging«, fragte Henry, »hatte er etwas bei sich, als er ging?«

»Wieso? Er hatte seine Tasche bei sich, die, die er immer trägt.«

»Nichts weiter?«

»Ich weiß nicht, warum Sie mich das fragen«, sagte das Mädchen, »aber dies ist die einzige Auskunft, die ich Ihnen geben kann.«

»Und hat er auch nicht gesagt, wann er zurückkommt?« fragte Barbara.

»Nein.«

»Gut«, sagte Henry; er dankte dem Mädchen, legte seine Hand auf Barbaras Rücken und schob sie vor sich her zum Ausgang. Nach einem Augenblick der Unentschiedenheit setzten sie sich ins Auto und steckten sich

Zigaretten an. Im Licht, das aus dem Hotel fiel, konnten sie jede Gestalt erkennen; sie beschlossen, zu warten, gewiß, daß Fedor irgendwann zurückkehren würde. Zuerst beobachteten sie schweigend die wenigen Leute, die ins Hotel gingen oder es verließen; den Mann, der noch im Eingang seine Kleidung ordnete, das Paar, das sich lange besprach und dann doch entschloß, das Hotel nicht zu betreten, den anscheinend Betrunkenen, die Frau, die beim Verlassen fröhlich ihr Handtäschchen schwenkte. Still saßen sie da und beobachteten und warteten.

Je länger sie warteten, desto besorgter und unruhiger aber wurden sie, und sie hörten nicht auf, sich zu fragen, wohin Fedor gegangen sein könnte, er, der sich kaum auskannte in der Stadt; vor allem aber dachten sie an seinen plötzlichen Abschied in der Mensa. Nicht nur Henry, auch Barbara war davon überzeugt, daß es kein launischer Abschied war, kein Abschied aus Überdruß oder Lustlosigkeit; beide hatten fast gleichzeitig den Ausdruck von Fedors Gesicht entdeckt, den Anflug von Schmerz und Ratlosigkeit.

»Diese Verzweiflung auf einmal«, sagte Barbara, »hast du das auch bemerkt?«

»Worte«, sagte Henry, »es können nur Worte gewesen sein, die ihn verletzt haben, für Worte scheint Fedor eine eigene Empfindlichkeit zu haben. Wenn mich nicht alles täuscht, hat er einiges von dem mitbekommen, was diese Typen am Nebentisch äußerten, diese Schreckschraube und der Kerl mit der Nelke.«

»Einmal sahen sie sich nach einem anderen Tisch um«, sagte Barbara, »vermutlich wollten sie umziehen, weg aus unserer Nähe.«

»Stallgeruch«, sagte Henry, »als ihr nach eurem Tanz an den Tisch kamt, glaubten sie Stallgeruch zu wittern, das war so in die Luft gesprochen, aber treffen sollte es schon.«

Henry berührte ihren Arm, lenkte ihre Aufmerksamkeit zum Hoteleingang, vor dem zwei Polizisten erschienen, die ohne zu zögern ins »Adler« hineingingen. »Ich möchte mal wissen, was die da wollen«, sagte er, und Barbara, nachdenklich: »Sie sind doch wohl nicht wegen Fedor hier?«

»Kaum anzunehmen«, sagte Henry, und da er ihre zunehmende Unruhe spürte, strich er über ihren Arm und glaubte ihr versprechen zu können, daß die Polizisten nur einige Erkundungen einziehen wollten, es sei bestimmt nur eine Routineaufgabe, und daß sie gleich wieder herauskämen. Und es dauerte auch nicht lange, bis die beiden wieder im Eingangslicht standen, vergnügt, seltsam vergnügt, einer stieß den anderen freundschaftlich in die Seite, beide lachten.

»Siehst du«, sagte Henry, »kein Grund zur Sorge«, und nach einem Seitenblick: »Du magst ihn, nicht wahr? Ich meine Fedor: Du magst ihn.«

»Dir bleibt wohl nichts verborgen.«

»Ich kann's verstehen, Barbara, Fedor ist wirklich ein sympathischer Bursche, ich wünschte nur, daß wir öfter zusammensein könnten.«

Eine Weile schwiegen sie, dann sagte Barbara: »Im Nebenhaus ist ein Reisebüro, du kennst es, ich habe mich mal erkundigt: Die Verbindung ist gar nicht so schlecht.«

»Welche Verbindung?«

»Also, von Frankfurt gibt es regelmäßige Flugverbindungen nach Moskau, und von dort nach Samara verkehren Züge, bei guten Anschlüssen dauert die Reise höchstens zwei Tage.«

Überrascht, doch ebenso erfreut fragte Henry: »Du hast also schon einen Plan?«

»Ja«, sagte Barbara, »für später einmal, und du hast mir versprochen, mitzukommen.«

»Fedor wird sich mehr freuen, wenn du allein kommst.«

»Das glaube ich nicht.«

Sie starrten zum Hoteleingang, denn dort waren zwei Männer erschienen, keine jungen Männer, gewiß keine Studenten, die langsam gehend heftig miteinander diskutierten. Plötzlich aber blieben sie wie erstaunt stehen und gaben sich die Hand. Sie gaben sich die Hand, und einen Augenblick sah es so aus, als wollten sie sich umarmen, aber dazu kam es nicht; gegenseitig komplimentierten sie sich ins Hotel.

»Die haben sich geeinigt«, sagte Barbara.

»Oder überzeugt«, sagte Henry und fügte hinzu: »Manchmal gelingt es, manchmal siegt die Vernunft.«

Da immer weniger Leute das Hotel verließen oder es betraten, begann Henry ungeduldig zu werden, er steckte sich eine Zigarette an, es sollte die letzte sein, danach wollte er die Zeit des Wartens beenden; doch er rauchte die Zigarette nicht zu Ende.

»Ich bin gleich wieder zurück«, sagte er und stieg aus und schlenderte ins »Adler«. Bei seinem Anblick hob das Mädchen an der Rezeption bedauernd die Schultern, es konnte Henry nur sagen, daß Doktor Lagutin immer noch nicht heimgekehrt sei – es sagte »heimgekehrt«. Henry nickte, ich weiß, ich weiß, und dann fragte er das Mädchen, ob es bereit sei, ihm einen Gefallen zu tun. Er schrieb seine Telephonnummer auf einen Zettel, er schob ihr den Zettel zu und sagte: »Bitten Sie doch Doktor Lagutin, mich anzurufen, es kann auch spät sein, ich werde auf seinen Anruf warten.«

»Gern«, sagte das Mädchen, »wenn es sein muß, gebe ich Ihren Wunsch an den Nachtportier weiter.«

Henry legte ihr zwei Münzen hin, dankte und ging zum Auto zurück.

Barbara war zunächst nicht einverstanden mit seinem

Entschluß, sie wollte noch eine Weile warten, sie glaubte, sich nicht darin zu täuschen, daß Fedor bald zurückkehren werde, aber schließlich willigte sie ein: »Gut, fahren wir zu dir; ich möchte mich auch ein wenig hinlegen.«

»Du kannst über Nacht bei mir bleiben.«

»Dann muß Mutter Bescheid wissen.«

Unwillkürlich mußte Henry lächeln. »Ach, Barbara«, sagte er gutmütig, »ich möchte nicht wissen, wie oft du das schon gesagt hast in der letzten Zeit.«

»Das ist eben der Unterschied zwischen uns: Von dir erwartet Mutter nicht, daß du deine Versprechen hältst.« Und während sie im Schritt-Tempo am »Adler« vorbeifuhr, sagte sie: »Nimm's mir nicht übel, Henry, aber manchmal glaube ich, du machst es dir allzu leicht.«

»Wieso?«

»Du lebst so vor dich hin, machst mal dies, machst mal das, man verzeiht dir, wie man einem Kind verzeiht, einem netten Kind, zugegeben – Mutter jedenfalls tut es.« Nach einer Pause sagte sie: »Ohne Ziel, ich meine, du lebst ohne ein Ziel.«

»Dafür komme ich gut mit mir aus«, sagte Henry und wies sie ruhig darauf hin, daß sie in eine Einbahnstraße geraten war, jetzt aber weiterfahren und beim Springbrunnen links abbiegen sollte. Als sie auf dem Parkplatz beim Hochhaus ausstiegen und zu Henrys Fenster hinaufhorchten, glaubte Barbara, das Läuten des Telephons zu hören, und noch auf dem Flur, während sie zu seiner Wohnung hasteten, war es beiden, als läutete das Telephon, doch bereits beim Aufschließen verstummte es. »Du mußt gleich zurückrufen«, sagte Barbara. Henry wählte die Nummer des »Adler«, und an seinem Gesicht erkannte Barbara, daß sie wohl den Anruf verpaßt hatten, den sie beide erwarteten.

Sie trat ans Fenster und zog die Vorhänge zu, öffnete

sie aber gleich wieder zu einem Spalt und sah hinaus auf den zementierten Platz, über den sich, vorgebeugt gegen den Wind, eine einsame Gestalt schleppte. Aus der Schattenseite des gegenüberliegenden Hochhauses näherte sich ihr eine andere Gestalt, sie bewegten sich aufeinander zu, als seien sie verabredet, doch obwohl sie sich fast streiften, blieb keine von ihnen stehen.

»Was tut sich draußen?« fragte Henry, »sind die Akrobaten wieder da?«

»Nur zwei alte Männer«, sagte Barbara, »keine Motorräder.«

»Die Akrobaten sind wohl noch in ihrer Kneipe«, sagte Henry und stellte Cola und Rum auf den Couchtisch und lud Barbara mit einer Handbewegung ein, sich neben ihn zu setzen. »Wenn das Telephon läutet, gehst du ran.«

»Nein, du.«

Ein Motorengeräusch draußen ließ sie aufhorchen, Henry stellte sich ans Fenster, warf nur einen kurzen Blick hinaus und sagte: »Busche ist nach Hause gekommen, mein Nachbar, das war seine Harley-Davidson.«

»Gehört er zu ihnen?«

»Zu wem?«

»Zu den anderen, zu den Akrobaten, wie du sie nennst.«

»Nein, Busche ist in Ordnung, er hat eine chemische Reinigung, mit ihm kann man reden.«

»Und mit den anderen«, fragte Barbara nach einer Weile, »hast du mal versucht, mit den anderen zu reden?«

»Versucht, ja, ich hab's versucht, und dabei blieb es. Sie hören nicht zu, sie können einfach nicht zuhören, und wenn sie etwas rausbringen, dann sind es Beleidigungen oder Drohungen; ich möchte nur mal wissen, wie die mit ihren Mädchen reden.«

»Aber es kann doch nicht bleiben, wie es ist, daß man in der Dunkelheit Angst hat, wenn man zu dir will.«

»Du hast recht: Etwas muß geschehen, und ich bin sicher: Etwas wird geschehen, aber ohne Gewalt.«

Wie schnell Barbara den Hörer abhob, als das Telephon läutete, unwillkürlich wandte sie sich Henry zu, winkte ihn ganz nah heran, offenbar sollte er, so gut es ging, mithören, und dann meldete sie sich mit ihrem vollen Namen und sagte mit Pausen: »Ja, Sie sind richtig ... er ist anwesend ... Warten Sie, ich übergebe ... Sie können es ihm gleich selbst sagen ... Wie bitte? ... Ich verstehe, ich werde es ihm ausrichten ... Danke für Ihren Anruf.«

Sie legte den Hörer auf und sah ihn forschend an.

»Hast du verstanden?«

»Training, ich verstand nur Training, die Musikbox im Hintergrund war zu laut.«

»Ich soll dir ausrichten, daß das Mittwoch-Training ausfällt, erst wieder am Donnerstag.«

»Hat er einen Namen genannt, der Anrufer?«

»Hanno, ich verstand Hanno, ist das nicht euer Torwart?«

»Unser Torwart, ja, der große Fänger, der fängt den Puck, wenn der mit achtzig und sogar hundert Stundenkilometern auf ihn zufliegt, fängt ihn, pflückt ihn aus der Luft.«

Barbara sagte darauf nur »Schön« und zog sich auf die Couch hinauf und streckte sich aus und blieb mit offenen Augen liegen.


Daß Paula ungehalten war, erkannte Henry schon, als er das Fundbüro betrat. Vor ihrem Schreibtisch stand ein Mann in modischem Wettermantel, die Sonnenbrille hoch aufs Haupthaar hinaufgeschoben; die Art, wie er dastand, verriet etwas Herablassendes und Forderndes. Henry dachte: Einer, der es gewohnt ist, daß man seinen Wünschen nachkommt. Und als hätte Paula ihn darum gebeten, trat er neben sie: »Kann ich behilflich sein?«

Paula wies auf den Mann, wies auf einen Nachforschungsantrag, auf dem ein Kugelschreiber lag, und erklärte, daß der Herr es für überflüssig halte, den Auftrag auszufüllen, sie sagte: »Der Herr gibt an, sein Schlüsselbund verloren zu haben, und hofft, daß es bei uns gelandet ist und er es gleich mitnehmen kann.«

»Schlüsselbund«, wiederholte Henry seufzend, »wieder einmal«, und an den Mann gewandt: »Großer Gott, wenn ich daran denke, wie viele bei uns eingeliefert werden: Man möchte glauben, Schlüsselbunde machen sich ein Vergnügen daraus, verlorenzugehen; im Augenblick liegen wohl zehn im Regal.«

»Gut«, sagte der Mann, »dann wird es Ihnen wohl nicht schwerfallen, mir die Fundstücke zu zeigen.«

Paula tippte mit dem Zeigefinger auf den Nachforschungsantrag, und da Henry dies zeichenhaft verstand, sagte er: »Zuerst müssen Sie das hier ausfüllen, nehmen Sie sich ruhig Zeit.«

»Aber warum denn?« fragte der Mann ärgerlich.

»Das ist so üblich bei uns«, sagte Henry, und Paula fügte hinzu: »Es entspricht den Vorschriften.«

Als wollte er dem gereizten Antragsteller helfen, nahm Henry den Kugelschreiber und begann mit ernster Miene das Fragespiel, fragte also: »Ich habe am – Datum – folgenden Gegenstand verloren, also Schlüsselbund.« Er trug das Wort »Schlüsselbund« ein und fragte weiter: »Nach? Zu welchem Bestimmungsort?«

»Bamberg.«

»Also Bamberg. Abfahrtszeit?«

»So um neun.«

»Das ist leider nicht genau.«

»Also dann: acht Uhr siebenundfünfzig.«

»Zugnummer?«

»Keine Ahnung.«

»Zugname?«

»Muß ich das wissen?«

Obwohl Henry erkannte, wie sehr der Mann seine Fragen als Zumutung empfand, forschte er unerbittlich weiter, nur Paula spürte sein mühsam unterdrücktes Vergnügen bei dieser Ermittlung. Sie mußte an sich halten, mußte sich zwingen, ernst zu bleiben, als Henry nach dem vermutlichen Ort des Verlustes fragte, mit bedeutungsvollen Pausen fragte: »Im Zug? Im Speisewagen? Auf dem Bahnsteig? Im Warteraum? Oder vielleicht bei der Fahrkartenausgabe?«

Der Mann schüttelte den Kopf, heftig ergriff er den Nachforschungsantrag, überflog die vorgedruckten Fragen, und nachdem er sich davon überzeugt hatte, daß Henry sich tatsächlich an den amtlichen Text hielt, sagte er: »Da geht einem ja der Hut hoch, woher soll ich wissen, wo ich die Schlüssel verloren habe? Sie stellen vielleicht Fragen.«

»Wenn Sie es nicht wissen«, sagte Henry, »können Sie es zunächst einmal vermuten, mitunter bringen uns Vermutungen auf die Spur.«

»Meinetwegen schreiben Sie: auf dem Bahnsteig, bei der Telephonzelle auf dem Bahnsteig«, sagte der Mann, »es gibt dort nur eine, und die ist außer Betrieb.« Henry schrieb die ganze Antwort hin, während der Mann Paula anblickte in der Hoffnung, von ihr eine Bestätigung seines Unmuts zu bekommen oder einen tröstenden Zuspruch, in der Art: Das ist nun mal so bei uns, wir können Sie nur um Verständnis bitten, schließlich geschieht alles nur zu Ihrem Besten.

Alles, was der Nachforschungsantrag an Auskunft forderte, wurde dem Mann abverlangt, zuletzt erbat Henry sich eine exakte Beschreibung des Schlüsselbundes – Anzahl der Schlüssel, besondere Kennzeichen, Anhänger –, notierte, was er erfuhr, und ließ den Mann unterschreiben. Der schüttelte wiederum den Kopf, er wollte anscheinend nicht begreifen, daß Henry jetzt erst, nach dieser lästigen Befragung, aufstand, zwischen den Regalen verschwand, dort suchte und prüfte, einen leisen Pfiff hören ließ und dann gleich ein paar Schlüsselbunde zur Auswahl brachte: »Na, welcher gehört Ihnen?« Ohne zu zögern, nahm der Mann ein Lederetui auf, schüttelte es, bis ein paar Schlüssel herausfielen und dazu eine kleine massive Eule und ein Porträtbildchen, nicht größer als eine Briefmarke, das ein pausbäckiges Mädchen zeigte; außerdem hing am Schlüsselring ein Kettchen, an dem eine verschrammte Kugel befestigt war.

»Das sind meine Schlüssel«, sagte der Mann und glaubte noch bemerken zu müssen: »Warum nicht gleich so?«

Henry ließ sich die Schlüssel geben, befingerte sie gelassen, drehte und betrachtete die Eule: »Gold? Ist die aus Gold?«

»Selbstverständlich«, sagte der Mann.

»Und dieser gezackte Schlüssel?«

»Meine Garage.«

»Und der hier, der flache?«

»Meine Stadtwohnung.«

»Dann dürfte der Ihr Autoschlüssel sein?«

»So ist es. Übrigens, das kleine Mädchen ist meine Tochter, und falls Sie auch das wissen müssen: Sie heißt Angelika und ist sechs Jahre alt.«

Henry entging nicht die bemühte Ironie, mit der der Mann den letzten Satz aussprach, er tat, als habe er es nicht bemerkt, und befingerte die Kugel so nachdenklich, daß er die Frage »Genügt es Ihnen?« überhörte. Auf die nächste Frage: »Darf ich jetzt meine Schlüssel haben?«, reagierte Henry nicht, die Kugel betrachtend, sagte er: »Das ist wohl ein Andenken, kein allzu angenehmes, oder?«

»Sie haben's erraten«, sagte der Mann, »und damit Sie es genau wissen: ein Andenken an die letzte Jagd, ein Querschläger, erwischte mich unterm linken Schulterblatt. – So, und jetzt geben Sie mir die Schlüssel, allmählich reicht's mir.«

Nach einem schnellen Blick zu Paula, die ihm zuzwinkerte, hob Henry bedauernd die Schultern, er entschuldigte sich für die langwierige Ermittlung, zeigte sogar Verständnis für wachsende Ungeduld, sah sich aber nicht in der Lage, von der vorgeschriebenen Nachforschungsmethode abzuweichen.

»Tut mir leid«, sagte er, »tut mir wirklich leid«, und ohne der Erregtheit des Mannes Beachtung zu schenken, fügte er bekümmert hinzu: »Noch schulden Sie uns den Eigentumsbeweis.«

»Den was?« fragte der Mann, und Henry: »Den überzeugenden Beweis, daß dieses Schlüsselbund Ihnen gehört; wie Sie erklärten, ist die Eule aus massivem Gold.«

»Machen Sie keine Witze, was ich Ihnen gesagt habe, spricht doch wohl für mich als Eigentümer.«

»Für Sie ja, aber nicht für uns«, sagte Henry.

»Wollen Sie vielleicht eine eidesstattliche Versicherung? Oder sollen wir die Schlüssel an meinem Auto, an meiner Stadtwohnung ausprobieren?«

Henrys Blick fiel auf die Kugel, er drehte sie zwischen den Fingerkuppen, und plötzlich sagte er: »Unter dem linken Schulterblatt, wenn ich Sie richtig verstanden habe, traf Sie der Querschläger, unter dem linken Schulterblatt.«

»Sie haben mich richtig verstanden.«

Da fragte Henry – nicht überlegen oder gar provozierend, sondern eher beiläufig –: »Darf ich die Narbe mal sehen?«

Unwillkürlich trat der Mann nah an Henry heran, in seinem Gesicht zuckte es, er suchte nach Worten für seine Verblüffung, seine Empörung, und als Henry ruhig sagte: »Einen weiteren Beweis brauchen wir nicht«, stöhnte der Mann auf und sah sich um und fragte erbittert: »Haben Sie einen Vorgesetzten? Ich möchte Ihren Vorgesetzten sprechen, ich bin nicht gewohnt, so behandelt zu werden. Ihr Benehmen ist unerhört.«

Henry machte keinen Versuch, den Mann zu beschwichtigen, gleichmütig deutete er auf das Büro hinauf, in dem, erkennbar hinter der Glasscheibe, Hannes Harms saß: »Dort ist der Chef.«

Auf sein Zeichen erhob sich Paula und ging ins Büro; während sie mit Harms sprach, zeigten sich beide für einen Moment belustigt, setzten aber sogleich ernste Gesichter auf, als sie sich dem aufgebrachten Mann näherten. Der wartete keinen Gruß ab, erbittert begann er sogleich, Klage zu führen über die Behandlung, die er hier erfuhr, und besonders über das, was man ihm hier zumutete; er wolle sich verwahren dagegen, er wolle protestieren, schließlich wolle er doch nur einen Verlust anmelden, und das sei doch wohl kein Grund, ihn einem Verhör zu unterziehen oder von ihm zu verlangen, Jacke und Hemd abzulegen.

Hannes Harms, den Paula bereits eingeweiht hatte, wollte nun von dem Mann selbst hören, worum es ging und was ihn so erbitterte, er unterbrach ihn nicht ein einziges Mal, hin und wieder nickte er vor sich hin, und nachdem er die Beschwerde zur Kenntnis genommen hatte, wandte er sich an den Mann und sagte freundlich: »Herr Neff ist noch nicht lange bei uns, Sie müssen ihm den Eifer der Jugend zugute halten, im übrigen, scheint mir, hat er nur seine Pflicht getan.«

»Pflicht?« fragte der Mann abschätzig. »Ich erkenne keine Pflicht darin, einen Antragsteller zu beleidigen.«

»Sie vergessen etwas«, sagte Harms. »Was wir hier tun, tun wir sorgsam, nach bewährten Regeln, es geschieht allemal zum Schutz des ehrlichen Verlierers.« Statt darauf einzugehen, machte der Mann einen schnellen Schritt zu Paulas Schreibtisch, ergriff das Schlüsselbund, hielt es Harms entgegen und sagte: »Dann darf ich wohl mein Eigentum an mich nehmen.«

»Leider noch nicht, leider sind Sie uns den letzten Beweis schuldig geblieben.«

Der Mann starrte Harms ungläubig an, er preßte die Lippen zusammen, plötzlich zog er die Jacke aus und zerrte sein Hemd hoch, so daß für ein paar Sekunden das Schulterblatt freilag.

»Es genügt«, sagte Harms, »ich danke Ihnen«, und mit sachlicher Stimme fügte er hinzu: »Sie können Ihr Eigentum nehmen.«

»Zu meinem Bedauern noch nicht«, sagte Paula, »wir bekommen eine Bearbeitungsgebühr, die beträgt pauschal dreißig Mark.« Der Mann stutzte, dann lachte er höhnisch auf, und mit einem Ausdruck der Verachtung trat er an Paulas Schreibtisch heran und zahlte die geforderte Summe; ohne zu grüßen, verließ er danach das Fundbüro.

Sie erwarteten eine Zurechtweisung, Paula und Henry blickten Harms an, der sich bedachte, dann den Schreibtisch umrundete, schließlich, als wollte er dem, was er sagen wollte, eine eigene Bedeutung geben, zum Büro hinaufwies: Dort also sollten die Worte fallen.

Sie gingen ins Büro; zu ihrer Überraschung bot Harms ihnen Stuhl und Hocker an, und nicht nur dies: Er stellte eine Thermoskanne und Tassen auf den Tisch und bat

Paula, einzuschenken. Schweißperlen schimmerten in seinem grauen Stoppelhaar. Kein Vorwurf; er überging einfach Henrys Verhalten gegenüber dem hochfahrenden Antragsteller und gestand ihnen, daß er kürzlich etwas erfahren hatte, was ihm Kummer machte, er hatte es, wie er sagte, von oben erfahren. In diesem Augenblick ahnte Henry, worauf er anspielte, und er täuschte sich nicht, denn Harms faßte ihn ins Auge und erwähnte ein Gespräch mit dem Bereichsleiter, ein offenherziges Gespräch, in dem man ihm mitgeteilt hatte, daß einer diese Dienststelle verlassen wollte.

»Ja, Henry«, sagte er, »dein Onkel gab mir zu verstehen, daß du deine Arbeit hier aufgeben willst, und er nannte auch deine Gründe, noble Gründe, das muß ich anerkennen, aber das, was du erreichen möchtest, wird nicht geschehen: In der Personalabteilung haben sie ihre eigenen Richtlinien, die Leute müssen ausführen, was ihnen aufgegeben wird.«

Paula beugte sich über den Tisch. »Ist es wahr, Henry? Du willst uns verlassen?« Da Henry nicht so rasch antwortete, sagte Harms: »Er will gehen, damit Albert bleiben kann.«

»Das kannst du uns doch nicht antun«, sagte Paula, »du hast doch selbst gesehen, wie sehr wir dich brauchen«, und Harms fügte hinzu: »Du hast dich gut eingearbeitet, für dich gibt es hier nichts mehr, was du lernen könntest, nicht einmal von Albert.« Er machte eine Pause, dann fragte er: »Weißt du, daß Albert krank geschrieben wurde?«

»Albert?«

»Ja, es ist nicht sicher, ob und wann er zu uns zurückkommt; dein Onkel hat's mir am Telephon gesagt.«

»Albert«, sagte Henry und stand auf und sah auf einen Ständer vor den Regalen hinab, an dem Bußmanns blauer Arbeitskittel hing, sein geräumiger Blaumann mit den ausgebeutelten Taschen. Auf seine Frage, was man für Albert tun könnte, jetzt und in der nächsten Zeit, wußte keiner etwas zu sagen, Henry beschloß lediglich still für sich, erst einmal den alten Vater zu besuchen.

Bevor sie das Büro verließen, brach Paula ein Stück von einem Roggenkeks ab und bot es dem Dompfaff an, doch der blieb auf seiner Stange sitzen und zeigte kein Interesse. »Er mag mich nicht mehr.«

»Doch, Paula, er kommt nur in die Mauser, und da wird er appetitlos.«

Zwischen den Regalen, dort, wo in einem Fach vergessene Bücher lagen und daneben mehrere Photoapparate, faßte Henry Paula am Arm und hielt sie zurück. Auf seinen angedeuteten Kuß reagierte sie nicht, sah ihn nur grübelnd an und schien auch nicht die Hand zu bemerken, die sich auf ihre Schulter legte. Er gab sich vergnügt, und sie spürte es, er hatte etwas zu bekennen. Behutsam nahm er einen Photoapparat aus dem Fach, es war ein teurer Apparat: Wer den vergessen hatte, mußte wohl ziemlich eilig oder gedankenlos gewesen sein, meinte er. Henry war sicher, daß der Eigentümer sich bald melden würde. »Falls er sich bei dir meldet«, sagte er, »brauchst du ihn nur nach den letzten Aufnahmen zu fragen, ich hab schon mal vorgearbeitet, ich hab den Film entwickeln lassen, die Bilder sind hier in diesem Tütchen.«

Er setzte sich auf eine zusammengerollte Luftmatratze, klopfte auf die Stelle, auf die Paula sich setzen sollte, und dann zog er, eins nach dem anderen, die Photos heraus und hielt sie ihr hin: »Guck dir das an.« Rätselnd betrachtete sie die farbigen Aufnahmen, legte sie weg, nahm sie ein zweites Mal auf, schließlich sagte sie: »Wasser, ich seh nur Wasser.«

»Du mußt genauer hinsehen«, sagte Henry, »du mußt vergleichen, dann geht dir etwas auf.«

»Und was sollte das sein?«

»Wenn du ein paar Photos nebeneinanderhältst, dann erkennst du es: Wellen, es sind immer nur Wellen, die der Photograph im Auge hatte, ihre Entstehung, ihr Ende, ihre wechselnden Erscheinungen.« Er legte einige Photos wie Spielkarten in Reihe aus, und jetzt sah sie es: die Welle mit dem zerrissenen Kamm, die sich reckte und gleich überschlagen würde; die flache, schaumbedeckte Zunge, die über den Strand leckte, nah am Versickern; die auslaufenden Heckseewellen eines Schleppers, auf denen eine Möwe landete, und die tänzelnden, von Sonnenkringeln bedeckten Wellen, die ein nacktes kleines Mädchen umspülten. »Da siehst du es, Paula: Der Photograph ist ein Wellenforscher, vielleicht ein Wellenliebhaber, jedenfalls: Wenn er einmal zu dir kommt, um seinen Apparat abzuholen, könntest du ihm ein paar schöne Fangfragen stellen.«

»Ich hoffe, daß du es tun wirst«, sagte Paula, »daß du bei uns bleibst und es selbst tun wirst.«

Sie fuhr ihm flüchtig über die Wange, lächelte nachsichtig, und auf die Photos hinabblickend sagte sie: »Du wirst nichts erreichen; ob Albert zurückkommt – ich bezweifle es; die Regeln, die hier gelten, sehen einen solchen Tausch nicht vor. Dennoch, Henry, daß du es versucht hast, verdient Anerkennung. Ich bin ein paar Jahre älter als du, und deshalb darf ich dir doch sagen: Du bist ein guter Junge; wir alle hier haben dich gern.«

Ohne ein Wort legte er einen Arm um sie und zog sie an sich, doch als sie beide von der Luftmatratze zu kippen drohten, richtete er sich mit einer schnellenden Bewegung auf und ergriff ihre Hand und fragte: »Fahren wir? Fahren wir zusammen an die Küste?« Sie schüttelte den Kopf; wieder fuhr sie ihm über die Wange, und obwohl er in ihrem Blick eine offene Zuneigung erkannte, spürte er auch die Nachsicht, die sie für ihn empfand; er spürte sie besonders, als sie lächelnd sagte: »Du bist ein guter Junge, Henry, sei auch ein vernünftiger Junge. Wir werden nicht zusammen fahren.«

»Aber warum nicht?«

»Ich weiß nicht, wie es ausgehen wird, aber so viel ist sicher: Es wird nicht gut ausgehen.«

Sie hatte ein müdes Gesicht, anscheinend taten ihr die Augen weh. Seufzend hob sie zwei Photos auf. Sie hielt sie nebeneinander, sie sagte: »Wellen«, und sagte dann: »Dich hat mal eine Welle umgerissen, das hast du mir erzählt, erinnerst du dich?«

»Aber sicher, das war bei einem Schulausflug, auf den Inseln, ich mußte viel Wasser schlucken.« Er sah sie erstaunt an, erstaunt, weil sie sich daran erinnerte; als er versuchte, sie zu küssen, stand sie auf und wischte ihm übers Haar. Ruhig sammelte sie dann alle Photos ein und steckte sie in das Tütchen: »Hier, du wirst das brauchen.« Mit dem Tütchen und dem Photoapparat, den sie aus dem Regal nahm, ging sie zu dem Schrank, in dem sie die Wertsachen aufhoben. Henry folgte ihr langsam, trat so dicht an sie heran, daß er sehen konnte, wie sie da hantierte und ordnete und den Dingen Platz verschaffte. Er zögerte, sie zu berühren, und als sie sich umwandte, lächelte er verlegen und wie ertappt. Paula bat ihn um eine Zigarette, und während er ihr Feuer gab, fragte er: »Möchtest du, daß ich hierbleibe?«

»Selbstverständlich«, sagte Paula und fügte heiter hinzu: »Es gibt hier keinen, bei dem die Fundsachen sich so wohl fühlen wie bei dir, du gehörst hierher.«

»Und dabei, Paula, dabei komme ich mir mitunter selbst wie eine Fundsache vor.«

»Immerhin bist du eine unterhaltsame«, sagte Paula, und nach kurzer Erwägung: »Was hältst du davon, wenn ich die Fundsache Henry zu Muscheln einlade; diesmal bin ich dran.«

»Einverstanden, ich freu mich, und ich werde mir überlegen, was wir hinterher machen.«

»Was meinst du mit hinterher?«

»Hinterher ist alles offen.«

Paula lachte und sagte: »Also, wenn uns einer zuhörte, Henry, der fühlte sich bestimmt an Kindergespräche erinnert.«

»Na und? Kindergespräche muß man ernst nehmen.«

Die Klingel rief zur Ausgabe. Paula sagte nur »Kundschaft«, und Henry zuckte die Achseln und trottete gehorsam los.


Über die Lenkstange gebeugt, schob der Briefträger sein Fahrrad an den zementierten Platz heran, stellte es neben einem Hydranten ab und öffnete die pralle Posttasche, die er im Gepäckträger eingeklemmt hatte. Sortiert, abgepackt, mit Gummiband verschnürt lagen in der Tasche die Briefe, lagen in handlichen Päckchen da, geordnet nach Hausnummern. Der Briefträger kannte alle Nummern der Hochhäuser, er kannte auch etliche der Empfänger in seinem Revier, die den kleinen, immer gut aufgelegten Mann aus Nigeria »Joe« nannten, so, wie er selbst genannt werden wollte: »Heute bringt Joe freundliche Post.«

Wie bereitwillig und wie genau er den Ball zurückschoß, den ein Junge ihm zuspielte, und wie erfreut er war, als er Henry erblickte, der, in jeder Hand eine Plastiktüte, seinem Hauseingang zustrebte.

»Hallo, Joe«, sagte Henry, und Joe, mit einem Ausdruck des Bedauerns: »Heute nix, Boss, aber das nächste Mal.«

Henry schloß die Haustür auf und ließ Joe eintreten,

der sich gleich daran machte, die Briefkästen einiger Bewohner zu füttern mit Post und Reklame; einmal hielt er triumphierend einen Luftpostbrief hoch, winkte Henry heran und deutete auf die Briefmarke, die zwei einander liebkosende Leoparden zeigte. »Afrika«, sagte er, »Namibia, viele lassen Joe grüßen.«

Henry nickte ihm zu und ging zu seiner Wohnung und stellte verwundert fest, daß die Tür nicht abgeschlossen war.

An seinem Schreibtisch saß Barbara. Sie stand nicht auf, als er eintrat, sie sah ihn nur erleichtert an und murmelte »Endlich«, und als er fragte: »Was machst du denn hier?«, sagte sie: »Ich warte auf dich.«

Henry nahm ihre Hände – die ewig kalten Hände – und rieb sie, um sie zu wärmen. Und sie lächelte ihm nicht zu und dankte ihm nicht.

»Hast du Nachrichten von Fedor?«

Sie nickte, und nach einer Pause erzählte sie, daß sie in der TH war, daß sie sich durchgefragt hatte zum Vorzimmer des Rektors. »Ich habe mit seinem Referenten gesprochen und mit seiner Sekretärin, Fedor hat um Urlaub gebeten, angeblich mußte er dringend nach Hause.«

»Das glaube ich nicht.«

»Du mußt es glauben, offiziell hieß es: Doktor Lagutin hat einen Antrag gestellt, er wollte seine Arbeit unterbrechen, dieser Antrag wurde bewilligt.«

»Heißt das, daß er schon fort ist?«

»Ich bin von der TH ins ›Adler‹ gefahren«, sagte Barbara, »dort haben sie seine Abreise bestätigt.«

»Und er hat nichts hinterlassen? Kein Wort? Kein Zeichen?«

Sie hielt ihm einen offenen Briefumschlag hin: »Hier, das lag für uns an der Rezeption, lies nur diesen Satz, der sagt alles.«

Henry las: »Den Pfeil, der dich trifft, kannst du herausreißen, Worte aber bleiben stecken für immer.« In einem Nachsatz versprach er noch, jeden Tag aus einer der Tassen zu trinken, die Barbara ihm geschenkt hatte, immer aber werde auch die zweite Tasse aufgedeckt sein als Zeichen seiner Erwartung.

Eine Weile saßen sie schweigend da und vermieden es, einander anzusehen; Henry entging nicht, wie sehr Barbaras Hand zitterte. Beide wußten, daß sie Fedor nicht hätten umstimmen können, und sie glaubten nicht an seine Bereitschaft zur Rückkehr, selbst wenn sie ihn zu sich einlüden.

Barbara ging in die Küche, kam mit zwei Gläsern und einer Flasche Cola zurück; bevor sie sie absetzte, blieb sie vor dem Fenster stehen und blickte auf den Platz hinaus.

»Komm, Henry, schnell«, flüsterte sie, rief es nicht, sondern flüsterte es, und er trat neben sie und erfaßte in einem Augenblick, was dort draußen geschah.

Sie hatten ihn eingekreist, fünf von ihnen hatten Joe eingekreist mit ihren Motorrädern, zogen den Kreis enger und fuhren mutwillig auf ihn zu, und als er, die Posttasche in beiden Händen, durch eine Lücke zu entkommen suchte, setzten sie ihm lachend nach und schnitten ihm den Weg ab.

»Das ist Joe«, sagte Henry, »unser Postbote.«

Schläge fielen, nicht sehr starke; Schläge, die Joe trafen, wenn sie auf ihren Motorrädern dicht an ihm vorbeifuhren; einer versuchte, ihm die Posttasche zu entreißen, doch Joe hielt sie mit beiden Händen fest, konnte es aber nicht verhindern, daß bei dem Gezerre einige Briefe herausfielen und fortgetrieben wurden vom Wind. Verzweifelt lief Joe ihnen nach, um sie wieder einzusammeln, trat sie fest, einmal ließ er die Tasche fallen, oder sie schlugen sie ihm aus den Händen, und sogleich drehten zwei von

ihnen heran und überfuhren die Tasche und hoben triumphierend die Arme hoch. Da entschloß sich Joe, das, was
ihm anvertraut war, mit seinem Körper zu schützen; er
legte sich auf die Tasche, schmiegte sein Gesicht an den
Boden und wartete bewegungslos.

»Soll ich die Polizei rufen?« fragte Barbara und fragte
noch einmal: »Sag doch, soll ich die Polizei rufen?« Henry antwortete nicht, er starrte nur auf den Platz hinaus,
zu lange, wie Barbara glaubte, aber auf einmal schob er
sie zur Seite und ging ohne ein Wort aus dem Zimmer. Im
Vorübergehen griff er sich den Eishockey-Schläger mit
den Initialen E. S. Sie hörte, wie er mit festem Schritt die
Steintreppe zum Ausgang hinabging, und sah ihn gleich
darauf am Rand des Platzes auftauchen und sich nach
kurzer Vergewisserung auf Joe zubewegen, der immer
noch auf der Posttasche lag.

Obwohl zwei von ihnen in sehr langsamer Fahrt auf
ihn zu kamen, setzte Henry seinen Weg fort. Ihre höhni-
schen Gesichter. Das aufjaulende Motorengeräusch. Er
verstand nicht, was sie ihm zuriefen. Als er einen Stoß in
den Rücken erhielt, wandte er sich um und hob abweh-
rend den Hockey-Schläger, er ermunterte den Angreifer:
»Na los, komm, versuch's noch einmal«, doch der lachte
und drehte ab, schlug aber nur einen Bogen und hielt auf
Joe zu.

Joe kauerte jetzt neben der Posttasche und überlegte
offenbar, wohin er fliehen sollte; in einer Hand hielt er
ein paar der Briefe, die er aufgesammelt hatte, die streckte
er Henry entgegen und sagte: »Hier, Boss, Joe hat gerettet
diese Briefe.« Kniend nahm Henry die Briefe an sich und
stopfte sie in die Posttasche, dann sprang er auf. Wieder
fuhr einer auf ihn zu, ließ lässig die Füße über den Boden
schleifen, riß plötzlich die Maschine hoch, so daß das
Vorderrad sich wie drohend aufbäumte; Henry hieb ihn

224

vom Sitz. Er führte den Schläger beidhändig und traf den Angreifer im Nacken; Barbara am Fenster konnte kaum erkennen, wohin der Schlag fiel, sie sah nur, wie der Getroffene zusammensackte und stürzte und die Maschine unter ihm wegrutschte.

»Lauf«, rief Henry Joe zu, »renn los, zu ›Zwei A‹, man wird dir aufmachen.« Joe gehorchte, er erhob sich, nahm die Posttasche auf, da schnitten sie ihm schon den Weg ab, fuhren auf ihn zu und trieben ihn zurück, und er suchte Sicherheit bei Henry. Während sie Rücken an Rücken standen, empfand Barbara für einen Augenblick ein Gefühl der Freude, es berührte sie, wie die beiden sich da draußen Schutz gewährten, wie sie im Vertrauen aufeinander die Angreifer erwarteten. Schlagbereit hielt Henry den Hockey-Schläger, einen Angreifer, der ihm zu nahe kam, traf er am Arm, sah, wie der unbeherrscht wegscherte, einen weiten Bogen fuhr, dann aber auf ihn zuhielt. Henry war sicher, daß er im letzten Moment ausweichen werde, darum steppte er nicht zur Seite, sondern blieb entschlossen stehen.

Barbara am Fenster schrie auf, als Henry umgerissen wurde, sie sah ihn fallen, sah auch, wie sie im Vorbeifahren nach ihm traten und er bemüht war, den Schläger zu fassen, der fast in Reichweite vor ihm lag. Sie wählte die Nummer der Polizei. Sie sagte, was sie sah. Sie nannte die Adresse.

Noch bevor sie hinausging, trat sie ans Fenster und erblickte einen anderen Platz, oder doch ein verändertes Geschehen mit veränderten Bewegungen: Immer noch hockten, eingekreist von Motorrädern, Henry und Joe auf dem Boden, doch von verschiedenen Seiten bewegten sich mehr und mehr Männer auf sie zu; sie kamen aus den kleinen gegenüberliegenden Geschäften, kamen aus Hauseingängen und den beiden parkenden Lastautos, auch zwei Erdarbeiter stiegen aus ihrem Loch, griffen sich ihre Schaufeln und schlossen sich den anderen an. Nicht überstürzt, sondern geruhsam und ihrer Überlegenheit gewiß, bewegten sie sich auf den Ring um die Eingeschlossenen zu; Barbara sah noch, wie sie aufeinanderstießen. Kein Abwarten, keine Droh-, keine Warnrufe, nicht einmal ein vorsorgliches Schätzen und Bemessen; als folgten sie einem Zwang oder einem Auftrag, den sie endlich erfüllen mußten, gerieten sie aneinander, unabwendbar.

Eine zweite Maschine kippte und blieb mit laufendem Motor liegen, ihr humpelnder Fahrer versuchte zu fliehen. Gestalten verklammerten, verklumpten sich am Boden, wer zu entkommen versuchte, hatte gleich zwei Verfolger hinter sich. Eine Schaufel erschien über den Köpfen, schlug zu. Waghalsig kurvte ein Motorrad heran, hielt vor einem Verletzten, dem es gelang, auf den Rücksitz zu klettern; ein Hieb von irgendwoher, und er stürzte.

Als Barbara sich über Henry beugte und ihm half, sich aufzusetzen, war Motorengeräusch in der Nähe nicht mehr zu hören, das Röhren der letzten Maschine verstummte in der Ferne.

»Kannst du gehen?« fragte Barbara.

»Ich will's versuchen«, sagte Henry, und während er sich beidhändig vom Boden abdrückte, auf die Knie ging, verharrte, schob Joe sich neben ihn und bot ihm seine Schulter als Stütze an. Einer der Männer, die um sie herumstanden, faßte zu und brachte Henry auf die Beine und erkundigte sich fürsorglich, wohin er gebracht werden wollte. Henry antwortete nicht gleich, er stemmte eine Faust in seine Hüfte, machte ein paar kleine Probeschritte auf der Stelle und blickte in die Richtung, in der die Motorräder verschwunden waren.

»Die kommen nicht wieder, Boss«, sagte Joe, »heute haben die etwas gelernt.«

»Paß nur auf deine Briefe auf«, sagte Henry und lächelte ihm zu und bat Barbara, ihn nach Hause zu bringen.

Barbara hakte ihn unter; alle, die sie umstanden, wandten sich ihnen zu. Als erkennbar war, wohin sie wollten, öffnete sich der Kreis, von den obersten Fenstern der Hochhäuser sah es so aus, als bewegten sich Barbara und Henry durch ein Spalier. Auf dem Platz verlangsamte sich ihre Bewegung, einmal mußten sie stehenbleiben; Henry verharrte unschlüssig, anscheinend traute er es sich nicht zu, weiterzugehen. Aber dann brachte Joe ihm den Hockey-Schläger, und Henry benutzte ihn als Stütze und ließ sich von Barbara zum Hauseingang führen.

Auch auf Barbaras Zureden legte er sich nicht hin, er angelte sich einen Stuhl und setzte sich ans Fenster.

»Prellungen«, sagte Henry, »weiter nichts.« Sie ging ins Badezimmer, ohne die Tür ganz zu schließen, trat vor den Spiegel und betrachtete prüfend ihr Gesicht; Henry sah, wie sie mit einer Hand Wasser schöpfte und ihr Gesicht kühlte.

Er zog einen zweiten Stuhl heran und rief Barbara zu sich: »Da, sieh dir das an.« Nebeneinander am Fenster sitzend, blickten sie hinaus auf den Platz, auf dem jetzt zwei Peterwagen standen, umgeben von Leuten, die nicht wegfinden konnten und die von Polizisten befragt wurden oder sich anboten, befragt zu werden. Wie sie sich ergänzten, ins Wort fielen. Wie sie da auf verschiedene Stellen des Platzes zeigten – hier, hier – und die Richtung andeuteten, in der die, die noch fliehen konnten, verschwunden waren. Die Polizisten wunderten sich nicht über die auskunftsbereiten Zeugen, einer von ihnen machte sich Notizen.

Nachdem die Peterwagen weggefahren waren, zerstreuten sich allmählich die Leute, sie gingen einzeln davon und in Gruppen, dann und wann blieben einige stehen und wandten sich um oder blickten zu den Fenstern des Hochhauses hinüber. Bald gehörte der Platz dem unablässigen Wind, der ihn reinfegte von Papier und Blättern und weggeworfenen Zigarettenschachteln und der eine weiße Plastiktüte in Kreiseln drehte.

Als überliefe ihn ein Schauder, hob Henry die Schultern und seufzte. Barbara sah ihn besorgt von der Seite an, und als ihre Blicke sich trafen, nickte sie ihm zu und fragte: »Geht's besser?«

»Ja«, sagte Henry, »jetzt geht's besser.«

Barbara stand auf, wollte zum Telephon, wollte im Fundbüro anrufen, um dort Bescheid zu geben, daß Henry erst später käme, doch der hielt sie am Arm fest und zog sie wieder auf den Stuhl.

»Bleib hier, ich gehe noch ins Büro, ich möchte sie nicht allein lassen; wer weiß, was sich dort wieder angefunden hat.«

Barbara musterte ihn überrascht, fragte: »Hast du deine Meinung geändert?«

»Ich habe etwas eingesehen.«

»Ich will uns Tee machen«, sagte Barbara und ging in die Küche.

Er hörte, wie sie Wasser in den Kessel einlaufen ließ und danach das Radio anstellte. ›Summertime‹. Henry liebte die übersonnte Elegie dieses Liedes; unwillkürlich begann er, die Melodie mitzusummen, unterbrach sich aber, als er auch Barbara summen hörte, nicht absichtslos und einfach vor sich hin, sondern so, als wollte sie ihn erreichen, ihn an etwas erinnern. Dann hörte er, wie sie das Geschirr auf dem Tablett zusammensetzte, wie sie die Zuckerdose aus dem Schrank nahm und mit harten Schnitten eine Zitrone zerteilte. Henry machte schon mal ein Stück des Tisches frei und leerte den übervollen Aschenbecher, und während er das tat, mußte er an Fedor denken, dachte: Zu früh, Fedor, du hast uns zu früh verlassen. Er wollte Barbara das Tablett abnehmen, doch ein jäher Schmerz in der Hüfte ließ ihn in der Bewegung innehalten, und an den Tisch gelehnt mußte er zusehen, wie sie das Geschirr verteilte.

»Der Tee muß noch ziehen«, sagte sie und wandte sich dem Fenster zu und blickte auf den Platz hinaus. Auf Henrys Frage: »Ist da was?«, sagte sie: »Still ist es, still und friedlich; ich wollte, Fedor wäre jetzt hier.«

»Du wirst ihm schreiben.«

»Ja, Henry, ich werde ihm schreiben, bald.«


Hannes Harms erwartete ihn bereits. Er begrüßte Henry mit einem flüchtigen Handschlag und forderte ihn auf, ins Büro zu gehen und deutete auf den Besucherstuhl: »Setz dich, wir müssen reden.«

Der Chef bot ihm eine Zigarette an. Mit seinem Zögern bewies er, wie schwer ihm der Anfang fiel, nach einer Weile aber sagte er: »Albert, er kommt wohl nicht wieder. Schlaganfall. Gestern habe ich es erfahren.«

»Kommt er nie mehr zurück?« fragte Henry.

»Ich glaube es nicht.«

»Können wir ihn besuchen?«

»Man wird mir Nachricht geben.«

»Vielleicht geht alles gut aus«, sagte Henry, »mein Onkel hatte auch einen Schlaganfall, vor drei Jahren schon, und konnte danach weiterarbeiten.«

»Wir wollen es hoffen für Albert.«

Anscheinend wollte Harms noch mehr sagen, doch nach einem Blick zu Paula hinab stand er auf und lenkte Henrys Aufmerksamkeit auf die beiden kleinen Mäd-

chen, die vor ihrem Schreibtisch standen, verlegen, schuldbewußt.

»Paula winkt uns.«

»Dann gehen wir mal zu ihr.«

Paula kannte die Namen der Mädchen, die sich eng
beieinander hielten, sie zeigte auf Margrit – »das ist Margrit« – und zeigte auf Anna – »das ist Anna«. Und bevor
die Mädchen Henrys Aufforderung nachkamen, ihren
Verlust anzugeben, erklärte Paula, daß die Lehrerin ihnen
geraten habe, im Fundbüro nachzufragen, im Fundbüro
auf dem Bahnhof; Anna sei unglücklich über den Verlust
ihrer Flöte.

»So«, sagte Henry, »also deine Flöte hast du verloren –
verloren oder vergessen?«

»Im Zug«, sagte Anna, »wir haben einen Klassenaus-
flug gemacht, eine Heidewanderung.«

»Im Zug hat Anna noch gespielt«, sagte Margrit, »auf
der Heimfahrt, ja.«

»Dann seid ihr auch in Lüneburg gewesen«, sagte
Harms, und Anna darauf: »In Lüneburg mußten wir umsteigen; es ging so schnell, da hab ich die Flöte wohl liegenlassen.«

»Matthes hat uns eine gebracht«, sagte Paula, »ich hab
sie auch schon registriert; liegt bei den Spielsachen.«

Henry verschwand zwischen den Regalen, die Mädchen flüsterten miteinander, und als er wieder erschien,
lief Anna ihm entgegen: Sie hatte die Flöte, die er in der
Hand hielt, sogleich wiedererkannt.

»Gehört sie dir auch wirklich?« fragte Harms.

»Ich hab sie zum Geburtstag bekommen«, sagte Anna,
und Margrit fügte hinzu: »Ich war dabei.«

»Gut«, sagte Henry, »dann kannst du uns sicher auch
etwas vorspielen, oder?«

»Ich weiß nicht, was ich vorspielen soll.«

»Spiel einfach dasselbe wie im Zug, auf eurer Heim-fahrt.«

Anna dachte nach, tuschelte mit ihrer Freundin und fragte dann ernst: »Wenn ich etwas spiele, darf ich dann meine Flöte haben?«

»Du bekommst sie.«

»Abgemacht«, sagte Anna, »ich spiele zuerst ›Probe-flug‹.«

»Was ist das: Probeflug?« fragte Harms.

»Also, da ist ein kleiner Vogel, der noch nie das Nest verlassen hat, seine Mutter lockt ihn, zu ihr zu fliegen, auf den nächsten Ast; sie tut es immer wieder, aber er hat Angst. Schließlich probiert er es dann doch und ist so begeistert, daß er nicht auf dem Ast landet, sondern über-mütig herumfliegt und ihr zeigen will, wieviel Freude es ihm macht. Bei der Landung schießt er Kobolz.«

»Das wollen wir hören«, sagte Henry.

Anna setzte die Flöte an die Lippen, und die im Fundbüro sahen und erlebten, was das Mädchen ihnen vorgestellt hatte: den Baum, das Nest, den alten, locken-den Vogel auf dem Ast.

»Darf ich jetzt meine Flöte haben?«

»Darfst du«, sagte Harms, »darfst du, und du sollst wissen, daß wir dir gern zugehört haben. Nun mußt du nur noch etwas unterschreiben«, und an Paula gewandt: »Die Bearbeitungsgebühr verrechnen wir mit dem Hono-rar für die künstlerische Darbietung.«

Henry drohte ihr freundlich: »Diese schöne Flöte darfst du nicht noch einmal vergessen.«

»Bestimmt nicht, versprochen.«

Beide Mädchen verabschiedeten sich ernst, doch schon auf der Treppe steckten sie die Köpfe zusammen und kicherten. Henry sah es und sagte: »Solche Verlierer läßt man sich gefallen, Verlierer, die für Unterhaltung sorgen.«

Während Paula begann, die Listen für die nächste Auktion zu vervollständigen, deutete Harms noch einmal auf das Büro, und mit der Bemerkung: »Wir sind noch nicht fertig, Henry«, ging er ihm voraus; daß der Chef Wichtiges bereden wollte, war seinem Gesicht anzusehen, diesem grüblerischen Ausdruck, der sich erst verlor, als sie einander gegenübersaßen.

»Ich weiß nicht, Henry, ob dir bekannt ist, daß ich laut Stellenplan einen Vertreter habe, bisher war es Albert. Albert: Wir wissen nicht, ob er zu uns zurückkommt, und wenn, ob er dann die Position ausfüllen kann oder will. Da ich demnächst einige Reisen machen muß – Informationsreisen, es geht um die Zusammenarbeit von Fundbüros –, müssen wir hier nach Plan besetzt sein – das siehst du doch ein.«

»Aber sicher.«

»Gut, Henry, und während meiner Abwesenheit wirst du mich vertreten, ganz offiziell. Du wirst mein Vertreter. Das haben wir beschlossen, die Personalabteilung bekommt noch Bescheid.«

Henry sah seinen Chef bestürzt an, er machte eine abwehrende Handbewegung, er stand auf und fragte: »Und Paula? Sie ist viel länger hier, sie hat das größere Anrecht.«

»Paula hat dich vorgeschlagen«, sagte Harms.

»Paula?«

»Sie meinte, du bist der beste Mann, den das Fundbüro in der letzten Zeit hatte, und ich teile ihre Meinung. Wir haben lange über dich gesprochen.«

»Paula hat mich vorgeschlagen?« wiederholte Henry ungläubig.

»Sie schätzt deine Arbeit«, sagte Harms, »und ich glaube auch, sie hat dich gern.«

Henry trat ans Fenster und blickte zu Paula hinab, die

über ihren Listen saß und nicht, worauf er hoffte, zu ihm aufsah; er hörte, daß Harms ihm eine Frage stellte, schien die Frage aber nicht verstanden zu haben und wartete darauf, daß der Chef sie noch einmal stellte.

»Also, Henry, was ist? Ich will der Personalabteilung schreiben, nimmst du unsern Vorschlag an?«

Da Henry schwieg, setzte er hinzu: »Du wirst es nicht bedauern. Um aufzusteigen, braucht man mitunter ein Sprungbrett – wenn du weißt, was ich meine.«

Henry schüttelte den Kopf. Er bedankte sich und sagte dann: »Ich freue mich, daß man zufrieden ist mit meiner Arbeit. Aber aufsteigen – mir liegt nicht daran, aufzusteigen, das überlasse ich gern anderen.«

»Gut«, sagte Harms, »das hast du mir schon einmal gesagt, damals, als du zum ersten Mal hier hereinkamst; wenn dich das Wort ›aufsteigen‹ stört, dann nennen wir es anders, nennen wir es ›verändern‹; hast du nicht manchmal den Wunsch, dich zu verändern? Dein Onkel hätte bestimmt nichts dagegen.«

»Kann sein, aber mir gefällt es so, wie es ist, an Verwaltungsarbeit bin ich nicht interessiert, und wie sehr die Ihnen zu schaffen macht, das sehe ich ja an dem Papier auf Ihrem Schreibtisch.«

»Ach, Henry, aber dann verrat mir mal, was dir hier so gefällt.«

»Wissen Sie es nicht? Sie mit Ihrer langen Erfahrung? Also, was mir gefällt – und sogar mehr als gefällt –, das ist die tägliche Begegnung mit Verlierern, mit den Leuten, die uns einen Verlust anzeigen. Nie hab ich mir vorstellen können, was alles die Leute liegenlassen und vergessen oder auf dem Bahnhofsgelände verlieren. Und nie habe ich geglaubt, daß man Leute erst richtig kennenlernt, wenn sie hier erscheinen, um einen Suchauftrag zu unterschreiben; dies Jammern, dies Hadern, diese Selbstvorwürfe. Und diese Freude, wenn Hoffnung aufblitzt und ich sie trösten kann. Mitunter, wenn ich einem Antragsteller zu seinem Eigentum verhelfen kann, bin ich nicht weniger glücklich als er selbst.«

Hannes Harms lachte auf, ging nachdenklich um seinen Schreibtisch herum und trat dann dicht an Henry heran und sagte mit ruhiger Stimme: »Wenn man dir so zuhört, mein Junge, man könnte sich bestätigt fühlen, auch ich könnte mich bestätigt fühlen nach all den Jahren.« Auf ein polterndes Geräusch hin sahen beide zur Ausgabe, der Bahnpolizist Matthes lieferte dort ein Fundstück an, ein sperriges, bunt bemaltes, das auf den Boden fiel, als er es abzusetzen versuchte.

»Was ist denn das?« fragte Henry, und Harms, sachlich: »Das siehst du doch, ein Liegestuhl, besondere Ausführung, vermutlich für zwei Personen.«

»Mein Gott«, sagte Henry, »wie kann man solch ein Ding liegenlassen?«

»Solch eine Frage hast du mir schon einmal gestellt«, sagte Harms, »zu meinem kleinen Pius hier, weißt du noch?«, und er sagte auch: »Mittlerweile solltest du aufgehört haben, dich zu wundern, aber das kommt wohl noch, das kommt bestimmt noch.«

Während er zu Matthes hinabsah, der, anscheinend gutgelaunt, den Liegestuhl aufschlug, um vor Paulas Schreibtisch probezuliegen, fragte er: »Nun, Henry, wie ist mit uns, übernimmst du, was wir dir anbieten?«

»Von mir aus«, sagte Henry, »also von mir aus sollte es so bleiben, wie es ist, vorläufig zumindest.«

Er zuckte die Achseln, er erwog, den Chef um Entschuldigung zu bitten für seine Entscheidung, unterließ es jedoch und schmunzelte beim Anblick des Bahnpolizisten, der anscheinend die bequemste Lage ermittelt hatte.

»Woran denkst du, Henry?«

»Ich denke schon an den Verlierer, den Antragsteller, ich schätze, er wird es schwer haben, mir zu beweisen, daß der Liegestuhl sein Eigentum ist: Zur Probe liegen, das genügt wohl nicht.«

»Dir wird bestimmt etwas einfallen«, sagte Harms, »mich hast du noch nie enttäuscht.«

Wohlwollend nickte er Henry zu, nickte dann auch für sich, gerade so, als wüßte er nun genug über Henry, oder doch das, was er noch glaubte, wissen zu müssen.

# Peter Härtling im dtv

»Er ist präsent. Er mischt sich ein. Er meldet sich zu Wort
und hat etwas zu sagen. Er ist gefragt und wird gefragt.
Und er wird gehört. Er ist zu einer Instanz unserer
(nicht nur: literarischen) Öffentlichkeit geworden.«
*Martin Lüdke*

Bitte besuchen Sie uns im Internet: www.dtv.de

# Siegfried Lenz im dtv

»Siegfried Lenz gehört nicht nur zu den ohnehin raren großen
Erzählern in deutscher Sprache, sondern darüber hinaus auch
noch zu den ganz wenigen, die Humor haben.«
*Rudolf Walter Leonhardt*

**Der Mann im Strom**
Roman
ISBN 3-423-00102-X

Das Schicksal eines Tauchers,
der zu alt ist für seinen Beruf
und der seine Papiere fälscht,
um wieder Arbeit zu bekommen.

**Jäger des Spotts**
Geschichten aus dieser Zeit
ISBN 3-423-00276-X

»Kleine Meisterwerke.«
(Friedrich Sieburg)

**Das Feuerschiff**
Erzählungen
ISBN 3-423-00336-7

»In sich schlüssige kleine Kunst-
werke.« (Marcel Reich-Ranicki)

**Es waren Habichte in der Luft**
Roman
ISBN 3-423-00542-4

**Der Spielverderber**
Erzählungen
ISBN 3-423-00600-5

**Beziehungen**
Ansichten und Bekenntnisse
zur Literatur
ISBN 3-423-00800-8

**Deutschstunde**
Roman
ISBN 3-423-00944-6

Siggi Jepsen hat einen Deutsch-
aufsatz über ›Die Freuden der
Pflicht‹ zu schreiben. Ein
Thema, das ihn zwangsläufig
an seinen Vater denken läßt.

**Einstein überquert die Elbe
bei Hamburg**
Erzählungen
ISBN 3-423-01381-8

**Das Vorbild**
Roman
ISBN 3-423-01423-7

Drei Pädagogen stellen ein
repräsentatives Lesebuch
zusammen.

**Der Geist der Mirabelle**
Geschichten aus Bollerup
ISBN 3-423-01445-8

**Heimatmuseum**
Roman
ISBN 3-423-01704-X

Erinnerungen an Masuren.

**Der Verlust**
Roman
ISBN 3-423-10364-7

Bitte besuchen Sie uns im Internet: www.dtv.de

# Siegfried Lenz im dtv

Bitte besuchen Sie uns im Internet: www.dtv.de